Özcan Akyol

AFSLAG 23

2023 Prometheus Amsterdam

Omslagontwerp Jan van Zomeren
Foto auteur Marloes Bosch
Zetwerk Mat-Zet bv, Huizen
www.uitgeverijprometheus.nl
ISBN 978 90 446 2758 9

we are like roses that have never bothered to
bloom when we should have bloomed and
it is as if
the sun has become disgusted with
waiting
it is as if the sun were a mind that has
given up on us.

CHARLES BUKOWSKI

De nachtegalen

Ik heb van 't leven vrijwel niets verwacht,
't Geluk is nu eenmaal niet te achterhalen.
Wat geeft het? – In de koude voorjaarsnacht
Zingen de onsterfelijke nachtegalen.

J.C. BLOEM

Gucci and Prada.

CHRIS BROWN

Augustus 2012

Proloog

Hoe het allemaal wéér zo uit de hand kon lopen weet ik eerlijk gezegd ook niet.

Maar als jullie echt alles willen begrijpen, moet ik een paar uur mijn gang kunnen gaan, misschien wel deze hele ochtend. Want ik ken de procedures: jullie hebben van die profielen en dan stop je iemand na een zeikerig verbaal in een hokje en dat speel je dan weer door aan een ongeïnformeerde collega, die mensen als data behandelt. En ik krijg de zogenaamde conclusie veel later te horen, als die onweerlegbaar is en ik geen kans meer heb om uit te leggen wat voor ongelooflijke eikels jullie zijn met júllie stompzinnige interpretatie.

Dus laat me even. Goed?

Het is vaker gebeurd dat ik op dit soort bureaus tegenover twee rechercheurs een bekentenis moest afleggen. Ik denk wel, als ik er goed over nadenk, dat ik niet eerder zo bereid was om mijn verhaal tot in detail uit de doeken te doen.

Best bizar. Het komt door een vorm van vermoeidheid.

Ik bedoel, als ik nu deze ruimte observeer en bijvoorbeeld naar jullie witte plastic bekertjes kijk of deze vergeelde muren op me laat inwerken, kan ik in alle ernst zeggen dat een arrestatie door politieagenten inmiddels een godvergeten cliché is geworden in mijn leven, evenals alle andere zaken die ik straks zal vertellen – terwijl ze voor anderen ondoorgrondelijk zijn. Het bureau en de medewerkers voelen iets te vertrouwd aan. Dat is me overkomen, als jullie begrijpen wat ik bedoel.

Toen onze juf jaren geleden op de basisschool aan ons vroeg wat we later wilden worden, vlak voor we naar het voortgezet onderwijs zouden gaan, heeft niemand een vinger opgestoken en gezegd 'werkverschaffer voor de recherche'. En toch zit de helft van de jongens uit groep 8 inmiddels ergens in een bajes of ze zijn hard op weg naar die bestemming. Binnenkort kunnen we er een reünie organiseren.

Ik zie het ongeduld op jullie gezichten, daarom steek ik van wal. Het enige wat ik nog wens is dat jullie me zo weinig mogelijk onderbreken. Hoe stiller jullie tweeën zullen zijn, des te meer ik over deze hossel vertel. Dat beloof ik.

I

Op die ene ochtend in 2005, om en nabij zeven jaar geleden, werd ik voor het huis van mijn ouders afgezet, met de boodschap dat ik iets van mijn leven moest maken.

Heel de rit vanuit Den Haag hadden de rechercheurs niets tegen me gezegd. Al keek de langste van het duo wel af en toe streng in de binnenspiegel, alsof hij me wilde laten merken dat het deze keer menens was. Meer kansen zou ik, met mijn geschiedenis, niet krijgen. Dat zei hij ook een paar keer op dat complex.

En uitgerekend voor de deur van ons woonhuis, in die vieze auto, moest die aansteller het bericht herhalen, terwijl hij zijn lichaam half had gekanteld. Vroeger had ik wel respect voor mensen met zijn baan, dat kwam omdat ik naar series als *MacGyver* en *Miami Vice* keek. Dat wereldje had iets romantisch. Die Sonny Crockett was wel tof, man. Hij pakte boeven en tussendoor sliep hij met mooie vrouwen. En Ricardo Tubbs zag eruit als een rockster.

Het kinderslot in de auto gaf me een minderwaardig gevoel: ik was hun beest. Ze kwamen het afleveren. Eerst stapten de rechercheurs zelf uit, heel langzaam, zodat iedereen in de buurt naar ze kon kijken. Daarna trok die slungel mijn portier open, hij dacht dat hij wat voorstelde, gekleed in zijn domme overhemd en ribfluwelen broek. Heel even, op een onbewaakt moment, wilde ik hem in zijn smoel spugen.

'Is er iemand thuis?' vroeg hij.

'Je moet normaal doen. Ik heb ook mijn grenzen.'

Die kerel wist dat hij me een paar weken in de cel had vastgehouden en toch stelde hij dit soort onnozele vragen. En voortdurend kwam hij met domme theorietjes. Hij vernederde me zonder zich daar zelf bewust van te zijn.

Tijdens onze eerste ontmoeting nam hij een koran mee, om maar iets te noemen. Hij eiste hem te laten zien welke passage mijn gedrag rechtvaardigde of zo. Ik moest de tekst aanwijzen. Hij raaskalde aan één stuk door. Ik legde hem uit dat wij thuis geen moslims zijn en dat mijn vader het gelukkigst wordt van een fles vieux van het merk Floryn. Dat begreep hij niet. En nogmaals, dat komt ontegenzeggelijk omdat jullie allemaal met die voorgebakken profielen werken. Jullie weten niets.

De vitrages van de buren schoven opzij. Ik snapte het wel, ze zaten druk met elkaar te texten, iedereen moest weten dat ik los was. Het kon me niets verrotten.

Ik ademde niet anders dan normaal, maar op die ochtend voelde het als een weldaad – de koele lucht van onze buurt in mijn longen, plus een mix van knoflook en allerlei soorten brandstof. Ik werd er emotioneel van, serieus. Meer wil ik er niet over zeggen. Behalve dat ik best een poos wilde huilen. Hard en lang. Alleen lukte het niet. Het lukt me nog steeds niet.

'Je mag op de bel drukken.'

Ik deed het om van ze af te zijn, ze werkten me behoorlijk op de zenuwen.

'O, jij bent er weer,' prevelde mijn moeder. Ze trok de deur wagenwijd open. Op haar kruin lag paars haar, dat ze altijd met henna verfde. Haar wallen waren donkerder dan normaal. Ik verwachtte een boze preek in het Turks. Deze keer bleef ze opvallend apathisch.

'Goedemorgen, mevrouw. We hebben uw zoon thuisgebracht. Hij heeft ons ontzettend goed geholpen en daarom is zijn voorarrest omgezet in de uiteindelijke straf.'

Ze staarde die sukkel schaapachtig aan. 'Wat zegt hij?'

'Ik heb verteld dat mijn ouders geen Nederlands spreken. Jullie luisteren nooit. Ik zei toch dat mijn broer en ik altijd moeten tolken als ze ergens een afspraak hebben, in het gemeentehuis, op school, of bij de huisarts... Dat staat in die stapels verklaringen die ik ondertekende, verdomme, op bijna elke bladzijde. Neem me een keer serieus.'

In de verte, vanuit de dakkapellen, scholden mijn jeugdvrienden de rechercheurs uit, zonder zichtbaar te zijn. Zij werden de achterblijvers genoemd, oftewel: de gasten die als twintigers nog steeds bij hun ouders woonden. Iemand riep op gedempte toon over mijn begeleiders dat ze de hoeren van justitie waren, hij zong de tekst als een voetbalhooligan.

Ik moest daar, hoe stom ook, een beetje om grinniken. Het was een kinderachtige zenuwlach, iets wat ik niet onder controle kreeg, maar ik vond het serieus grappig. Als politieagent kon je beter niet in onze wijk komen. De oom van Nihat, een jongen uit de buurt, werkte bij het korps, en toen dat bekend werd durfde niemand nog met hem om te gaan. We wisten niet of we hem konden vertrouwen. Eigenlijk werd hij verstoten.

Een show maakten ze er niet van. Dat moet ik toegeven. Het was niet zo dat ze me nog langer gingen pijnigen. Die gasten stapten rustig in de auto en reden stapvoets weg.

Mijn moeder herschikte de jassen aan de kapstok en spiegelde alle schoenen. Dat deed ze ook met producten in de koelkast. Bij haar moest alles recht staan, met de merkjes en labels naar voren. Ze stak een hand uit en maande me mijn bomberjack te geven, zonder te praten of te kijken. Ik wilde niet weten wat voor woede of verdriet er in haar ogen zat.

'Ben je niet boos op me?' vroeg ik.

'*Başa gelen çekilir.*' Ik weet niet zo goed hoe ik die zin letterlijk moet vertalen. Het punt is dat je bij elke poging de oorspronkelijke betekenis volledig verminkt. De Turkse taal is poëtisch. Het eerste wat tijdens het tolken sneuvelt, zijn de ziel en het gevoel. Hoe dan ook, dan snappen jullie er nog niets van, dus weet je, ga er voor het gemak van uit dat ze me vertelde dat we alles wat ons overkomt lijdzaam moeten dragen.

'Wil papa me vermoorden?'

'Hij is niet thuis,' antwoordde ze. 'Ze zijn in het café aan het kaarten. Ik maak iets te eten voor je. Gooi de vieze spullen boven voor de wasmachine.'

'Is hij wel boos?'

'Hij drinkt elke avond sinds je weg bent. Je hebt hem een goede reden gegeven.'

'Ik kon er niets aan doen. Dit is ook jullie schuld.'

'Er is soep. En bulgurköfte. Nog een paar minuten. Ga douchen.'

Ik klom de trap op, legde mijn tas met kleding in de gang en sloop naar mijn slaapkamer, waar het bed, vlak onder de grote landkaart van Turkije, onberispelijk was opgemaakt, alsof ze wist dat ik vandaag zou thuiskomen.

Al die tijd, in afzondering, tweehonderd kilometer verderop, had ik met één prangende vraag gezeten. In die ruimte, al acht jaar mijn habitat, kon ik het antwoord vinden, op een doodeenvoudige plek. Ik wilde weten of het geld, dat ik in stapels had gespaard, en dus niet bij een bank of zo, nog steeds op dezelfde plaats lag.

Tijdens die periode van mijn leven, dus in 2005, daar speelt deze shitzooi zich af, voor het geval jullie het allemaal zijn vergeten, luisterde ik altijd naar Nederlandstalige muziek. Dan moet je denken aan BLØF, Volumia!, Acda en De Munnik en Antonie Kamerling, die me intens verdrietig maakte toen ik hoorde dat hij zichzelf had opgehangen. Ik kende hem niet. Toch werd ik geraakt door zijn overlijden. Dus niemand mag zeggen dat ik een psychopaat ben. De muziek liet me kennismaken met mensen buiten onze buurt. Dit was in de tijd dat we nog eenvoudige singletjes moesten kopen, in die kartonnen doosjes, inclusief een mooie foto van de artiest op de voorkant. Meestal stonden er slechts twee of drie nummers op.

Ik hield mijn adem in. Dan kon ik alles goed horen. Er zat, als niemand de buit had gevonden, iets van tienduizend euro in een van die hoesjes.

Ik doorzocht het rek met mijn muziekcollectie op mijn bureau, trok alle glimmende cd's eruit, en verdomd als het niet waar was, het geld zat er nog in. De gekleurde biljetten bezorgden me een shot serotonine. Ik blies de lucht uit mijn neus en hijgde licht euforisch.

Jullie denken misschien dat ik me nu verlul, en dat ik het beter niet had kunnen zeggen van die knaken, maar dat zien jullie verkeerd. Ik telde alles en de helft was verdwenen. Er stond daar niets over in het politiedossier, onder het kopje 'inbeslagnames'. Dus iemand anders heeft het gepakt, en ik verdenk een van jullie collega's, die misschien met die pegels nu cadeautjes voor zijn kinderen heeft gekocht of een of ander stom voetbalshirt. Die kerels hebben me keihard genaaid.

Je kunt nooit eerlijk of kwetsbaar zijn, het is me langzamerhand duidelijk. Daar zal ik wat mij betreft voor één keer verandering in brengen. Ik ga jullie toch van begin tot eind vertellen wat er precies is gebeurd, van de periode 2005 tot en met 2012.

Ik hoef geen medelijden, daar ben ik niet op uit. Weten jullie wat het is? De meeste mensen hebben hoop als brandstof, ze denken bij tegenslag dat het vanzelf weer goed komt omdat ze perspectieven voor zichzelf zien. Dat heb ik niet meer, man. En dat is allesbehalve zielig of anderzijds sneu. Het is juist goed. Want het geeft een vorm van soevereiniteit. Iemand die niets meer van het leven verwacht, kun je doodeenvoudig niet meer raken. In dat stadium ben ik terechtgekomen. En door iets eigenaardigs voel ik me er comfortabel bij.

II

Ik kan niet zeggen dat ik met een uitgekiend plan de hort op ging, iets waarover ik eindeloos had nagedacht. Ik voorspelde dat mijn vader zou schreeuwen, eerst uitgebreid tegen mij en daarna was onze moeder natuurlijk de klos. Zo ging het steevast. Daar voelde ik weinig voor.

Je moet begrijpen, hoe vreemd het ook klinkt, dat hun hysterie en drama me amper nog raakten, maar ik zag er geen heil meer in. Die godvergeten voorspelbaarheid. Van mij hoefde het allemaal niet meer. Ik hoopte ergens op de middelbare school dat mijn ouders ook zouden groeien in hun hoofd en dat het thuis rustiger werd. Dat kon ik dus mooi op mijn buik schrijven. Ze bleven net zo kinderachtig als altijd met hun onderlinge vetes en verwijten.

Ik propte een voetbaltas vol met spullen, zoals kleding, telefoonladers en een tandenborstel, spoot het bodempje van de fles Rochas leeg in mijn hals en op mijn armen en staarde kort naar de schoolboeken en schriften die op het bureau lagen.

Ik wist inmiddels, dankzij die test van de reclassering, dat ik hoogbegaafd was of zo, in ieder geval op het gebied van emotionele intelligentie. Je had die kop van de ambtenaar moeten zien. Die kreeg de resultaten amper uit zijn strot geperst. Alsof hij het jammer vond dat ik geen ontoerekeningsvatbare dwaas was, want voor jullie is dat natuurlijk eenvoudiger werken, dan kun je me in dát hokje stoppen en voor de rest mogen de andere instanties het uitzoeken.

Ik had er geen trek meer in, voor mij leed het geen twijfel dat ik niet meer naar school zou gaan, ondanks alle verwachtingen van mijn ouders, die nog steeds een potentiële dokter of advocaat in me zagen, omdat ze helemaal niets begrepen van het onderwijssysteem. Echt totaal geen flikker. Het ergste was dat ze het voor zichzelf wilden, die baan met status en geld. Mijn moeder zou in het theehuis opscheppen over mijn maatschappelijke positie en mijn vader zocht subsidie voor zijn lamlendigheid. Ze bekeken het maar, met hun stupide gedram. Het zat er niet meer in. Dat wist ik zeker.

Hoewel ik echt vastberaden was om te vertrekken, voelde ik de twijfel in mijn verzuurde benen, die in eerste instantie een beetje blokkeerden, alsof iemand een ton lood om mijn kuiten had geknoopt. Het is niet zomaar wat, het ouderlijk huis definitief verlaten, in de wetenschap dat je er nooit meer zult terugkeren. Toch deed ik het. In mijn hoofd klonk dramatische filmmuziek. Het einde van een fase in mijn leven.

Ik wandelde naar de schuur van Barbarossa, een paar straten verderop, grenzend aan het beekje dat de wijken van elkaar scheidt. Ik kende zijn echte naam niet. Iedereen noemde hem al jaren zo, volgens mij vanwege zijn rode baard. Later heb ik het wel ontdekt, daar ga ik nog over vertellen.

Ik klopte vier keer op het kozijn, boven mijn hoofd sprong een cameralicht op groen en iets later piepte en kraakte de houten deur voorzichtig open.

'Jij bent er weer,' zei hij. 'Dat had ik niet verwacht.' Hij drukte zachtjes de deur dicht.

‘Ik kom even kijken, abi. Mijn spullen zijn meegenomen.’

‘Ben je geen beter mens geworden tijdens je vakantie?’ vroeg hij.

‘Ik heb wel plannen in die richting.’

Ik kende niemand die zo afstandelijk en tegelijkertijd zo betrouwbaar was als Barbarossa. Hij velde nooit oordelen over andere mensen, terwijl ik zeker wist dat hij alle verhalen hoorde, precies vanwege die eigenschappen. Hij droeg altijd een grijs overhemd over een donkerkleurige pantalon. Waar hij precies uithangt ga ik jullie niet vertellen, want misschien zit hij nog steeds in de hossel, en met deze kwestie heeft hij niets te maken, laat dat duidelijk zijn.

‘Het zijn moeilijke tijden. De mensen verdienen weinig geld. Iedereen probeert te pingelen en dat begrijp ik wel. Waar het kan denk ik met de klanten mee. We zitten allemaal in hetzelfde schuitje. We moeten elkaar helpen. We zijn één volk, één republiek en één natie.’

‘Tjonge, Barbarossa, wat een gezeik hiero. Ik wist niet dat ik naar een campagnebijeenkomst van Erdoğan was gelopen.’

‘Hij doet zijn best. De Russen en joden werken hem tegen.’

Het stond me tegen dat bijna alle ondernemende Turken vroeg of laat over politiek begonnen te praten, terwijl ze nooit een krant lazen. Die gekken pikten hun fabels van Facebook en sloegen je daar heel de dag mee om de oren. Dat was ik toen al behoorlijk beu, serieus.

‘Wat is dat voor merk?’ Ik wees naar een blauwe trui die aan een knaapje hing.

‘Dolce & Gabbana. Hij is vorige week binnengekomen. Een origineel exemplaar.’

‘Wat kost-ie?’

Barbarossa dacht even na. ‘Honderdvijfenzeventig euro.’

'Ik geef er vijftig piek voor. Meer kan ik niet missen.'

'Goed, wil je er een tasje bij?' Hij zette zich af tegen een tafel, bezaaid met allerlei spullen, variërend van mobiele telefoons tot laserpennen, zodat hij die trui kon pakken. Voor het eerst vroeg ik me af of hij ook rood haar op andere plekken op zijn lichaam had, bijvoorbeeld op zijn borst en buik en lager. Daar wilde ik hem naar vragen, puur uit belangstelling, het betekende echt helemaal niets, maar dat soort dingen moest je bij ons niet maken. Voor hetzelfde geld zouden ze denken dat ik een homo was of zo en die roddels kon ik niet gebruiken.

Ik trok de hele stapel met biljetten uit mijn broekzak.

'Je moet honderd euro geven.'

'We hebben de helft afgesproken,' zei ik.

'Nee, luister, je vader nam een halfjaar geleden drie sloffen Marlboro mee en die heeft hij niet betaald, elke keer kreeg ik een andere smoes te horen, hij denkt dat ik dom ben.'

'Dat is niet mijn probleem.'

'Laten we vrienden blijven, Eus. En dit op een goede manier oplossen.'

Kunnen jullie het geloven? Precies om wat me daar in dat schuurtje overkwam, verdroeg ik mijn ouweheer niet meer, de gannef die het op een of andere manier, zelfs als ik niet bij hem in de buurt was, voor elkaar kreeg om alles in mijn leven te verzieken. Ik sluit niet uit dat hij zelfs na zijn dood mijn tijd op aarde een regelrechte hel gaat maken. Ongelogen, die kerel heeft dat talent.

Ik betaalde Barbarossa met twee biljetten van vijftig euro en beloofde binnenkort opnieuw iets bij hem in te slaan. Het was mooi dat zulke schuurtjes bestonden. Daar zijn vast ingewikkelde woorden voor, zoals schaduweconomie en zo, voor ons was het een manier om toch een beetje mee te doen.

Wat er vervolgens allemaal gebeurde kan ik niet in detail vertellen, simpelweg omdat ik dan anderen zou verlinken en dat doe ik uit principe niet, tenzij ze het verdienen, zoals mijn bloedeigen broer, die aan de basis van deze ellende stond.

Begrijp me niet verkeerd, ik ga die kerel niet de schuld van alles geven – op zijn eigen manier is hij ook slachtoffer –, maar ik kan niet ontkennen dat hij me in deze ellende trok, in ieder geval in eerste instantie. Deze keer heb ik het aan mezelf te wijten. Geen zorgen. Dat komt later in mijn verhaal.

In de dagen erna logeerde ik in goedkope hotels in de binnenstad en soms bij mijn beste vriend Ata, die een mooi hoekhuis bewoonde in de wijk Tuindorp, helemaal op maat ingericht voor zijn favoriete bezigheden: sporten, barbecueën en met vogeltjes pielen. Jullie moesten eens weten. Die jongen ziet eruit als een hooligan, veel te zwaar en met een gouden schakelketting om zijn nek die ons een hernia zou bezorgen, en toch is hij een doodgoeie kerel. Hij waakt over die beesten alsof ze zijn kinderen zijn. Hij kan eindeloos over ze praten. Eerlijk waar, ik word er soms hoorndol van, en aan de andere kant bewonder ik zijn loyaliteit en toewijding. Hij fluit zelfs tegen die vogeltjes. Dat is mooi, toch? Dat een jongen met zijn achtergrond en zijn postuur zo veel liefde voor die dieren heeft. Wat ik alleen jammer vind, is dat hij me die passie niet goed weet uit te leggen. Hij kan in principe nergens goed over praten. Dat is frustrerend. Soms zou ik willen weten wat er werkelijk in zijn hoofd omgaat, achter die façade.

Ata is de enige die ik als familie beschouw, veel meer dan mijn ouders en mijn broer, hoe gek dat misschien ook klinkt. Hij heeft me, in tegenstelling tot die anderen, nooit in de steek gelaten, terwijl ik soms best gemeen tegen hem ben, met van die kleinerende opmerkingen over zijn taalgebruik, of over de meisjes die hij zo nu en dan meeneemt. Op een of andere manier kan hij die plaagstoten wel hebben. Ik heb veel krediet bij hem. Ik weet niet waarom. Soms deelt hij ook een sneer uit, hoor. Dan zegt hij bijvoorbeeld dat ik mijn haar anders moet kammen, en dus niet als een of andere hockeykakker, met zo'n rare scheiding in het midden.

Af en toe zaten we in zijn grote tuin. Allebei met een glas whisky. En dan hielden we om de beurt een monoloog over onze toekomst. Hij droomde van een grote boerderij, compleet met allerlei dieren, en het liefst zou hij zijn moeder en zijn zusje ook daar laten wonen. Ik denk, nu Ata ter sprake komt, dat hij meer van dieren dan van mensen houdt. Dat heb ik gezien. Hij sprak nooit slecht over zijn beesten. Als er soms een vogel doodging, begroef hij hem met tranen in zijn ogen, heel extreem allemaal, vanuit mijn perspectief. En tegelijkertijd besef ik dat het misschien meer over mij zegt dan over hem.

Ik vermoed dat we om en nabij een week na mijn vertrek van huis, toen het voor de verandering eens niet regende, op de grote loungebank zaten, allebei comfortabel onderuitgezakt, toegezongen door parkieten en putters.

'Je moeder heeft gebeld, een paar keer, op verschillende momenten. Ik heb opgenomen.'

Dat verbaasde me niet. Die hysterische neiging heeft ze altijd als ik een poos verdwijn.

'Sorry dat ze jou weer lastigviel. Wat wilde ze?'

'Ze vroeg of ik wist waar je rondhing. En je moest onmiddellijk thuiskomen, omdat er post was afgeleverd, van de bank en de verzekering, ze snappen niets van die brieven.'

'Die schooiers zien me als hun persoonlijke administrateur. Wat heb je gezegd?'

Hij pakte een ijsblokje uit zijn whisky en kauwde het kapot

tussen zijn kiezen. Ik had echt een hekel aan dat geluid. Het gaf me de rillingen. En dat wist hij. 'Ik vertelde dat ze zich niet moest opwinden, dat alles goed met jou ging en dat je vanzelf weer iets zou laten horen.'

Ik pakte mijn telefoon en klikte een mp3-bestand aan met de titel *Canto Ostinato*, een compositie van de Nederlander Simeon ten Holt. Altijd als ik even tot rust wilde komen, luisterde ik naar die muziek, en ik kan niet zeggen dat ik er vrolijk van werd, eerder een tikkeltje somberder. En toch had ik die klanken nodig, man. Want soms voelde ik me niet begrepen door de mensen met wie ik in de buurt was opgegroeid, of mijn eigen familie. De muziek bood iets van begrip, als jullie snappen wat ik bedoel. Dan had ik eindelijk het idee, als ik iets moois hoorde, ook al was het verdrietig – of misschien juist wel om die reden –, dat anderen op hun eigen manier hetzelfde doormaakten. Een middel tegen emotionele eenzaamheid, als jullie me volgen, of is dat te ingewikkeld? En los daarvan, het was ontzettend knap hoe die gast muziek had gecomponeerd en dat vier vleugels tegelijkertijd het stuk speelden. Dat wilde ik ook. Ik kon alleen niet zoveel, daar baalde ik wel van. Ata luisterde mee met het glas op zijn navel.

'Weet jij of Barbarossa rood schaamhaar heeft?' vroeg ik.

Hij wreef over de stoppels op zijn kin. 'Dat lijkt me wel. Die *gingers* zijn over hun hele lichaam rood. Wat een vraag. Ik heb nooit met een roodharig meisje geslapen. Jij dan?'

'Nee, ik ook niet. Dat zit me dwars. Dat zijn altijd prachtige vrouwen.'

'Ja, vriend, zonder twijfel. Mijn neef neukte een poos met Amber uit de Rivierenwijk. Ik kan het eens aan hem vragen... Ze heeft daar wel last van gehad. Die Hollanders noemden haar vanaf dat moment "verpest", de jongens van het kamp hoefden haar niet meer.'

'Er zijn ook zat Turken die niet willen dat hun zus het met een Nederlander aanlegt.'

'Waarom ga je niet naar huis?' vroeg hij toen.

'Geen zin. Het is klaar,' zei ik. 'Deze mensen passen niet bij mij. Dat lijkt me een goede reden.'

'Ze zijn jouw ouders.'

'Dat betekent helemaal niets. Ik ben die sentimentele onzin zat. We zitten elkaar telkens wijs te maken, van jongs af aan, dat we altijd voor onze vaders en moeders moeten zorgen, maar ze hebben het niet verdiend. Ze keken ook niet om naar mij. Of moet ik ze een bokaal geven omdat ze me als baby niet hebben laten verhongeren? Dat is wel het minste wat ze konden doen, nietwaar?'

'Kijk,' zei hij. 'Je vader is echt een idioot, vast en zeker, niemand die daaraan twijfelt, en als ik hem niet kende, had ik hem wel eerder in elkaar gestompt, met die teringkop van hem. Maar je moeder heeft gewoon een probleem. Ze kan niet voor zichzelf opkomen.'

'En toch scheldt ze ons voortdurend uit,' antwoordde ik. 'Ze denkt alles beter te weten. Ze blijft zélf bij hem, niemand dwingt haar of zo, dat weet jij, toch klaagt ze eindeloos over haar lot.'

'Goed, dat is wel raar,' zei Ata. 'Dat geef ik meteen toe, die vrouw spoort ook niet. Wat ga je dan doen?'

'Ik begin een nieuw leven. Ik ga alleen naar school voor de studiefinanciering, als ze me nog accepteren. En ik moet werken, het een en ander met Ruby uitvogelen en sowieso niet meer hosselen. Het levert alleen maar hoofdpijn op.'

'Je bent gek.' Hij kwam overeind en schoot zijn slippers aan. Ik draaide de muziek zachter.

'Kijk, begrijp me niet verkeerd, het betekende niets. En toch, je moet het wel wéten. Ruby heeft me een paar keer gebeld. Ze wilde horen wat jij had gedaan. En wat de rol van je broer was. Ik loog dat ik er niets van afwist. Ik zei dat jij het zou uitleggen, over een paar dagen, als je weer onder ons was. Ze is niet gek, vriend. Ze komt er vanzelf achter.'

Ik dronk mijn glas leeg en keek in zijn groene ogen. 'We gaan het zien. Ik blijf nog een paar dagen hier. Eerst moet ik alles regelen voor Ruby, daarna ben je van me af, is dat goed?'

'Blijf zolang je wilt. Dit is ook jouw huis.'

Wat precies de volgorde van alles was weet ik niet meer, en laten we daar niet moeilijk over doen, want het komt allemaal toch wel aan bod, in ieder geval de zaken die jullie moeten weten om te begrijpen hoe ik heel langzaam, zonder me daar echt bewust van te zijn, opnieuw op een bureau ben beland, deze keer bij jullie.

Ik wil nog wel iets over Ruby vertellen, jullie hebben vanmorgen een glimp van haar opgevangen. We leerden elkaar in datzelfde jaar kennen, letterlijk in de eerste week van 2005, we waren allebei eenentwintig en tijdens het uitgaan in Amsterdam wisselden we nummers uit, daarna zijn we nooit gestopt met texten. In het begin veranderden we in twee dieren bij elkaar, er stond geen maat op onze paringsdrift, allebei hadden we iemand veroverd uit een andere wereld, op sociaal en cultureel niveau. Er gebeurde alleen iets vreemds: we werden verliefd op elkaar. Dat was niet de bedoeling. Het bleek dat het leven, op allerlei fronten, even ingewikkeld voor ons was, we waren beiden de underdogs in onze eigen groep. Ik zal er zo meteen veel meer over praten. Wat nu belangrijk is om te weten, ze maakte mijn eerste arrestatie dus ook mee. Ze tilde er niet zwaar aan. Ze wist dat ik geen foute jongen was.

Ik pakte in de tweede week van mijn vrijlating in 2005 op een regenachtige ochtend de intercity naar Zwolle en wandelde zonder paraplu aan de achterzijde van het station naar ASA Uitzendbureau, dat specifiek baantjes aanbood voor studenten in het hoger onderwijs. Ik stond nog ingeschreven bij het ROC Aventus, een school op een lager niveau waar ze me al dik een jaar niet hadden gezien. Om een of andere onduidelijke reden schreven ze me niet uit hun systeem. Misschien kwam het door meneer Klunder. Hij was een van de decanen. Hij stond bij iedereen bekend als een onvoorspelbare en scheldende lastpak en ondanks die reputatie matste hij me elke keer opnieuw, zonder te zeggen waarom hij dat deed. Tegen mij kon hij ook nors zijn. Die kerel hield me door goedheid in het onderwijs.

Ik zat eens op een maandagmiddag in de bak, nadat we in het weekend, vroeg op de ochtend, met een groep jongens hadden gevochten, en toen ik een dag later op school arriveerde, tekende hij het spijbelformulier dat ik hem bracht niet. Hij liet het gewoon leeg. In zijn woorden was hij een chagrijnige man, in zijn daden bestond er geen grotere vriend.

Ik staakte de wandeling in Zwolle, vlak voor dat kantoor, om even te kijken naar mijn leeftijdsgenoten, die zo vanzelfsprekend, in een keurige sliert, naar hun colleges beenden, op een manier die ik eerlijk gezegd doodeng vond. Dat snappen jullie misschien niet. Dat is in principe altijd mijn frustratie geweest. Dat niemand me begrijpt én dat andere mensen, bij voorkeur in groepen, alles op een identieke wijze doen, en dat hun gedrag me zielsongelukkig maakt, in de eerste plaats omdat ik me onder geen enkel beding zie aansluiten bij hen.

Het zat in de kleinste dingetjes, zoals die lelijke versleten schoenen van Converse All Star die ze allemaal droegen. Daarnaast kon ik me dood ergeren aan de rugzakken en heuptassen die bij sommige meisjes over hun billen hingen. Vooral dikke meiden hadden daar een handje van. Ze dachten dat ik niet begreep wat ze in hun schild voerden. Dat maakte het al helemaal triest. En jullie denken nu misschien dat ik een soort verpest masculien vrouwbeeld heb, ontsproten aan mijn Turkse opvoeding, maar dat is regelrechte onzin, want aan de meeste jongens, met name die met een racefiets, heb ik ook een intense hekel.

Het spijt me dat ik wat boos overkom, ik ben me ervan bewust, maar het is geen klein bier dat me vanmorgen overkwam, het zal straks vast beter gaan, als ik hier wat langer praat.

Ik duwde de zware glazen deur van het uitzendbureau open en de hitte van de radiatoren zorgde meteen voor een laag zweet op mijn vettige hoofdhuid. Een meisje, aan de goede kant van de twintig, zat te bellen en deed alsof ze me niet hoorde binnenkomen. Ik bleef bij de receptie staan, tegenover een spiegel, groot en rond, die me confronteerde met mijn ongeschoren gezicht en de blauwe trui die ik van Barbarossa had gekocht. Misschien zag ik er desondanks iets te gestileerd uit, wat ze in deze kringen ijverig konden misbruiken als 'fout' en 'niet-representatief' om me af te wimpelen voor de vacatures die ik interessant vond. Ze hing op en kwam van haar stoel. Ik vond het een mooi meisje. Ze had een groot voorhoofd.

'Meneer, waarmee kan ik u helpen?' Dat irriteerde me al mateloos. Ze zag heus wel dat we generatiegenoten waren, toch behandelde ze me als iemand van een andere planeet.

'Ik zoek een bijbaan.'

'We hebben alleen werk voor studenten. Hier verderop zitten de andere bureaus.'

'Ik bén een student. Waarom denk je dat ik geen student ben?'

Ze werd rood in haar hals. 'Sorry. U mag een pen uit de mok pakken. Als u alles op dit formulier invult, sowieso de vragen met een sterretje, verwerk ik de informatie in ons systeem.' Ze streelde de documenten, van boven naar beneden.

Ik legde een haarlok achter mijn oorschelp. Eerst wilde ik stoïcijns gaan schrijven, zonder me verder op te winden over haar gedrag, en toch kon ik het niet laten, het zat me allemaal te hoog en ik vond haar om volledig te zijn steeds aantrekkelijker worden.

'Hoe oud denk je dat ik ben?'

Ze keek me aan met van die rond opgetrokken jukbeenderen, totaal in de war door de vraag, die ze niet had zien aankomen. Ik vond die eigenschap een afknapper aan dit soort meisjes. In hun functie deden ze alsof ze alles onder controle hadden, van a tot z gedrild op avondcursussen, geleid door getapte coaches, maar als iemand atypisch gedrag vertoonde, zoals ik op dat moment, vielen ze oorverdovend stil vanwege hun domme karakter.

'Ik weet het niet, meneer. Dat is niet belangrijk. Alle studenten mogen zich aanmelden.'

'Luister, ik moet nog tweeëntwintig worden en het zou me niets verbazen als jij jonger bent. Dus je moet niet steeds u zeggen, dat komt heel afstandelijk over, eigenlijk alsof je niets met me te maken wilt hebben. Noem je iedere student zo die hier binnenkomt, ook als ze een andere achtergrond hebben?'

'Wat bedoelt u?'

'Neem je me nu in de maling? Ik denk dat je me vousvoyeert omdat ik een Turks uiterlijk heb.'

'Ooo, nee, echt niet. Dat moet u geloven. Ik kon uw leeftijd gewoon niet goed inschatten.'

'Nu weet je het, dus stop ermee. Wat is je naam?'

'Roos.' Ze droeg een zilveren ketting om haar hals met een glinsterend steentje, het zag er stijlvol uit. Om haar pols hingen allerlei bandjes van festivals, in alle kleuren van de regenboog, een stuk of twintig, als het er niet meer waren. Ik geloofde dat ze de hele zomer op festivalterreinen doorbracht, en eerlijk is eerlijk, ik moest me misschien ook wat vaker in die scene begeven, want met mijn vrienden zetten we het altijd op een lomp zuipen in de binnenstad van Deventer en dat eindigde zonder uitzondering in een grote matpartij.

'Wil je een keer een drankje met me doen?'

'O, néé, sorry, ik heb een vriend, dat kan echt niet.'

Ik vulde dat kloteformulier in. De meeste antwoorden kende ik wel uit mijn hoofd, zoals mijn bankrekeningnummer en sofinummer en allerlei data over mijn studie. Ik kon op hun kantoor een kopie van mijn paspoort laten maken. Roos draaide zich om naar het apparaat, ging op twee meter afstand voor me aan de slag en ik kreeg een eersterangsuitzicht op haar billen. Ik loenste er één keer per ongeluk naar, echt niet vaker of zo. Ik wilde niet de clichéviezerik zijn die vrouwen zich ongemakkelijk liet voelen. Na een paar tellen was alles compleet.

'Perfect.' Ze ging met haar ogen langs de vakken. 'Ik heb misschien alleen nog een vog nodig, afhankelijk van waar we je kunnen plaatsen.'

'Wat is dat?'

'Een formaliteit. Maak je geen zorgen. Ik geloof dat de afkorting staat voor "verklaring omtrent gedrag" of zoiets.'

'Ik ken het niet.'

'Dat maakt niks uit,' zei ze. 'Het zit zo: sommige werkgevers, vooral die met waardevolle spullen werken, willen een bewijs dat we geen criminelen aanleveren. Dat is natuurlijk niet de bedoeling.' We hadden oogcontact, ze begon van ongemak als een geit te lachen.

'Nee, dat moet je niet hebben. Ik merk het vanzelf wel.'

De regen kletterde tegen het raam van het uitzendbureau en verderop hoorde ik een pijp water afvoeren. Het leek wel een verduivelde wolkbreuk. Een onzichtbare kerkklok beierde over de stad. In de hoek stond een bak met witte paraplu's van het bedrijf, allemaal met een rood logo erop. Ik legde mijn handen op de houten handvatten en staarde naar het plein, waar een paar mensen wegrenden voor de hoosbui, sommigen met kranten boven hun hoofd.

'Ik zet je vanmiddag in het systeem. We bellen of mailen als we iets hebben. Fijn dat je zo vaak beschikbaar bent, het gaat vast helemaal goed komen.' Ze tikte met een stapel papier op de toonbank.

'Mag ik een paraplu lenen?' vroeg ik.

'Hm. Die zijn in principe alleen voor de studenten die al voor ons werken.'

'Je hebt er zeventien, kom op. Ik heb ze geteld.'

Ze zag mijn hand boven de bak.

'Nou, vooruit, het is ook vies weer.'

'Denk je dat ik hem niet kom terugbrengen?'

'Daar had ik niet eens over nagedacht.'

'Je krijgt hem echt wel weer.'

Ze zwaaide en ik vertrok, een beetje geïrriteerd omdat ik bijna moest bedelen om een fukkin' paraplu.

Op de terugweg naar de trein, stiefelend door de koude regen, die ondanks de bescherming mijn spijkerbroek natmaakte, vooral rond mijn kuiten, piekerde ik al over die verklaring, want ik wist zeker dat die ambtenaren bij de gemeente onverbiddelijk zouden zijn. Jullie collega sprak zeven jaar geleden over een tweede kans, weet je nog? Ik zou het allemaal in eigen hand hebben. Hij kan mijn rug op. De waarheid is dat je voor altijd bent gelabeld, in databanken en in systemen, nota bene door overheidsinstanties die constant lopen te zeiken over probleemjongeren en hun gebrek aan perspectief. Zíj zaten de boel te ontmoedigen. Hún werkwijze heeft me tegengewerkt. Ik snap wel dat andere jongens in mijn situatie schijt aan de overheid krijgen. Die denken: bekijk het maar.

Ik zal jullie vertellen: een paar dagen later, ergens in de nazomer van 2005, belde Roos me omdat er iets was vrijgekomen, een zeer gewilde baan als pakketsorteerder in de distributiehallen van PostNL, waar ik met name in de ochtenden en nachten regelmatig aan de slag kon. Ik had er wel oren naar, die klus betaalde goed, het eventuele gezichtsverlies in de buurt interesseerde me niet.

Op het stadskantoor van Deventer legde ik de situatie uit, volledig eerlijk, dus inclusief al mijn besognes uit het verleden. Openheid leek me de beste aanpak, zodat niemand me achteraf, als het alsnog zou uitkomen, iets kwalijk kon nemen. Ik had een vog nodig.

Twee of drie weken later, dat weet ik niet meer, kreeg ik van die pennenlikkers te horen dat ze me niet konden helpen. Ik vroeg de gemeentemedewerkster, een arrogante vrouw met een hese stem, die me met een anoniem nummer belde, hoe ik dán iets van mijn leven moest maken, als ze me al op voorhand overal voor uitsloten, hoewel ik goudeerlijk was geweest. Daar kon ze niets over zeggen, het was niet haar pakkie-an.

Ik werd niet boos. Het liep altijd op deze manier.

Het ging me wel tegenstaan, moeten jullie weten, dat er overal personen werden neergezet die zich als robots gedroegen en helemaal niet meedachten als je een probleem had dat misschien net wat anders in elkaar stak dan hun alledaagse rompslomp en routine op kantoor. Misschien dat ik meneer Klunder daarom nooit ben vergeten. Hij was anders. Die anderen konden hun verantwoordelijkheid niet dragen, voor zover ze die ambitie hadden. Hij ontmenselijkte me tenminste niet.

Ik weet niet of jullie dit goed snappen, als ik er wat beter over nadenk, je moet het eerst zelf ervaren. Het voelde soms alsof ik aan de heidenen was overgeleverd, we spraken elkaars taal niet. Als veel mensen dezelfde startpositie in het leven hebben sneuvelen eerst de belangen en het begrip voor de buitenstaanders. Ik wist echt niet hoe ik uit deze rotzooi moest komen, want niemand wilde luisteren.

Ik belde Roos en loog dat ik de onregelmatige werktijden niet kon combineren met mijn studie. Maar ik gaf niet op. Een tegenvallertje kon me niet ontmoedigen. Dat vond ik slap.

III

Het probleem was dat ik Ruby heel graag wilde opzoeken, met een uitgebreide verklaring over een kant van mijn persoonlijkheid die ze niet kende, maar tijdens die eerste weken in 2005, terwijl ik een beetje door het centrum van Deventer doolde, had ik niet goed bedacht hoe ik mijn schaduwleven en mijn streken bij haar moest goedpraten, in de hoop dat ze bij me bleef. Onze relatie was vers en daarmee erg kwetsbaar. Ik moest haar overdonderen met iets goeds.

Ik zag ooit een dikke cabaretier op televisie, een man met een zielig plukje haar op zijn hoofd, die alles en iedereen uitschold, doorweekt van zweetdruppels die van zijn kop sijpelden. Dat vond ik op zich al grappig. Het hoogtepunt kwam later. Hij bleef kort stilstaan, midden op het podium, zonder een woord te zeggen, alleen met een trillende hand van woede in de lucht. Hij staarde wanhopig naar het publiek en even in de cameralens. Het licht scheen nog feller op zijn kale kruin. Iets zat hem ontzettend dwars. Die gozer had het niet meer.

Dat zwijgen hield aan, misschien wel een minuut, als het niet langer was. Hij onderbrak het ongemak met een anekdotische tip die ik nooit zal vergeten. Die bolle kakker vertelde dat het beter was om sommige zaken niet met anderen te delen, dus dat jij altijd de enige bleef die ergens iets van afwist, want als iemand anders een mening over jouw plezier gaf, positief of negatief, was het helemaal niet meer leuk, en in de meeste gevallen, als je pech had, verziekten ze gewoon je humeur en kreeg je een schijthekel aan jezelf. Hij zei iets belangrijks. Ik geloofde hem wel, het werd een belangrijke les in mijn leven. Volgens mij acteerde hij zijn ellende niet. Jullie zouden het eens moeten terugkijken.

Ik zal uitleggen waarom hij gelijk heeft.

Om het begrijpelijk voor jullie te maken, fastforward ik even in de tijd, om precies te zijn naar het jaar 2008. Geen zorgen, het is niet mijn bedoeling om van de hak op de tak te springen, alleen kan ik met dit verhaal mijn punt beter uitleggen.

Op eerste kerstdag, in de vakantieboerderij van mijn schoonouders, aan het Binnenpad in Giethoorn, besloot ik na een klein incident dat ik mijn vriendengroep voortaan zo beperkt mogelijk wilde inrichten, en ik denk serieus dat ik vanaf dat moment alles in mijn leven exclusief voor mezelf hield. Ik ben gestopt met praten. Daar komt het op neer. Steeds minder mensen kregen te horen wat me bezighield.

Ruby was dol op de feestdagen. Bij haar thuis zongen ze liedjes en bakten ze koeken, en omdat haar moeder jarenlang in Canada had gewoond, vulden ze ook altijd een kalkoen met gehakt en vruchten. Ik heb als kok gewerkt, zoals jullie van de vorige keer weten, daarom kon ik me lekker uitleven op dat beest, dat was me geadviseerd, en de hele avond kreeg ik complimenten over de garing en de smaak. Het was mijn eerste keer bij dat gezin, drie jaar na onze ontmoeting dus. En ik begreep meteen waarom ze van kerst hielden.

'Heerlijk, Eus,' riepen ze om de beurt, zonder dat vooraf afgesproken te hebben.

'Dankjewel.'

'Hoe heb je hem zo lekker gekregen?'

'Ik kook in principe op gevoel. Het is ervaring.'

Ik vroeg me tijdens die identieke gesprekken af of ze daadwerkelijk van me wilden horen hoe ik godverdomme anderhalf uur dat beest had gekruid, met allerlei foefjes die ik ooit afkeek van mijn moeder, over wie ik trouwens oprecht moet zeggen dat ze goed kan koken. Of dat ze geforceerd aardig deden.

'Mag ik het recept?' vroeg mijn schoonvader.

'Ik schrijf het wel op papier.'

Die lieve Ruby, een kop kleiner dan ik, kwam tegen me aan staan, haar arm om mijn middel, ontzettend trots omdat ze begreep dat ik op mijn tenen liep, helemaal geen zin in gezelligheid had en toch, zo goed en zo kwaad als het ging, met hun gezin meedeed.

'Ik zie je wel,' zei ze. 'Ik hou van je.'

En we omhelsden elkaar, volledig in het zicht van haar familie, wat ik in het begin best ingewikkeld vond, want zulke dingen zou ik bij mijn eigen ouders nooit doen. Dat bestond niet. Daar is zelfs een woord voor in het Turks. Dat noemen ze *ayıp*, als jullie het echt willen begrijpen. En ook dat kan ik niet letterlijk vertalen – de echte lading verdwijnt simpelweg. In ieder geval moet je denken aan een kruising tussen schaamte en schande.

Ik kan niet zeggen dat ik me heel plezierig voelde in Giethoorn, uiteindelijk was ik toch iemand van buiten het gezin en misschien een passant, dat laatste wist ik uit ervaring, door eerdere relaties, maar als ik Ruby zag genieten van alles, met die bijzondere twinkeling in haar blauwe ogen, dacht ik toch een nuttig mens te zijn. Ik maakte haar aan het lachen en bij mij hoefde ze niet op haar tenen te lopen.

De volgende ochtend was er geen brunch geregeld, laat staan dat ze überhaupt iets bij PLUS hadden gekocht. Ik wist inmiddels, door mijn contact met mensen uit een ander milieu, dat de generatie van na de oorlog nogal zuinig was, om niet te zeggen ronduit gierig. De vader van Ruby, die vroeger als onderwijzer had gewerkt, sprak van een misverstand en vond een bak met ingevroren bonensoep in de diepvries. Hij wist niet hoe oud dat drabje was.

Toch kieperde hij de inhoud in een grote pan, bezield door het idee dat wij die troep naar binnen moesten werken. Dat was heel normaal voor die mensen, ze hadden geen pretenties of een ingewikkelde culinaire voorkeur. Ze stelden geen hoge eisen aan het leven. Ergens voelde ik daar bewondering voor, want in het verleden had ik verkering met een meisje uit een welgesteld gezin, van die rijke stinkerds die elk jaar het Wereldkerstcircus in Carré bezochten.

'We gaan toch niet echt die soep eten?' vroeg ik fluisterend aan Ruby. Haar ouders en zus dronken koffie, het gesprek ging over politiek.

'Ik vind het ook smerig,' zei ze. 'Het is even niet anders.'

'Schat, straks worden we nog ontzettend ziek. Hij weet niet hoe oud die bonen zijn. Ik heb geen zin in maagtyfus, hoor. Je moet dit verijdelen. Doe iets.'

Ik bracht haar in gewetensproblemen, dat zag ik aan haar mooie gezicht, en pas maanden later begreep ik dat ik zulke dingen niet moest doen, want diep vanbinnen wist ze natuurlijk dat ik gelijk had, en tegelijkertijd wilde ze niet haar vader teleurstellen. In dat gezin werd het conflict, hoe klein en onbeduidend ook, niet echt opgezocht, laat ik het zo zeggen. Het moest altijd gezellig, harmonieus en pacifistisch blijven.

'Anders laat je jouw kom staan.'

'Als jij het zegt,' antwoordde ik. 'Dan verzin ik wel dat ik nog vol zit van de kalkoen.'

Ze gingen zich allemaal, ter voorbereiding op de brunch, of wat ervoor moest doorgaan, aankleden in hun eigen kamers, waardoor ik een tijd lang alleen in de keuken stond. Dat was een vreemde situatie, man. Hebben jullie dat wel eens meegemaakt? Ik werd me plotseling heel bewust van het punt in mijn leven waarop ik me op dat moment bevond. Ik keek met een cameraatje naar mezelf. Het had er alle schijn van dat ik een burgerman was geworden, weinig onderscheidend van al die andere types die op hetzelfde ogenblik, volgens ingeroeste gewoontes en tradities, ergens met hun familie iets van de kerstvakantie probeerden te maken.

Ik weet niet of jullie dit kunnen invoelen, maar wat me behoorlijk tegenstond, een sentiment dat nooit echt verdween, was dat alles wat daar gebeurde niet míjn rituelen waren, ik zat onoprecht mee te doen met andere mensen. En dat had ik vreselijk helder in het vizier. Ik kreeg het idee dat ik mezelf in de verkoop had gezet. Ik sprak bijvoorbeeld steeds in een andere taal: soms heel deftig en correct met de familie van Ruby, en als ik met haar alleen was, gebruikten we ons eigen slang, een mix van woorden uit hiphopnummers en televisieseries.

Ik zag op een bijzettafel een flesje tabasco staan, pakte het op, controleerde of er niemand aan kwam, en goot toen de helft in de pan met de bonensoep. Iets verderop, op het aanrecht, naast de bakken met gescheiden afval, stond een pot oregano, en ik zweer jullie dat ik me niet kon bedwingen en dus ging ook daarvan een aanzienlijke hoeveelheid in de bruine drab. Het werd steeds erger, om compleet te zijn. Alles wat ik vond, van cacaopoeder tot nootmuskaat, flikkerde ik bij de substantie, die wonderlijk genoeg zijn eigen bruine kleur behield. Tot slot, voor ze zouden terugkomen, wilde ik echt een smaakmaker toevoegen, iets waardoor ze allemaal zouden begrijpen dat die verdomde bonensoep een slecht idee was. Ik pakte een fles chloor, onder de wasbak, liet vier of vijf druppels in de pan vallen en ruimde daarna vliegensvlug alles op, om vervolgens op de gifgroene bank te gaan liggen.

Jullie denken nu misschien dat ik een psychopaat ben, en ik zal heus niet ontkennen dat ik die diagnose ergens wel begrijp, maar ik probeerde de familie, op mijn eigen manier, duidelijk te maken dat ze zichzelf tekortdeed, vanwege die rampzalige maaltijd en zo. Ik had met alle liefde naar de supermarkt willen gaan, slalommend tussen Chinezen en andere buitenlanders in het dorp, want daar stikte het van in Giethoorn. Er zat echt niet meer achter mijn actie.

Een kwartier later verzamelde iedereen zich voor de dis, opgefokt door de gezelligheid die zij kennelijk ervoeren met kerst, vrolijk pratend over kwesties die mij met de beste wil van de wereld geen reet konden schelen. We zaten met zijn zessen aan die ronde tafel, want de zus van Ruby had eveneens haar vriend meegenomen, een robuuste kerel die zich als een middelbare scholier kleedde. Hij had twee ringen in zijn neus. Ik sprak niet veel met hem, maar ik merkte wel dat we iets met elkaar deelden: het liefst waren we ergens anders.

'Je moet niet van de soep eten,' fluisterde ik in het oor van Ruby, die me verbaasd aankeek.

'Waarom niet?' Ze pakte haar lepel. Ik rook haar parfum van Magie Noire.

'Dat vertel ik je later.'

Jullie hadden die vader van haar moeten zien, serieus. Hij schonk de kommetjes vol met een zekere plechtstatigheid die ons moest doen geloven dat we iets van De Librije kregen. Eerlijk waar, die gek had zelfs een schort omgeknoopt. Ik hield het niet meer van ergernis. Hij proefde van de soep en zei alleen maar 'hm' en 'heerlijk' en ik kreeg het heet onder mijn voeten. Hij merkte niets, ze zaten er gewoon van te vreten.

'Jij hoeft niets te nemen, schat. Ik doe het wel, dat is netjes tegenover mijn vader.'

'Nee, kom op, het is een slecht idee, je moet me geloven.'

'Wat is er aan de hand? Ik snap er niets van.'

Het punt was dat we in 2008 al eens over een baby hadden gesproken. We zagen het volkomen voor ons, samen in een mooi huis, ergens aan de rand van Deventer, een paar jaar nadat zij haar studie had afgerond. We zouden beiden een baan zoeken en er onvoorwaardelijk voor gaan. Ik dacht alleen, ineens geconfronteerd met mijn eigen streek, dat ze misschien onvruchtbaar zou worden van die klotesoep, omdat ik er chloor in had gegoten. En, als ik dan toch oprecht moet zijn, er zat ook wat poeder in om mieren te verdelgen. Dat had ik net niet gezegd, sorry.

'Ik heb die soep gekruid met wat extra dingen.'

'Wat lief van je. Ik zal het tegen mijn vader zeggen.'

'Nee,' riep ik. De andere mensen aan tafel hadden door dat er iets speelde. Ze zeiden er alleen niets van. Zoals ze verdulleme nooit een oordeel over iets wilden vellen.

'Lieverd, ik vind dit niet leuk meer.'

'Er zit pittig spul in de soep, en zeep, en een héél klein beetje pesticide, hij is niet lekker.'

Ruby legde haar lepel neer, greep mijn arm vast met haar tengere vingers en trok me mee naar de achterkamer, waar vroeger de varkensstal zat, als ik het goed had begrepen. Er hingen van die houten balken aan het plafond. In die ruimte gebeurde iets heel raars. Ik kan het niet anders zeggen. Ze begon ineens te huilen, ingetogen en toch intens verdrietig, haar ogen werden helemaal rood, zelfs boven haar wimpers. En telkens droogde ik haar tranen. Ik zou er bijna eelt op mijn vingers van krijgen. Ik heb, denk ik, nooit eerder iemand zo bedroefd gezien, en als ik er nu over nadenk, terwijl ik dit aan jullie vertel, herinner ik me dat ik zelf óók volschoot en misschien wel wilde huilen, maar het lukte natuurlijk niet.

Op de gracht, op amper tien meter van onze plek, dobberden de eerste bootjes over het water, volgepakt met toeristen die om wat voor reden dan ook Giethoorn hadden gekozen als vakantiebestemming, op duizenden kilometers afstand van hun eigen huizen.

Ruby haakte zich in mijn lichaam en legde haar hoofd in mijn hals, het leek erop dat ze eindelijk een beetje bedaarde, tot mijn grote opluchting. Ze snikte nog wel.

'Vind je ons stom?'

Die vraag raakte me erg, om verschillende redenen, want natuurlijk had ik geen hekel aan die mensen, ze hadden me hartelijk ontvangen, volledig zonder diskwalificatie over wie ik was en waar ik vandaan kwam. Dat mocht ze helemaal niet denken. En tegelijkertijd zat het me dwars dat ze niet begreep waarom ik me zo misdroeg. Ik bedoel, het was misschien te veel gevraagd, ze was geen psychoanalist of zo. Ik kan het jullie nu ook alleen vertellen omdat ik er veel over heb nagedacht. En toch, ik veronderstelde dat we verder waren met elkaar, op geestelijk niveau en zo. Dat was niet het geval. Toen voelde ik me vooral weer eenzaam. Nog meer dan normaal.

De kleine cabaretier had gelijk. Je kon alles beter voor jezelf houden.

IV

Aan de rand van Deventer, parallel aan de snelweg, woonde Kareltje met zijn vrouw Valerie, een lieve en rustige dame, voor wie emancipatie niets meer was dan een ingewikkeld woord tijdens een dictee. De rolverdeling in hun relatie beviel me wel. Want zij deed weliswaar de klassieke vrouwentaken, maar hij was niet de baas. Alles ging in overleg, voor zover ik kon inschatten. Ik kende Kareltje al sinds het begin van de mavo, en hoewel hij tamelijk onverwacht voor het gezinsleven koos, veranderde hij niet in een saaie kerel.

Ik had, in die eerste weken van 2005 na mijn vrijlating, bij Bart Smit een treinbaan gekocht, inclusief een paar wagonnetjes, op advies van het blonde meisje dat er werkte. Volgens haar vonden alle peuters die te gek, en als iemand zoiets kon weten, was zij het wel.

Op het woonwagenkamp stonden scooters en quads, links en rechts lagen autobanden en iemand had een barbecue aangestoken en bakte hamburgers in stapels. Uit de speakers knalden de klanken van de onvermijdelijke smartlappen die bij dat volk hoorden. Ik gruwelde ervan.

Veel Turkse jongens dwepen met hun liefde voor André Hazes, maar ik vind het welbeschouwd intense zeikmuziek.

Begrijp me niet verkeerd, ik hoor best dat die gozer hevig aan het leven heeft geleden, dat is al genoeg reden om van hem te houden, en toch kan ik die melodieën en teksten niet meer verdragen, misschien doordat ik te vaak vrienden en teamgenoten pathetisch heb zien meebrullen, in de voetbalkantine of in een café. Op een zeker moment staat het je tegen.

Ik wandelde verder het terrein op. Een hond keek me achterdochtig aan. In de verte, om de hoek van de laatste wagen, ving ik een glimp op van Kareltje, die daar samen met wat andere jongens een biertje dronk rond een statafel. Het gesprek viel stil toen ze mij zagen. Ik zette mijn cadeau op tafel en feliciteerde iedereen met de verjaardag van kleine David. Hij was toen nog een ukkie, je zou die kleine wous nu eens moeten zien, hij weegt bijna honderd kilo.

Een gozer die ik vaag kende doorbrak hun zwijgen. 'Kijk aan. De consigliere is weer onder ons. Ik heb over jou gelezen op Teletekst. Jij bent beroemd, kerel.'

'Dat kun jij ook worden,' zei ik. 'Het enige wat je moet doen is iemand neersteken.'

Ze namen synchroon een slok van hun bier, het leek wel een olympische uitvoering.

'Laat die gast met rust, gekke sjonef,' zei Kareltje. 'Hij komt hier niet voor jouw gezeik.'

'Ik wil straks wel met je op de foto.'

'Laten we dat niet doen,' zei ik. 'Ik ben ontsnapt. Ze zoeken me nog.'

Die gasten staarden me aan, een beetje geschrokken van wat ik vertelde, want jullie moeten begrijpen dat ze allemaal op hun eigen niveau iets deden om bij te verdienen, vandaar dat ik verder ook geen namen noem. En nog iets, jullie moeten niet denken dat Kareltje zich nog steeds met de hossel bezighoudt, hij heeft zijn leven gebeterd, en dat vind ik, zonder sarcasme of overdrijving, ontzettend goed van hem, omdat hij een onafhankelijk karakter heeft. Daar zijn er niet veel van op deze wereld.

Het punt was wel dat ze niet begrepen dat ik een grapje maakte, een probleem waar ik vaker tegenaan liep. Volgens Ruby lag dat aan mijn gezicht, dat doorgaans geen expressie toont, en ik zou te droog zijn. Wat dat precies betekent weet ik eerlijk gezegd niet, anders zou ik het wel uitzetten. Het is niet zo dat ik helemaal geen rekening houd met andere mensen.

'Wil je wat drinken?' vroeg Kareltje.

Ik knikte, en hij gebaarde met zijn hoofd dat ik met hem mee moest lopen. Ik plukte het cadeau van de speelgoedwinkel van de statafel en hoopte dat ik onderweg David zou tegenkomen. Dan kon ik het aan hem geven. Jullie zouden het misschien niet denken, vanwege mijn reputatie en mijn uiterlijk, plus alles wat ik heb geflikt, maar niets maakt me gelukkiger dan een blij kind dat nog onschuldig is en lekker zorgeloos kan genieten van iets banaals als een treintje.

'Wie was die jongen die een foto wilde?' vroeg ik onderweg.

'Je kent hem wel.'

'Ik ben het vergeten.'

'Alleen maar beter. Die teringkop woont hiernaast.'

Kareltje verdween in een houten schuur, of eigenlijk was het meer een opslagplaats, keerde terug met flessen Grolsch en verwijderde de dopjes met zijn aansteker, in twee vloeiende bewegingen. We namen beiden een teug. In een ander leven, voor ik in deze shit terechtkwam, dronken we soms urenlang met elkaar, zonder iemand anders uit te nodigen. Hij werd dan uitbundiger met elke slok die hij nam. In nuchtere toestand morste hij niet met vrolijkheid, dan sprak hij geen woord te veel. Dat was met alcohol in zijn lijf heel anders. Het leek soms of hij een totale gedaanteverwisseling onderging, man. De lust om te leven keerde na een paar biertjes terug. Ik weet nog steeds niet, als ik er goed over nadenk, wie hij daadwerkelijk is, in welke toestand hij zich comfortabeler voelt.

'Hoe gaat het met David?' vroeg ik.

'Dat is een bak ellende, jongen. Ik zweer het. Elke nacht krijst hij ons wakker, om allerlei domme redenen, bijvoorbeeld omdat-ie zijn speen kwijt is, terwijl dat kloteding gewoon een paar centimeter van zijn bek ligt. Ik flikker nu standaard tien speentjes in zijn ledikant.' Hij gulpte al het bier in zijn mond en haalde nog een fles. 'Hij kost me om de haverklap klauwen met geld. Die kabouter groeit als kool. Ik wil kleding van Zeeman kopen, maar dat vindt Valerie vervelend, want dan moet ze aan haar eigen jeugd denken of zo. Dus nu draagt die kleine tuinkabouter Hugo Boss en Armani, van dat soort merken. Totaal belachelijk. We zijn die meikever aan het verwennen, het is niet normaal.'

'Zou dat iets voor mij zijn,' vroeg ik. 'Een kind?' Ik wist toen helemaal niet hoe Ruby na dat akkefietje over me dacht. Of ze nog bij me wilde blijven. Dat ze Ata had gebeld, om contact met me te zoeken, vond ik een hoopvol teken, en op hetzelfde moment begreep ik verdomd goed dat ik met iets verpletterends moest komen voor onze gezamenlijke toekomst. Het enige wat in mijn voordeel werkte was dat we nog in de fase van de intense kalverliefde zaten. Volgens mij ben je dan geestelijk niet in orde, las ik ergens. We konden eindeloos praten over de toekomst, als we naakt in bed lagen, of in een chic restaurant zaten te eten en te dromen over later. Als je begin twintig bent, bestaan er nog veel misverstanden over het leven, helaas worden die later opgehelderd.

'Dat gaat me geen reet aan,' zei Kareltje. 'Het is aan jullie. Ik heb mijn handen er voorlopig vol aan.'

'Ik hoor iedereen zeggen dat ze er veel voor terugkrijgen.'

Kareltje staarde me smalend aan, hoon in zijn helgroene ogen, waardoor ik zeker wist dat hij goed in de olie zat, want dat soort dingen zou hij uit verlegenheid nuchter nooit doen.

'Natuurlijk, ontzettend veel, het is geweldig. Je moet de bloedzuigers van de crèche betalen, die dozen met luiers die hij volpoept, en om de paar dagen zeikt hij om nieuw speelgoed. Ik kan nooit meer met de jongens naar een wedstrijd, of spontaan op vakantie, laat staan dat we in de stad met iemand kunnen vechten, want je wilt niet dat de wouten je een paar nachten opsluiten, dan gaat die kleine vragen stellen. Dat is ook fukkin' irritant. Weet je, uit het niets heeft nóg iemand een mening in het huishouden. En het is niet zo dat je hem echt kunt opvoeden of zo. Ze hebben hun eigen karakter, een traktatie als je genen met elkaar gaat vermengen.'

'Je weet het wel lekker te verkopen,' zei ik. 'Ik heb nu echt zin om over een paar jaar vader te worden.'

'Ik bemoei me niet met jullie plannen. Je begrijpt pas wat het inhoudt als het je overkomt.'

'Luister,' zei ik. 'Ik wil ergens werken, ze vragen om een specifiek document.'

De spot in zijn blik maakte plaats voor mededogen. 'Ik heb Valerie beloofd dat ik me niet meer in de nesten ga werken. Dat weet je, toch?'

'Natuurlijk, man. Ik snap het. Je moet me alleen koppelen aan iemand, meer vraag ik niet.'

'Wat heb je nodig dan?'

'Een verklaring omtrent gedrag of zoiets. Kun je dat regelen?'

'Echt, doe normaal, gek. Ik zat te denken aan een Albanees paspoort. Dat zou pas een uitdaging zijn geweest. Of een rijbewijs uit Armenië. Dat documentje van jou heb je vanmiddag nog, als je even blijft plakken. Hier verderop zit een kneus die ze gewoon kan printen, hij heeft een kennis die bij de gemeente werkt. Komt goed. Ik fix het.'

Ik wilde verder praten met Kareltje, over de periode die achter me lag, en bij hem polsen welke verhalen over mij rondgingen, maar hij stapte plotseling in grote passen naar de andere jongens, en dat begreep ik wel, hij was tenslotte de aanjager van dat feestje.

Ik nam het bier en het cadeau mee, ging bij een paar gasten uit ons voetbalteam staan en mengde me, zo goed als dat lukte, in een fel onderonsje over laminaat. Daar had ik dus een schijthekel aan. Ik wilde zo nu en dan echt wel sociaal doen, het hoorde er soms bij, alleen liep je dus wel het risico dat je zomaar minutenlang met een paar halve bekenden in een godvergeten gesprek over ondervloeren en plinten verwikkeld raakte, waarbij sommige mensen standpunten innamen alsof hun levens ervan afhingen, ik meen het.

Jullie hadden het moeten zien. Ik vond het waanzinnig. Iemand van het kamp, dezelfde gozer die de hele tijd hamburgers stond te bakken, sloeg met zijn vuist op de statafel en schreeuwde dat ze bij de GAMMA de beste plakplinten hadden, en iedereen die er anders over dacht kon wat hem betreft meteen doodvallen, alsof hij aandelen in dat kutbedrijf had. Ik besloot David op te zoeken, het werd me te gortig, ik trok het allemaal niet meer. Ze staken dat laminaat maar in hun reet. Ik had er sowieso geen verstand van. Dat stond me ook tegen.

Ik heb een zwak voor de meeste kampers, een groot deel van mijn jeugd heb ik met ze doorgebracht, vermoedelijk omdat zij eveneens nergens bij hoorden, het stoorde me alleen dat ze in sommige opzichten zó ontzettend op elkaar leken. Je wist zeker dat je vroeg of laat iets over een kermis, een autosloop of wiet te horen kreeg. Jullie kennen die wereld ook, toch?

David zat in een rood botsautootje op een verdord grasveld, op ongeveer twintig meter van de wagen, precies op zichtafstand van zijn moeder en een paar andere vrouwen.

'Hé, kleine boef, ik heb iets voor jou. Kijk eens.' Ik gaf het pakje.

'Oom Eus.' Hij sprak mijn naam tamelijk emotieloos uit en begon het papier te scheuren.

'Je moet het eerlijk zeggen als je hem al hebt.'

'Is goed.'

Ik zat gehurkt met mijn gezicht naar de andere bezoekers, iedereen kon me eenvoudig zien, want ik wilde niet dat er later, als ik weer was vertrokken, allerlei indianenverhalen zouden ontstaan. Eén keer, dan praat ik over tien jaar geleden, heb ik daar echt last van gehad. Op een verjaardagsfeest waar ik de enige Turk was, bij een jongen in de woonkamer, bleek een sieradenkistje geplunderd. Die hufters besloten mij te beschuldigen en iedereen ging die onzin geloven. Ik moet zeggen dat zoiets ontzettend vernederend is. Ik had er niets mee te maken. Ik ontdekte wel in één keer hoe ze me zagen.

'Deze trein is voor baby's,' riep David. 'Ik ben een grote jongen.'

'Je schijt anders nog wel in je broek, hoorde ik van je papa.'

Hij keek me bozig aan. 'Jij bent een longlijer.'

Kareltje wandelde met een fles bier en een document op ons af. Aan zijn tred kon ik zien dat hij sjikker was. Hij zakte bij elke pas net te ver door zijn knieën. Dat soort dingen ontdekte je aan elkaar in een intense vriendschap. Het zat mee, de andere aanwezigen hoorden door de muziek niet mijn gesprek met zijn zoon, die nog steeds woedend keek.

'Wat is er met die gek aan de hand?' vroeg Kareltje.

'Hij haat me omdat ik zei dat-ie in zijn broek poept.'

'Die verrader gaf me een stom cadeau.' Een klein verwijtend vingertje ging de lucht in.

'Bek houden!' riep zijn vader. 'En rot nu maar even op naar je moeder.'

Het mannetje trok huilend een sprint naar de andere mensen.

'Waarom noemt hij me een verrader?'

'Ach, dat gaat nergens over,' antwoordde Kareltje. 'Je weet hoe die dingen ontstaan. Een paar lui maken van iets doms een heel spannend verhaal, over je broer en zo, en de rest gaat ermee aan de haal. Dat je hem zou hebben verlinkt om er zelf beter uit te komen. Ik weet hoe het zit. Je moet je geen zorgen maken. Ze kunnen de pestpokken krijgen.'

'Ik hoef echt geen kinderen, man.'

'Hier is je papierwerk.' Hij dronk van het bier. 'Kom, we gaan lekker ouderwets zuipen.'

Jullie geloven me misschien niet, door alles wat ik net heb verteld, maar ik had in principe best zin om een stuk in mijn kraag te drinken. Soms moet je ook ontspannen, zodat al die ellende in je kop verdoofd raakt. Dat kampje was alleen niet de plek. Daar zou meer rotzooi ontstaan.

Op de terugweg naar het centrum, lopend langs fabrieken en grote bedrijfskantoren, werd ik tot overmaat van ramp achtervolgd door een rode kater, die me onafgebroken aanstaarde en ondertussen met een klein spits tongetje over zijn snuit likte. Jullie hadden dat beest moeten zien, het was alsof de duivel in zijn rossige lichaam woonde. Ik versnelde mijn pas en daarna rende ik naar de Brink, waar het horecaleven op gang was gekomen.

Die avond, overmand door schuldgevoel, omdat ik iedereen tot last was – mijn moeder, Ata, Kareltje, Ruby –, besloot ik in Hotel Royal te gaan slapen. Ik kwam routinematig binnen, ze moesten allemaal denken dat ik dit vaker deed. In het restaurant zaten de gasten aan de drank. Ze hielden hun wijnglazen vast en vertelden elkaar anekdotes. De mensen die ernstige gesprekken voerden hingen met hun ruggen voorovergekromd, op een paar centimeter afstand van elkaar. Anderen bulderden van het lachen, vaak achterovergezakt in de banken of stoelen. Het was een waardeloos hotel, hoe je het ook bekeek.

Ik moest vijfendertig euro per nacht betalen. Op de kamer hing een walm van sigarettenrook, daar maakten zij me niet blij mee. Het was de geur van mijn ouderlijk huis. Op het bureau lag een plattegrond van de binnenstad, inclusief alle highlights, zoals Museum De Waag, de Athenaeumbibliotheek en het Etty Hillesum Centrum.

Ik wilde een raam openzetten en mijn longen met frisse lucht vullen, maar de kozijnen waren gebarricadeerd, een maatregel tegen suïcidale bezoekers.

Er zat niets anders op, ik moest gaan slapen. En dat probeerde ik ook. Er viel op dat moment niets anders te doen. Naarmate het later werd, klonken de stemmen op het plein uitbundiger, bijna hysterisch. Op het krakerige bed hoorde ik de opgeschoten lui die naar elkaar schreeuwden, zowel jongens als meisjes. In de recente geschiedenis, een paar weken eerder, had ik me praktisch elke avond tussen hen begeven, tenzij Ruby ergens anders naartoe wilde gaan.

Ik pakte mijn telefoon en zocht tussen mijn foto's naar afbeeldingen van haar. Op een foto zaten we samen aan een bar te eten, ergens in een Frans restaurant, op een steenworp afstand van de Eiffeltoren. Het viel me voor het eerst op, tot mijn grote ontsteltenis, dat ze volledig gelukkig was. De lijnen in haar gezicht, de opgetrokken wenkbrauwen, de trotse glimlach... Wat vreselijk dat ik dat niet eerder had kunnen zien. Ik stopte mijn telefoon snel onder het kussen.

Om middernacht, er klonken meerdere kerkklokken tegelijkertijd, hoorde ik grote groepen zingen voor iemand die jarig was. Jullie moeten weten, ik ben een paar dagen in dat hotel blijven logeren, misschien wel een week, als het niet langer was, daar wil ik vanaf zijn. Wat ik toen voor het eerst begreep, was dat er elke avond, precies op dat moment, bij de wisseling van de dagen, keihard werd gezongen voor een vriend of vage kennis die niets beters kon verzinnen dan een feestje op een inwisselbaar terras.

Dat ging me op een zeker moment storen.

Moet je nagaan, elke verdomde avond kwamen verschillende mensen bij elkaar om precies hetzelfde te doen, zonder het van elkaar te weten. En elke keer, het lag buiten mijn macht, had ik de neiging om naar beneden te rennen, zodat ik ze kon vertellen dat ze vreselijk voorspelbaar waren, de ergste conformisten die er bestonden. Er huisde geen fantasie of authenticiteit in hun hoofden, ze hadden geen belangstelling voor die zaken.

En de laatste nacht, toen ik me weer eens zat te ergeren aan de zingende meute op het plein, dacht ik plotseling aan de rol van het barpersoneel van al die kroegen. Dat moest wel uit een bende psychopaten bestaan, ongelogen. Hoe konden ze anders doorlopend blij meedoen met hun gasten die op een identieke manier een avond doorbrachten? Dat is raar, man. Dat volk moeten jullie eens goed in de gaten houden. Als daar geen potentiële massamoordenaars tussen zitten, weet ik het ook niet meer, ik zweer het je.

Het leven had te lang stilgestaan, dat was me wel duidelijk. Dit soort muizenissen mocht niet de overhand krijgen. Ik moest snel weg. Er waren grotere problemen op te lossen. Ik wilde Ruby in het echt zien. Er was alleen nog steeds geen verhaal. Ik had niets. Het ging te traag, mijn ambitie om wat van mijn leven te maken. Misschien moest ik dát onverbloemd tegen haar zeggen. Dat ik het allemaal niet wist, hoe onbevredigend dat ook klonk. Het was in ieder geval de waarheid. Deze keer wel.

V

Het is vreemd, ik vertel jullie over zeven jaar geleden, over een periode die me destijds erg zwaar en eenzaam viel, maar terwijl we hier zitten, tegenover elkaar, denk ik om eerlijk te zijn met weemoed terug aan die tijd. Dat komt omdat ik in de eerste weken na mijn detentie serieus mijn best deed om iets op te bouwen. Het was nooit mijn bedoeling om opnieuw op een politiebureau te belanden, in de stoel van een verdachte. Ik zal het uitleggen.

Roos van het uitzendbureau belde me op en vertelde dat ze bij Philips vertegenwoordigers zochten, of eigenlijk gebruikte ze de term 'merchandisers', en dat stond me meteen fel tegen, want ik vond het vreselijk als allerlei moeilijke Engelse woorden gewicht moesten geven aan doodeenvoudige functies. Ik kon langskomen om formulieren te tekenen en een betere uitleg te ontvangen, en ze moest mijn verklaring omtrent gedrag verwerken in haar systeem.

Begrijpen jullie nu wat ik bedoel? Ik kreeg dat document niet van de ambtenaar, ondanks mijn goede bedoelingen. Die klerk op het stadhuis had geen intentie mij te helpen, daarom moest het op deze manier, ik schaam me er niet voor, de list diende een hoger doel.

Voor ik de trein naar Zwolle zou pakken, een paar minuten

na het middaguur, bezocht ik Barbarossa, die schichtig opendeed, met samengeklonterde wenkbrauwen.

'Je bent er weer.' Hij zei het met teleurstelling in zijn stem.

'Waarom is dat een probleem, abi?'

'Luister, vriend, je bent pas drie weken vrij, ik weet niet hoe je aan het geld komt, maar zorg ervoor dat niemand je achtervolgt, zoals een paar maanden geleden.'

Barbarossa rook naar Jean Paul Gaultier. Jullie denken misschien: hoe kent hij de geur van dat parfum? Maar het irritante was, ik lieg niet, alle Turken bij ons in de buurt roken naar dat geurtje, alsof er godbetert een verbod bestond om iets anders op te spuiten. Ik had me er ook aan bezondigd, totdat ik doorkreeg hoe afgezaagd het was.

'Ik heb mijn geld van vóór die arrestatie, ze hebben het laten liggen. Ik vertel je dit alleen omdat ik je vertrouw. Er loopt geen onderzoek naar me. Weet je nog wat je vorige keer aan mij vroeg, of ik mijn leven ging beteren? Dat ga ik doen. Ik ben na mijn vrijlating bij mijn moeder geweest, bij Ata, op het uitzendbureau, en van Kareltje kreeg ik een papier waarmee ik aan de slag kan als vertegenwoordiger voor Philips. Het gaat echt goed, Barbarossa.'

'Ik ben blij voor je. Je zit nu eindelijk op Zijn weg, een recht pad, blijf het volgen en volg geen andere paden, want die zullen je doen afsplitsen van Zijn paden...'

'Hou je kop, Barbarossa. Ik wist verdomme niet dat ik naar een moskee was gelopen. Stop eens met je schijnheilige prietpraat, je verkoopt hier gestolen spullen, domme eikel.'

Hij trok aan zijn baard en schudde afkeurend zijn hoofd. 'Wat moet je hebben?'

'Ik vertelde dus, voor je aan die onzin begon, dat ik als vertegenwoordiger ga werken en het meisje van het uitzendbureau verzekerde me dat ik er netjes moest uitzien, het liefst gekleed in een overhemd en een jasje. Weet jij wat ze met dat laatste bedoelt?'

Barbarossa draaide zich om en keek naar de wand, waaraan shirts en sieraden hingen, vastgemaakt aan kleine spijkertjes, die kriskras in het hout zaten. Hij bolde om de beurt zijn wangen, eerst links, dan rechts, af en toe blies hij de lucht eruit.

'Ze bedoelt een colbert. Dat is hoe deftige mensen praten. Ik heb ze hier niet. Bij mij kun je een overhemd en een pantalon krijgen, voor dat jasje moet je naar WE.'

Ik rekende met hem af, stopte mijn nieuwe werkkleding in een plastic tas, en ternauwernood slikte ik de vraag in over het rode schaamhaar, want jullie moeten weten: als iets me dwarszit, lukt het in principe niet om het los te laten, het zal ongetwijfeld een afwijking zijn.

In het beekje aan de rand van de wijk weerkaatste het zonlicht in mijn ogen, waardoor ik even verblind was. Ik ga hier geen romantische symboliek met jullie delen, jullie hebben wel iets beters te doen, ik probeer alleen te zeggen: het was goed voor mijn humeur. Er was sprake van een wedergeboorte, zo noemde ik het voor mezelf, en niemand kon me tegenhouden.

In de intercity, waarin het broeierig en druk was, staarde ik naar de huizen langs het spoor, met mijn hoofd tegen het raam, waarop telkens, bij elke ademhaling, een wolkje condens ontstond. Ik wist dat ik iets goeds ondernam, een verandering die ik meteen kon delen met Ruby, zodat ze me zag werken aan herstel. Jullie moeten begrijpen dat ik – zoals eerder gezegd – in die periode definitief met mijn vader had gebroken, maar in de eerste weken na een dergelijk besluit, dus als je er middenin zit, weet je niet dat het zo lang gaat duren.

Daarom dacht ik nog veel aan mijn ouders, die ongetwijfeld samen, op de versleten uiteindes van onze bruine bank, naar de Turkse televisie zaten te kijken. Je had in die tijd van die ordinaire shows waarin familieruzies werden beslecht, het gesprek ontspoorde altijd, vervolgens kwamen de scheldpartijen en soms daagden ze elkaar uit voor een gevecht. Het was een beetje als *Jerry Springer*, dat heb ik als kind urenlang gekeken. In dat programma wilden ze wél met elkaar matten, alleen stak de grote beveiliger Steve daar telkens een stokje voor, aangemoedigd door het publiek, dat staccato zijn naam riep.

Toen ik later hoorde dat die talkshow deels in scène was gezet, voelde ik me bedrogen en zelfs een beetje dom. Ik denk nu het ter sprake komt dat mijn ouders ook wel wisten dat ze naar theater keken, er was alleen een goede reden om daar niet mee te stoppen: de afschuwelijke ellende van andere mensen maakte hun eigen leven minder belachelijk.

Ik kuierde weer naar ASA Uitzendbureau, herinnerde me plotseling de paraplu die ik eerder van Roos had geleend en op dat moment kon ik wel door de grond zakken, want hij stond nog bij Ata in de gang, onder de kapstok met jassen. Eerlijk waar, ik was je reinste oelewapper. Dit bevestigde al haar vooroordelen. Het is vreemd, dacht ik later, dat je positief kunt opvallen door juist het goede te doen. Door mijn miskleun zou ze schouderophalend bevestigd worden in haar mensbeeld, zoals jullie eveneens allerlei ideeën over me hebben, daarom wil ik gewoon de tijd krijgen om mijn verhaal uiteen te zetten.

Ik duwde de glazen deur open. Sky Radio stond aan, dat hoorde ik aan de jingle. Roos zat met haar rug naar de ingang, dat gaf me de mogelijkheid om een ogenblik in de grote ronde spiegel tegenover de receptie te kijken. Mijn zwarte lokken groeiden onverstoorbaar door. De haartjes op mijn kin begonnen te krullen. Ik had, tot mijn ongenoegen, ingevallen wangen gekregen, een gevolg van stress en de sobere maaltijden die ik her en der naar binnen werkte.

'Goedemorgen,' zei ze. 'O, Eus, jij bent het, wat goed.' Ik begreep haar toontje niet. Op een of andere manier was ik plotseling tot haar wereld toegetreden.

'Het spijt me, ik ben je paraplu vergeten.' Ik wees naar de bak. 'De volgende keer neem ik hem serieus mee, en anders, als het te lang duurt, reis ik er speciaal voor naar Zwolle.'

'Welnee, mallerd. Dat is nergens voor nodig. We hebben er zat in de kelder.'

'Wat mis je nog in mijn dossier?' vroeg ik.

'Kijk even mee.' Ze pakte een papier en legde het op de toonbank. 'Er ontbreken nog een paar documenten om de proefopdracht definitief te maken.'

Roos boog voorover, elastisch en gracieus. Ik ving een flits op van haar borsten dankzij een diep decolleté, omzoomd door schattige moedervlekjes, die een paar centimeter boven haar tepelhoven zaten. Jullie zitten hier misschien niet op te wachten, maar ik probeer te vertellen dat wij vroeger, in onze achterbuurt, zulke meisjes nooit zagen, we konden alleen van ze dromen. En als er dan eentje twee decennia later zo familiair deed, zonder bijbedoelingen, was ik me altijd bewust van hoe ongewoon de wereld was waarin ik tegenwoordig een plek moest vinden, precies zoals ik me stelselmatig voelde tijdens sociale activiteiten met Ruby, in de kringen van haar familie en vrienden.

'Die verklaring omtrent gedrag heb ik hier.' Ik overhandigde nonchalant het document.

'Perfect.' Ze keek er niet eens naar. Kunnen jullie dat geloven? De moeite die ik had gedaan om het te regelen was simpelweg verspilde energie geweest. Ze streepte het af. Ik had nu alle vinkjes. Ik mocht, na wat instructies waarmee ik jullie niet zal vervelen, een week later aan de slag, en het mooiste was dat ik een huurauto meekreeg. Die moest ik zelf ophalen.

'Fijn dat het allemaal zo is geregeld,' zei ze. Roos legde de administratie op elkaar, drukte met een perforator twee gaatjes in de papieren en plaatste alles in een rode ordner.

'Het spijt me echt van die paraplu,' zei ik. 'De volgende keer neem ik hem mee.'

'Joh, die komt vanzelf terug. Het is serieus niet belangrijk. Ik moet nu naar een meeting.'

'Bedankt voor alles.' Ik geloof dat die woorden iets te beladen mijn strot verlieten, want ze stak weifelend een duim omhoog en kreeg rode vlekken in haar hals.

Ik zat in de trein op weg naar huis na te denken over een kort bericht aan Ruby, een kattebelletje met daarin beschreven de acties die ik tot dusver had ondernomen, van de breuk met mijn vader tot het vinden van een echte baan, maar alles bij elkaar opgeteld stelde het nog steeds geen moer voor. Ik was veel te enthousiast.

Er moest meer gebeuren.

Ik ging naar het huis van Ata. Hij trok de deur open in een badjas. Mijn vriend rook naar de typische Turkse citruscologne die de barbier altijd als aftershave gebruikte en die we vroeger op onze handen kregen gesprenkeld als we op visite gingen bij andere Turkse mensen. Hij wenkte me met een hoofdknikje naar binnen, voor mij een teken dat ik stil moest zijn.

Wat jullie misschien denken, net als die andere rechercheurs, ongeveer zeven jaar geleden, is dat ik warme gevoelens heb voor de nationaliteit van mijn ouders. Dat is fout. En daar gaat het altijd mis als jullie in aanraking komen met jongens met zwart haar. Ik leg het zo uit.

Hij zat met een kop thee op de bank. De lamellen hingen helemaal naar beneden, ondanks het mooie weer, alsof we in een bunker bivakkeerden, veilig uit het zicht van de vijand.

'Wat is er aan de hand?' fluisterde ik.

'Er ligt een meisje in mijn bed te slapen, het is laat geworden.'

'Heeft ze rood haar? Je hebt wel gekeken, mag ik hopen.'

Ata zette de mok op tafel, haalde diep adem en draaide zijn gezicht mijn kant op.

'Je bent echt een freak, weet je dat? Laat dat rode schaamhaar eens los. Of ga anders naar de verdomde hoeren op de Bokkingshang, dan kom je er vanzelf achter.'

'Ik heb een huis nodig, een eigen woning, dat zal vast indruk op Ruby maken.'

'Zonder punten ben je kansloos, sommige mensen zijn al tien jaar aan het sparen.'

'Er moet een andere manier zijn,' mijmerde ik. 'Een snellere route.'

'Het enige wat ik kan bedenken is dat je particulier gaat huren, bij een of andere huisjesmelker. Voor de rest kun je als student makkelijk een studio krijgen rond het centrum van de stad, in de Smedenstraat of zo, maar dat is alleen voor die lui van Saxion.'

'Dus omdat ik geen hbo doe, maak ik geen kans?'

'Daar komt het wel op neer.'

Ata keek naar de Turkse televisie met het geluid uit. Ik was nieuwsgierig naar dat meisje met wie hij kennelijk die nacht had liggen vozen, daarom bleef ik nog een poos hangen, zonder iets te zeggen. We zaten daar gewoon met elkaar. Van mijn goede stemming bleef weinig over in dat decor van treurigheid, ik wist alleen niet waar ik anders naartoe moest.

Wat ik daarnet bedoelde, over de nationaliteit van mijn ouders, was dat wij met onze gelijke achtergrond hoe dan ook niet ontkwamen aan de omgang met elkaar, hoe gek dat misschien klinkt. Want we bezochten wél bruiloften van andere gastarbeiders die mijn vader kende uit de blikfabriek, die hem destijds gretig naar Deventer haalde.

En als een kind van een buurman trouwde, wat voor ongekende hufter hij ook was, moesten we eveneens opdraven; het was een sociaal akkoord dat ze met elkaar hadden gesloten, je liet elkaar niet in de steek. Bovendien, als je Turkse buren en kennissen niet langskwamen, wie moest dan je stompzinnige feestje bezoeken? Iemand moest die toeterende wagens in de trouwstoet rijden. Jullie hebben altijd makkelijk praten over segregatie en meer van dat soort ingewikkelde politieke woorden. Het punt was meer: als je niet meedeed, om wat voor reden dan ook, had je simpelweg niemand, dan moest je als kluizenaar leven, want omgang met Nederlanders bestond in die tijd niet. Zij hadden hun eigen levens.

'Ga liggen, verdomme, snel, op de grond.' Ata dook voorover, de mok bleef hangen in de zoom van zijn badjas en hij kukelde om.

Ik knielde naast de tafel en legde mijn hoofd op het hoogpolige tapijt. 'What the fuck, man.'

'Even je bek houden.'

'Je mag niet zo tegen me praten, teringhond.'

Wat daar gebeurde, in de woonkamer van mijn beste vriend, illustreerde perfect waarom ik me niet meer met de hossel wilde bezighouden, op geen enkele manier. Het ene moment zat je argeloos over het schaamhaar van meisjes te praten en een paar tellen later moest je op de grond liggen en vrezen voor een kogelregen.

Een portier van een auto knalde dicht, de angst in de ogen van Ata verraadde dat hij zich ernstig zorgen maakte. Op de vloer, terwijl ik gestrekt wachtte op wat ging komen, begreep ik voor de zoveelste keer dat het goed was, ik nam de juiste afslag in het leven, het voelde verstandig om niet door mijn eigen toedoen in dit soort situaties terecht te komen.

Er werd op het voorraam geklopt.

'Hoe ziet die persoon eruit?' vroeg Ata.

'Het is een dik iemand, ik kan alleen de vorm van het postuur zien. Ik denk een kooivechter, een motorwout of een ander beest,' murmelde ik. Ik lag zijwaarts, mijn hoofd op de grond.

'Is er nog iemand bij?'

'Ik weet het niet, het komt door die klotelamellen van je.'

'Om die reden heb ik ze gekocht. Twee tientjes bij de Action.'

De bezoeker drukte op de bel, twee of drie keer, telkens heel lang, en wat ik me ook herinner is dat we snel daarna het portier opnieuw hoorden dichtknallen. De auto reed hortend en stotend weg, bestuurd door een of andere amateur. Ata kwam overeind, klopte de kruimels van zijn badjas en keek kort naar buiten, vooral voor bevestiging, bleek achteraf.

'Wie waren dat?' vroeg ik.

'Het was mijn moeder. Ik denk dat ze iets wilde komen ophalen. Er staat twintig kilo tarwebloem in de kelder, misschien had ze die nodig om vanmiddag brood te bakken.'

'Dat meen je niet. Ik dacht net op de grond dat ze ons kwamen doodmaken. Je kon haar ook bellen en zeggen dat je niet thuis was. Je bent echt apart, man.'

'Ze is slim. Dan zou ze mijn stem horen.'

'Ik weet het niet, vriend. Dit gaat echt ver. Wat is dit voor leven? Je bent een volwassen kerel. Wat voor zin heeft een eigen woning als je nog steeds stiekem meisjes ontvangt?'

'Ik haal een doekje. De tafel is helemaal vies.'

We voerden vaker dit soort gesprekken met elkaar, en elke keer als ik iets signaleerde, merkte ik aan mezelf dat mijn verbijstering niet afnam, of veranderde in een vorm van berusting, het ergst van alles. Ik vertel jullie dit bewust, want op dat moment, daar in die hoekwoning, terwijl ik op dat meisje zat te wachten, voelde ik dat zijn situatie me niet koud liet, of anders gezegd: ik was niet afgestompt.

De sociale druk die mijn beste vriend zichzelf oplegde, projecteerde ik op mezelf, en daar leefde ik van op, hoe bizar het ook klinkt. Ik zou het anders doen. Voor mij geen dominante en preutse Turkse moeder meer tegen wie ik voortdurend moest liegen over wie ik was. Als ze mijn persoonlijkheid en keuzes niet aankon, was het beter om uit haar leven te verdwijnen.

Het meisje wandelde uit de slaapkamer, gekleed in een voetbaltrainingspak, wrijvend in haar ogen. Het was zo stil dat ik haar maag hoorde knorren. Ze plofte quasilaconiek tussen ons neer op de bank en verspreidde een wolk van sterkedrank en tabak. We gaven elkaar een hand, zeiden om de beurt onze naam en staarden een beetje naar de televisie. Ata durfde nu wel de lamellen open te trekken, het licht prikte in mijn ogen.

Ik stond op en vroeg in het Turks of ik een avond bij hem kon slapen, misschien wat langer. Hij stak zijn duim op.

Dat hij mijn beste vriend was beschouwde ik als mijn redding, hoe pathetisch dat ook overkomt. Als hij niet telkens, op de juiste momenten, voor me klaarstond, zat ik hier vermoedelijk om een andere reden, als verdachte van een veel zwaarder delict. Dat is niet gebeurd. Maar ik ben er wel.

VI

Dat zwerversbestaan stond me tegen, ik wilde een plek voor mezelf.

Ik liep een week later over de Brink, waar de nodige mensen, ondanks het vroege middaguur, op terrassen bier en wijn zaten te drinken, half achterovergeleund om de stralen van de krachteloze zon in hun gezicht te vangen. Die zorgeloosheid, alsof er niets op het spel stond, maakte me jaloers, man. Ik ga er niet over liegen. Het kon ze geen reet schelen of de wereld verging, dat zag je aan alles. En tegelijkertijd had ik precies om die reden een hekel aan dat geteisem. Mijn moeder werkte zich de pleuris als schoonmaakster in het ziekenhuis en desondanks moesten we elke maand onze centen tellen, altijd bang of we de rekeningen wel konden betalen.

Op de ronde stoep om de Wilhelminafontein zat Kareltje op me te wachten. Er stond een blikje bitter lemon tussen zijn benen. Kun je het geloven? Van alles wat je zou kunnen drinken, neigde hij naar die vreemde troep, die verder alleen door incontinente bejaarden werd gedronken als ze een of andere B-sport uitoefenden, zoals jeu de boules, of weet ik veel wat al die rijke klootzakken nog meer doen op plekken waar ik nooit kom.

'Dit is nog beter dan het circus,' riep Kareltje. 'Wat een volk. De grootste debielen komen hier langs. Ik wist niet dat er zo veel mafketels in Deventer woonden. De tering. Echt.'

Ik schaamde me een beetje. Iedereen hoorde hem praten. 'Wat drink jij nu weer?'

Hij tilde het blikje op en nam een slok. 'Ah, lekker, man.'

Er was plotseling wat commotie, een eindje verderop, omdat Ronnie, zwalkend en schreeuwend, met een bierflesje in zijn hand, de kinderen de stuipen op het lijf joeg. Jullie weten wie ik bedoel, toch? Hij is onze populairste clochard, om het maar zo te zeggen. Hij dronk de hele dag door en oreerde schreeuwend allerlei denkbeelden over de wereld, steevast met een ontbloot bovenlijf, als de temperatuur dat eventjes toeliet. Voor de mensen die hem niet kenden was hij een onberekenbare figuur, iemand bij wie je liever uit de buurt bleef.

'Ik wou dat ik Ronnie was,' zei Kareltje. 'Hij heeft schijt aan alles. Kijk hem gaan, die ouwe gannef. Lekker drinken, geen verantwoordelijkheid hoeven afleggen, wat wil je nog meer?'

'Geen schaamte,' zei ik. 'Dat vind ik mooi. Je hoeft hem niets te vertellen over andermans gedachten, hij gaat er gewoon voor, niemand maakt hem wat wijs.'

Ronnie brulde tegen een peuter en ik kon me voorstellen dat het jochie later die avond nachtmerries zou krijgen. Inmiddels zat ik ook op de stoep. We keken geamuseerd toe.

'Luister, ik heb eens rondgevraagd, voor een eigen woning en zo, maar ik kom alleen in aanmerking voor een mooie studio als ik een inschrijvingsbewijs van Hogeschool Saxion heb. Kan die maat van jou dat óók regelen? Het zou me enorm helpen.'

'Je bent echt bezig om er iets van te maken, hè?'

Ik proefde milde ironie in zijn stem.

'Ik kan niet anders. Het is allemaal voor Ruby, ze moet zien dat ik mijn best doe.'

'Je kunt ook zoals Ronnie zijn.' Kareltje wees naar hem. 'Kijk, die gek is op de grond gaan zitten, totaal niet geïnteresseerd in de afkeuring van anderen. Die man verdient een prijs.'

'Hoe is het met David?'

'Die *doakert* heeft de zesde ziekte of zo, ik word er helemaal gek van. Het stelt niets voor, je krijgt dan bultjes op je buik en je rug, er is ook iets met zijn tong, en toch krijst hij de hele toko bij elkaar, alsof iemand bezig is zijn been te amputeren. Ik zeg je eerlijk: ik was blij dat je me vanmorgen belde, omdat ik tegen Valerie kon zeggen dat ik je even moest helpen, en zij heeft een zwak voor jou, dus de timing was perfect.'

'Wat vind jij wél leuk aan vaderschap?'

'De kinderbijslag. Nee, die stelt geen reet voor, een paar centen per kwartaal, alleen interessant voor armoedzaaiers. Ik weet niet, man. Even denken... Ik kan in principe niets noemen, als je het op die manier aan me vraagt. Misschien is het leukste dat Valerie er gelukkig van wordt. Je hebt een reden om te leven, sowieso. Want ik kan die knul nu niet meer aan zijn lot overlaten, dat zou barbaars zijn, nietwaar?'

Ik geloof dat ik hem wel begreep, en dat vond ik in de eerste plaats beangstigend, want wat hij feitelijk vertelde, als je er goed over nadacht, was dat hij muurvast zat aan zijn gezin, terwijl hij min of meer in de gaten kreeg dat hij de meerwaarde ervan niet inzag.

Het gesprek stokte een beetje. Als we woorden wisselden, ging het allemaal nog wel. Het vreselijkst waren de stiltes, dan kwamen onze ingetogen karakters naar buiten. En toch bleven we daar zitten, allebei omdat we niet echt een betere plek konden bedenken om te vertoeven, een omgeving die op dat moment leuker zou zijn.

'Ik kan wat bier kopen bij Albert Heijn,' zei ik. 'We moeten alleen kijken hoe we het koud krijgen. Ik heb geen zin om het lauw te drinken, dan ga ik over mijn nek.'

'Anders loop je naar de slijter voor een fles sterkedrank, iets van rum of vieux, in ieder geval geen whisky,' zei Kareltje. 'Ik haal bij Marmaris een paar blikjes koude cola, is dat goed?'

Het was snel geregeld. Op de terugweg naar de fontein, met mijn ogen onafgebroken op de volle terrassen, zocht ik een plek waar ik plastic glazen kon lenen. Bij de snackbar, waar mijn broer ooit werkte, om en nabij tien jaar geleden, gaven ze me kartonnen milkshakebekers.

'Ben je uit de bajes?' vroeg een Turkse man die ik vaag kende.

'Nee, ik zit nog steeds vast. Je praat nu met een fukkin' spook.'

'Geen grote mond. Jij hebt je broer verraden. Als hij buiten komt, klapt hij jou.'

'Wat weet jij daar nou van? Ga lekker patat bakken en hou je bek.'

Dat verhaal over mijn broer, over wie ik inderdaad tegen jullie collega's heb gepraat, was in Deventer op wonderbaarlijke wijze een eigen leven gaan leiden, zoveel was me wel duidelijk, maar die lui wisten van niets. Ik zal jullie vertellen hoe het echt zit als ik daaraan toe ben.

Eerst even dit.

Ik denk dat we zo'n vijf minuten later weer op onze plekken zaten. Kareltje mixte de drankjes, neuriede steeds hetzelfde deuntje en zoop zijn baco in drie teugen weg, dat hadden jullie moeten zien, hij was net een circusartiest.

'Mooi, man,' beoordeelde hij de situatie. 'Dit had ik wel even nodig.'

Ik weet dat het in mijn dossier staat, dus ik zal er openhartig over zijn, nu ik verdomme eindelijk eens een echte kans krijg: ik heb ook wel talent voor alcoholisme. In jullie rapport staan notities over een eenzijdig verkeersongeluk, de boete die ik moest betalen van de rechter en een cursus bij de verslavingszorg, maar dat is allemaal overtrokken en niet menselijk.

Je gaat niet uit het niets drinken, als jullie begrijpen wat ik bedoel. Dat mijn vader de grootste hoerenzoon van West-Europa is behoeft geen uitleg. Toch snap ik wel waar zijn strapatsen vandaan komen, naarmate ik ouder word en beter over mezelf nadenk, iets wat ik de afgelopen zeven jaren doorlopend heb gedaan. Het komt erop neer dat hij beschadigd is.

Die man werd letterlijk boven op een berg aan zijn jasje getrokken en kwam toen in Deventer terecht. Eenmaal hier zal hij ook dromen hebben gehad, of andere gedachten over hoe zijn leven eruit moest zien, alleen was hij verbaal en emotioneel gehandicapt. Dat doet iets met een mens. Je raakt gefrustreerd. Je voelt je klein en machteloos.

Voor de helderheid: ik ben zijn gedrag niet aan het goedpraten. Het is meer dat ik denk, hoe raar het ook klinkt, dat zijn ellende en trauma mij hebben gevormd, dus dat het gif en het onvermogen in zijn hoofd evengoed in mijn lichaam zitten, een ongewenst cadeau van de genetica. Ik heb boeken gelezen, documentaires gekeken en interviews beluisterd. Dit soort vergelijkingen komt altijd terug, bijvoorbeeld als het gaat om nabestaanden van oorlogsslachtoffers – waarom zou het bij ons anders zijn, ook al is het leed onvergelijkbaar?

Nu ja, ik wil dus zeggen: kijk soms eens anders naar deze zaken.

Kareltje was net als die Clark Kent, overdag een doorsneeburger, maar als hij die cape over zijn lichaam trok, transformeerde hij in heel iemand anders, een onverschrokken superheld. In het geval van mijn vriend werd hij van drank een komische en praatzieke misantroop.

Er fietste een lange man voorbij. We kenden hem van onze voetbalvereniging, een club die van oudsher was opgericht voor woonwagenkampbewoners. Hij trapte op de rem, trok een pakje shag uit zijn jas en begon hemeltergend langzaam een peuk te rollen.

'Kijk eens. Daar zijn ze. Jut en Jul. Nog steeds samen.' Het zat mee, we waren aangeschoten genoeg om op de keper beschouwd geen klote om zijn woorden te geven.

'Jij ziet er anders ook nog hetzelfde uit, skefbek,' riep Kareltje. 'Ben je nog steeds samen met dat dikke mokkel van je?'

De gozer, van wie ik de naam ben vergeten, staarde ons triomfantelijk aan.

'Ik heb anders wel een nieuwe auto gekocht.'

'Rijd die kutwagen van je maar lekker tegen een boom.'

'Jullie zijn niets veranderd.'

'Ik hoop dat je zoon wel is veranderd, hij was de grootste junk van ons elftal.'

'Die knaap heeft alles op orde. Een vrouwtje, een kleine en we reizen met de gezinnen naar het zuiden van Turkije deze zomer.' Hij keek plotseling naar mij. 'Heerlijk vijf sterren all-inclusive in Antalya, onbeperkt eten en drinken. De wodka is gratis.'

'Lekker vechten om de strandbedjes en het buffet met een paar Russen die zich volgespoten hebben met anabolen.' Kareltje ging overeind zitten. 'Pas op dat ze je dochter niet neuken, want ze lust er zelf ook wel pap van, dat weet iedereen.'

'Cindy heeft net weer een kindje gekregen. Ik ben een trotse opa.'

'Dat meen je niet?' zei Kareltje. 'Ze is pas twintig en heeft nu al drie kinderen...'

'Bij drie verschillende losers...' vulde ik aan. 'Een junk, een dief en een boa.'

'Ik moet naar huis. Wij eten vanavond vlees met krieltjes. Ik heb het voor mekaar.'

Wat ik zo erg aan die gozer vond, was dat hij het nog meende ook. Je kon in alle redelijkheid stellen dat hij een zielig leventje leidde, een bestaan om absoluut niet trots over te praten, bijvoorbeeld vanwege de tergende burgerlijkheid die zijn handel en wandel kenmerkte, maar hij beoordeelde dat zelf compleet anders. De geplagieerde levensideeën deerden hem niet. Andere mensen mochten zijn identiteit, smaak en tradities bepalen. Hij deed vrolijk mee.

Jullie zien mijn punt trouwens wel, toch? Wat me écht tegenstond, was dat die klojo míj aanstaarde toen het over de vakantie in Turkije ging, samen met zijn familie. Jullie kunnen het niet invoelen, dat begrijp ik wel, daarom probeer ik het uit te leggen: het is ongelooflijk irritant als iedereen tegen mij over Turkije begint, alleen omdat mijn ouders ervandaan komen. Daarmee verraden ze dat ik in hun ogen nooit een volwaardige Nederlander kan zijn, laat staan dat ze me als zodanig zouden behandelen. Soms heb ik zin om iemand op zijn bek te slaan als hij vraagt of ik Mehmet uit Zaandam misschien ken, alsof alle mensen met een Turkse achtergrond op een of andere manier aan elkaar gerelateerd zijn.

Ik praat geen poep. Ik doe een beroep op jullie hart. Alles wat ik nu vertel staat in het teken van wat zo meteen gaat komen, later in het verhaal, zodat jullie beter begrijpen hoe ik toch weer op dit verdomde bureau ben beland, ondanks al mijn goede voornemens.

Op de Brink werd het drukker. De tegels op het plein trilden van de muziek in de verschillende cafés. Je zag het aantal fietsen toenemen, alsof je in een versneld beeld naar de groei van een bos keek, overal bomen en onkruid. We hoorden bij het decor. Niemand kwam naar ons toe om te vragen wat we daar uitvraten met onze fles, blikjes en bekers.

'Ruby heeft me gebeld,' zei Kareltje plotseling. 'Dat meisje maakt zich zorgen. Ze wil je spreken en ik moest je verzekeren dat ze niet boos is en dat ze je mist.'

'Heeft ze dat tegen jou gezegd?'

'Ja, kijk, dit zijn jouw zaken, daar ga ik me niet mee bemoeien, het viel me alleen wel op dat ze een beetje wanhopig klonk, het duurt inmiddels ook wel erg lang, vind je niet?'

'Ik ben druk geweest. Dat weet je toch. Ik moest allerlei shit regelen zodat ze kan zien dat ik definitief een andere weg ben ingeslagen. Een beetje zoals jij.'

'Zij is niet zo streng,' zei Kareltje. 'Je maakt het zelf ingewikkeld.'

Ik keek hem aan. 'Ik hoor dat je psycholoog bent geworden.'

Het zinde me niet dat ze hem had gebeld. Die actie beschadigde mijn reputatie, dat dacht ik tenminste in die tijd, toen ik nog een verpest beeld had van hoe ik me moest verhouden tot de figuren in mijn vriendengroep, hoe klein die ook was. Als ik er nu goed over nadenk, weet ik eigenlijk helemaal niet hoe andere mensen over me spraken, op basis van onze ontmoetingen en gesprekken. Misschien vonden ze me raar, of ongrijpbaar, of nog erger: een knul die er weliswaar altijd bij was, maar over wie je niet al te veel moest nadenken, omdat hij toch niets voorstelde, althans niet in hun leven. Ik was een figurant in de hoofden van veel gasten, iemand die soms ergens aan een tafeltje zat, of meevoetbalde in een team, daar bleef het bij.

De fles ging leeg. We stonden op en pisten in de fontein. Ik voelde pas op mijn benen hoe dronken ik was geworden. Op het bomberjack van Kareltje zaten natte plekken van het morsen. De gestolde glimlach op zijn gezicht straalde totaal geluk uit. In het verleden zouden we nu een kroeg in zijn gedoken. Dat zat er die avond niet meer in, omdat zijn vrouw thuis zat te wachten, en ik wilde Valerie niet teleurstellen, dat verdiende ze niet.

We schuifelden via de Keizerstraat langs de grote panden naar het station. Daar op het pleintje namen we afscheid van elkaar, hij beende pijlsnel naar het kamp.

Er was zo te zien net weer een intercity op een van de perrons tot stilstand gekomen, want een paar tellen later, onder de felverlichte gevel, drentelden verschillende passagiers naar hun fietsen, of naar een familielid dat ze met de auto kwam ophalen. Ik ging op de grote, lange stenen bank zitten, leunde met twee handen achterover en kneep mijn ogen samen om alles goed te kunnen bekijken. Ik hield ervan om het gedrag van anderen te bestuderen.

'Melvin, schat, daar ben je,' riep een vrouw die naast een auto stond. Ik ben die naam en dat moment nooit vergeten. Ze maakte een boog van haar armen, klaar om hem beet te pakken.

'Mijn tas is heel zwaar.' Die halvezool liep meteen naar de kofferbak.

Zijn moeder liet haar armen zakken en draaide zich om. 'Ik doe hem wel open.'

'De wasmachine thuis moet misschien wel drie keer draaien.'

'Ooo. Het komt allemaal goed, we gaan het regelen.' Ze knuffelden elkaar alsnog, heel lang, ze wreef telkens over zijn rug, er ontstonden kreukels en groeven in zijn trenchcoat.

'Heeft papa gekookt?'

'Spaghetti met balletjes.'

'Mam, niet alweer, hij maakt altijd hetzelfde.' Ik kon haar antwoord niet horen. Wat ik wel zag was dat die pleurisgozer niet begreep wat hij bezat, snappen jullie wat ik bedoel?

Deze anekdote lijkt denk ik niet bijzonder. Dus ik moet hem ontleden. Ik snap het.

Dat beeld van een vader die een dochter komt ophalen, of een moeder die ongeduldig op haar zoon wacht, zoals bij dat verwende strontjoch van een Melvin, confronteerde me met mijn eigen ontberingen, bij ons in de Raambuurt, zowel op emotioneel als op materieel niveau.

In die simpele handeling, van een ouder die zijn kind komt ophalen, zat alles verstopt wat wij thuis niet hadden, als jullie begrijpen wat ik probeer uit te leggen.

Een auto bezitten was niet weggelegd voor mijn ouweheer, die redeneerde dat hij zichzelf toch wel zou doodrijden, een onvermijdelijk uitvloeisel van zijn drankzucht, iets wat hij bij verschillende andere gastarbeiders had zien gebeuren. Daarom begon die mafketel er niet aan. Eerlijk is eerlijk, hij stuurde wel onze moeder naar rijlessen, dat moet ik hem nageven, om precies te zijn vijf jaar lang. Elke week kroop ze weer met tegenzin achter het stuur, verlamd door doodsangst en het sombere vooruitzicht dat ze de privéchauffeur van onze vader zou worden. Het is haar niet gelukt. Ongelooflijk, toch? Ze kreeg het gewoon niet voor elkaar. Van alle rijlessen die ze volgde, de duizenden guldens die daaraan verspild zijn, konden we evengoed een monster van een Mercedes kopen.

Nu goed, er stond vroeger in de straat dus geen wagen van ons, en ik kan jullie verzekeren dat zoiets op een bepaald moment blijft rondtollen in een kinderbrein, vooral omdat al die anderen, zelfs de grootste schooiers, wél ouders met een auto hadden, en dan word je al snel de vreemde snuiter, ook al werd het niet doorlopend gezegd, alleen tijdens een ruzie op straat, als iemand me uitmaakte voor een sloeber met een alcoholistische armoedzaaier als vader, een kwalificatie die, nu ik erover nadenk, ontegenzeggelijk klopte.

Ik zat nog steeds op dezelfde plek. En wat ik wilde uitleggen: er was dus ook wat aan de hand met die omhelzing tussen die Melvin en zijn moeder, dat voelde ik telkens als ik zoiets zag. Het is niet vanzelfsprekend, moeten jullie weten, dat een ouder een kind omhelst. Mijn broer en ik kenden dat niet. Bij ons bestond de enige aanraking uit een pak slaag. Ik zeg niet dat jullie medelijden met ons moeten hebben, ik bedoel meer dat ik tijd nodig had om te begrijpen hoe abnormaal het er allemaal aan toeging bij ons... Laat maar zitten, ik dwaal af, jullie willen weten wat me bezielde om opnieuw die rattenstreken uit te halen.

Achter mij, aan de andere kant van de stenen bank, stond een rijtje wagens van de taxichauffeurs, die zelf verveeld met een sigaretje tussen hun vingers of in hun mond over een motorkap hingen, in de hoop dat ze snel iemand mochten vervoeren voor een paar centen, een aalmoes als je het mij vroeg. Dat ze dit werk in Deventer deden, in zulke grote aantallen, heb ik altijd dom gevonden, want er loopt amper klandizie rond in onze stad, tenzij er storingen bij de spoorwegen zijn, wat best vaak voorkomt, dan wil iedereen zo snel mogelijk wegwezen. Je ziet meteen wie vermogend is, die mensen kunnen zich een lift veroorloven.

In al die tijd dat ik weer buiten was, bedacht ik ineens, had Ruby een paar mensen gebeld om contact met me te leggen, behalve mijzelf, en dat kon je op zijn minst vreemd noemen, vinden jullie ook niet? Ik trok mijn telefoon uit de binnenzak van mijn jas en ze stond inderdaad niet in de oproepenlijst van de afgelopen weken. In mijn afbeeldingen zocht ik naar een foto van ons samen en ik vond een plaatje dat op een schilderij leek.

Hij was gemaakt op Schiphol, aan de bar van een café, waar we beiden een glas champagne vasthielden en zij heel opzichtig, met een gekanteld hoofd, poseerde voor de barman, die haar toestel vasthield en op mijn verzoek het moment vereeuwigde. In mijn eigen blik zag ik iets van tevredenheid, alsof ik me enorm bewust was van wat ik voor elkaar had gebokst, in de wetenschap dat er jaren tegenspoed achter me lagen, aangejaagd door mijn eigen frustraties en onnozelheid. Hoe ze me aankeek, daar zat alles in, man.

De grens tussen onze lichamen was weggepoetst, ze was helemaal van mij, en ik zag volledige onderwerping, maar de kloof die tussen onze geesten bestond was onoverbrugbaar, voornamelijk door mijn onvermogen om alles te vertellen.

Ik begon me te vervelen en wandelde naar de taxichauffeurs, van wie niemand aanstalten maakte om me iets te vragen, ze dachten niet dat ik een klant kon zijn. Er stond een lange gozer tussen die ik ergens van kende. Hij knikte beleefd en blies wat rook uit zijn mond en neus.

'Wat zijn jullie aan het doen?' vroeg ik. 'Jullie verdienen geen flikker. Er is niemand.'

'Je gulp staat open,' zei die jongen op wiens naam ik niet kwam.

'Ik heb net in de fontein op de Brink gepist.'

Ik hoopte dat ze zouden lachen, maar ze keken allemaal weg. Het viel me toen pas op dat er een vierkante kartonnen doos op de motorkap van een auto stond, gevuld met allerlei taartjes.

'We hebben een besloten feestje,' zei een oude man. Ik kende die halve tamme wel. Hij had me eens op zondagavond naar Boode in Bathmen gebracht, samen met een paar andere jongens van het voetbalteam. We bleven meestal zuipen na onze wedstrijd en raasden dan rechtstreeks door naar de discotheek in dat dorpje, die al heel vroeg openging en waar altijd bloedmooie meiden kwamen uit Colmschate, Epse, Gorssel, Holten, Lochem en Heeten.

'Ik ben hier niet welkom,' antwoordde ik, 'dat is wat je zegt.'

'Je hebt hem gehoord,' zei een ander.

Plotseling kwamen ze bij elkaar staan, in een halve cirkel, vijf of zes man. Voor mij was het geen hogere wiskunde. Die gasten werden zo vaak belaagd door agressieve mensen dat ze zich bij de kleinste dreiging meteen groepeerden, niet van plan om terug te deinzen voor een buitengerechtelijke executie van het rapaille dat hen lastigviel.

'Je kunt beter vertrekken,' zei de jongen die ik had moeten herkennen. 'Je bent dronken.' Hij had een lichtblauw overhemd van de zaak aan.

'Jammer dat jullie zo onbeschoft zijn om me niet een stukje taart aan te bieden. Maar ik snap het wel. De centen stromen niet binnen en dan moet je zuinig zijn. Ik wilde alleen een beleefd praatje maken en jullie staan als collectief al in de vechthouding, stelletje hondenkoppen. En dan straks in de rechtbank natuurlijk janken als we nu gaan knokken. Ik zou het allemaal uitgelokt hebben. Ik weet hoe dat gaat. Krijg maar lekker de pestpokken met jullie taart en zinloze levens.'

'Flikker op, man,' riep die oude gozer.

En als ik op dit moment, hier tegenover jullie, op dit bureau, aan dit soort akkefietjes denk, zou ik eigenlijk met terugwerkende kracht die man moeten bedanken. Want hij had gelijk. Ik moest dat niet doen. Het was schijtgedrag. Als ze me in elkaar hadden geslagen, was dat terecht geweest. Ik verdiende klappen.

VII

Op de maandagochtend waarop ik me voor het eerst als werknemer bij Philips moest melden, kreeg ik een berichtje van Roos, die me veel succes en een mooie dag wenste, afgesloten met het woord 'liefs', een manier van communiceren die ik alleen uit soaps en films kende.

Ik begon te denken, in alle eerlijkheid, dat zij me plotseling wel zag zitten, misschien wilde ze nu wel iets met me gaan eten of samen naar een club gaan.

Bij Europcar in Zwolle, dat naast de snelweg zat, meldde ik me bij de receptionist, en op vertoon van mijn rijbewijs en na het invullen van allerlei verzekeringspapieren liep die stumper, uitgedost in een groen overhemd, naar het immense wagenpark, volgepropt met allerlei soorten voertuigen, van bestelbussen tot glimmende sportwagens.

'Wow, jullie hebben echt alles. Die grijze coupé is mooi.' Ik wilde de auto aanwijzen, met een uitgestoken vinger, het ging niet door mijn overhemd en jasje. Het zat te strak om mijn schouder en tegelijkertijd slobberde de pantalon een beetje. Die ochtend, bij Ata thuis, had ik schaamtevol weggekeken toen ik mezelf in de spiegel zag, een aap in een pak, meer kon ik er niet van maken.

'Dat is een hogere klasse,' antwoordde de man. 'Jij krijgt wat anders.'

'Ik heb een niveau dat jij nooit kunt bereiken, dus hou die klotepraatjes lekker voor je.'

Hij keek me over zijn schouder aan. 'Meneer, we verdelen alles wat we hebben staan in verschillende klassen, op basis van formaat en andere kenmerken. Het bedrijf dat uw auto heeft besteld kiest altijd voor hetzelfde model. Dat heeft niets met u te maken.'

'Het spijt me, kerel. Ik dacht dat je me beledigde.'

Hij was er niet gevoelig voor. Ik kon me voorstellen dat hij veel vreemde zaken meemaakte, net als hoteleigenaars, die ook van alles zagen voorbijkomen, van drugsgebruikers tot swingers. Ik heb daar ooit een documentaire over gezien. Het verhaal ging volgens mij over Van der Valk, een hotelketen die door een onmetelijk grote familie wordt gerund, op een of andere manier zijn ze allemaal verwant aan elkaar. Wat ik mooi aan die lui vond, ze keken nergens van op. Ze bikkelden onverstoorbaar door, precies het tegenovergestelde van alle hysterici die telkens van elk wissewasje een punt willen maken.

'Dit gaat hem worden,' zei de man. Hij liep om de auto heen, noteerde een paar beschadigingen op zijn formulier en verzocht mij eveneens een controle te doen, zodat er later geen misverstanden konden ontstaan. 'Kijk wel goed. Dit ligt altijd gevoelig.'

'Geef me een moment.' Ik acteerde er verstand van te hebben, strengelde mijn armen in elkaar op mijn rug en tuurde naar de bumper, de velgen, de portieren en de achterklep.

'Ik zie hetzelfde als jij.' Ik tekende het document. Hij gaf me een doordrukpapier.

'Dan is dit jouw sleutel.' Hij hield hem in de lucht. 'Je komt er wel uit, hè?'

'Ja, vriend. Dat gaat helemaal goed komen.'

'Vrijdag moet je hem weer inleveren. Als we al gesloten zijn, mag je buiten parkeren, de sleutel past in het metalen bakje aan het hek, je kunt het niet missen. Fijne dag.'

Het was een prima wagen, een spiksplinternieuwe Peugeot 307, inclusief elektronische boordcomputer en airconditioning. Ik had al een poos niet gereden, om precies te zijn vanaf het moment dat ik voor het laatst was opgepakt, dus het zinde me wel om daar het terrein te verlaten, een druk kruispunt over te steken en over de snelweg naar het noorden te rijden.

Ik wil het niet al te sentimenteel maken, maar ik had echt de indruk, afgesloten van de buitenwereld, opgefokt door de muziek van de radio die ik hard had aangezet, dat er een nieuw hoofdstuk in mijn bestaan aanbrak. En het mooiste was dat ik dat allemaal in een paar weken voor elkaar had gekregen, op eigen kracht, door simpel en helder tegen mezelf te zeggen dat ik iets van mijn verdomde leven moest maken, ondanks alle tegenwerkingen en beschadigingen uit het verleden, om het maar even zo te noemen.

Ik moest naar Sneek, daar zat het kantoor dat namens Philips de opdracht uitvoerde. De rit duurde eindeloos, de wegen waren saai, op sommige stukken zag ik amper bebouwing.

Bij het kantoor aangekomen, modern en hoog, neergeplant op een industrieterrein langs de snelweg, parkeerde ik de auto moeizaam in een van de vakken. Ik talmde niet en zocht de voordeur, waar ik meteen werd opgevangen door een stoot van een meisje.

'Kom je voor de merchandiserstraining?' vroeg ze met veel levensvreugde.

'Ik kreeg dit adres door van ASA Uitzendbureau, er zou een briefing plaatsvinden, een bijeenkomst met andere jongens die hetzelfde gaan doen.'

'Ooo, je zit helemaal goed. Wil je misschien een kop koffie?'

Wat me zo aan die dame fascineerde, een jonge blom met prachtige bruine krullen, was haar bijna hinderlijke positiviteit en enthousiasme. Ze zag er niet uit als iemand die vroeger een pak ransel van haar vader had gekregen na bijvoorbeeld een slecht cijfer voor wiskunde. Ze was nog puur en niet verpest en daarom onmiskenbaar naïef over de buitenwereld.

'Ik lust geen koffie, het spijt me,' antwoordde ik.

'Ga weg, lolbroek. Je maakt een grapje, toch?'

Ik heb altijd een hekel gehad aan mensen die niet kunnen geloven dat ik misselijk word van alle koffiesoorten. Ik hoef die troep gewoon niet. Soms, als ik weer eens had geweigerd, vroegen ze me of het misschien iets met mijn afkomst te maken had, kunnen jullie dat geloven? Alsof ze in heel fukkin' Turkije geen cappuccino of espresso of latte drinken. Die mensen daar zuipen koffie en thee alsof hun leven ervan afhangt. En als ik dan een persoonlijke afkeer deel, wordt meteen mijn identiteit erbij gehaald. Een mens wordt er wel eens moe van. Ik vertel er straks iets meer over, als ik zin heb. Nu wil ik even doorgaan.

'Doe mij maar een glas water,' zei ik.

'Ik ben trouwens Roxanne.' Een naam die wel bij haar fotomodellenlichaam paste, als ik eerlijk moet zijn, maar ik wilde me niet meteen laten gaan, het diende professioneel te blijven. Dus geen *smooth talk* en meer van dat. Ik moest die baan goed uitvoeren en mezelf onvervangbaar maken binnen het bedrijf, misschien kon ik wel opklimmen.

Het was een groot, licht pand. Veel ramen. Iedereen droeg kantoorkleding. Sommige mensen op de gangen waren wat dikker, toch hielden ook zij zich aan de dresscode. Mijn nette schoenen knelden in de breedte en ik voelde een nagel in de huid van een teen kruipen. Als jullie het echt willen weten, snakte ik wel naar een glas whisky, dat mijn spanning zou elimineren. Ik voelde namelijk mijn rug en voorhoofd warm worden.

We kwamen in de vergaderruimte en de andere aanwezigen spraken honderduit met elkaar, bijna allemaal met hun handen in hun broekzakken. Het was intimiderend. Ik begreep niet waarom hún kleding zo goed zat. Alsof de pakken speciaal voor hun lichamen waren genaaid, in een of ander geheim atelier. Als ze me daar zouden wijsmaken dat ik in een zaaltje met profvoetballers was beland, had ik dat zonder vragen geloofd.

Ik zag eruit als een schooier, ondanks alle pogingen die ik ondernam. Een pak draag je niet met je lichaam, maar met je sociale status, en in mij huisde nog altijd dat jongetje dat de vierdehandskleding van zijn broer moest overnemen. Het was simpelweg geen combinatie, zoals een gemiddelde bouwvakker zich ook ongemakkelijk voelt in een smoking.

Alle mannen waren wit, met uitzondering van één jongen, die zonder twijfel dezelfde achtergrond had als ik, dat kun je aan elkaar zien. De trainer, glad als een aal, kwam de zaal binnen en klapte een laptop open en iedereen bewoog zich rustig naar een bureaustoel, zodat we in een halve kring om hem heen zaten, tegenover een digibord, bijna zo groot als de muur.

Ik zal jullie niet vermoeien met wat hij ons allemaal vertelde, dat is niet relevant voor mijn verhaal, maar waar het feitelijk op neerkwam, was dat alle aanwezigen hun eigen rayon zouden krijgen en in dat gebied de winkels gingen bezoeken, telkens met hetzelfde doel. We moesten productinformatie verschaffen, bijvoorbeeld over hoe een scheermes of een tv werkte, POS-materiaal plaatsen – oftewel flyers, posters en kartonnen borden – en vooral fotootjes maken van de locaties, dat leek het allerbelangrijkst, volgens mij omdat Philips die wilde hebben voor de eigen administratie en vermoedelijk het marketingverslag van de acties.

Die trainer bazelde maar door, liet ons filmpjes zien en demonstreerde de fysieke apparaten, die hij stuk voor stuk had meegebracht. Ze namen het wel serieus. Ik heb heel die vervloekte ochtend op dat kantoor in Sneek gezeten, een leven dat ik totaal niet ambieerde, of om exact te zijn juist jarenlang had verketterd, want nu was ik de slaaf van anderen geworden. Maar ik zag geen andere optie. Ruby kreeg ik niet terug met de boodschap dat ik nog op zoek was naar wat ik van mijn leven moest maken. En anders dan mijn generatiegenoten had ik geen geld om tijdens een sabbatical fruit te gaan plukken in een Afrikaans land.

Aan het einde kwam Roxanne plotseling weer tevoorschijn, toen ergens in de verte een kerkklok twaalf keer sloeg. Ze had allerlei papierwerk meegenomen, verpakt in transparante mapjes. Ze droeg een mooi gouden kettinkje om haar enkel.

'Ik heb de adressenlijsten meegenomen, kanjers. Het wordt een prachtig project. Jullie kunnen de dozen met het POS-materiaal uit de gang pakken. De namen staan erop.'

Ik wisselde een blik met de andere Turkse jongen.

'We hebben helaas geen lunch deze keer,' zei de trainer, 'want we moeten meteen op pad om de targets te halen. De klant wil echt dat we deze week alle locaties bezoeken.'

'Maar jullie kunnen natuurlijk wel een broodje bij een tankstation kopen,' zei Roxanne. 'En dat mag gedeclareerd worden, samen met de parkeerkosten.'

'Laten we er een geweldige campagne van maken,' riep die

vent tot slot. Hij werkte me op de zenuwen. Zijn vriendelijkheid was louter functioneel. Hij wilde dat we hard voor hem gingen werken, zodat hij met onze veren kon pronken bij het marketingteam van Philips, ergens in een fancy restaurant waar ze wél eten kregen. Ik wist dat hij die ochtend bakken met geld had verdiend en daarom mocht hij wat mij betreft doodvallen, de hufter.

De andere jongens spraken nog een beetje met elkaar, een aantal zocht Roxanne op om van alles en nog wat te vragen, vooral over de vorige rondes. Ik hoorde dat ze ervaring hadden. Ik was een beginneling. En wilde dolgraag een verpletterende indruk maken in mijn gebied, Drenthe, Overijssel en Gelderland, ze moesten naderhand allemaal lovend over me spreken tegenover het bedrijf. Dat was ook goed voor mijn reputatie bij het uitzendbureau.

Op het terrein buiten genoot ik van de frisse lucht. Het kantoorleven was niet per se veel beter dan mijn tijd in de bajes. Jullie denken misschien dat ik overdrijf, maar ik meen het: eenmaal binnen werd ik op beide plekken bevangen door dezelfde gevoelens van zelfhaat.

Bij de parkeerplaats kwam ik de andere Turkse jongen tegen. Hij zat op de motorkap van zijn wagen en rookte een sigaret. Hij had een opvallend grote neus. Ik zette mijn doos met materialen in de kofferbak en keek hem kort onderzoekend aan.

'Ik heet Ferhat,' zei hij. 'Jij bent nieuw, als ik me niet vergis.'

'Het is mijn eerste keer.' Ik stelde me ook voor. 'Is dit bedrijf een beetje leuk?'

'Als je goed werk aflevert, zijn het je beste vrienden, dan krijg je elke dag bedankjes en mag je op feesten komen. Soms delen ze zelfs een bonus uit.' Hij sprak mooi Nederlands, duidelijk geleerd in Rotterdam of die regio, inclusief een zuivere dictie. Bij ons in de buurt woonden helemaal geen allochtonen die zo praatten. Wij slikten letters in. Ata noemde bovendien iedere luchthaven op de wereld Schiphol, hoewel ik hem verdomme tientallen keren had gecorrigeerd, hij begreep niet dat het een eigennaam was.

'En wat doen ze als ik er deze week een potje van maak?' vroeg ik.

'Weinig. Dan hoor je niets meer van het bedrijf. Ze laten het contact doodbloeden. Ik heb er veel zien komen en gaan, vooral mijn eigen vrienden, op die gasten zijn ze altijd strenger.'

Ferhat wierp zijn sigaret weg, hij liep naar het portier.

'Heb je tips?' vroeg ik. 'Wat moet ik doen?'

Hij aarzelde kort en wees toen bewegend naar heel mijn lichaam, alsof hij denkbeeldig aan het schilderen was, van boven naar beneden en weer terug. 'Probeer je beter te kleden. Ze zullen het nooit in je gezicht zeggen, daar zijn ze te laf voor, maar ze zien alles.' Hij draaide zich naar de ramen van het gebouw. Ik deed hetzelfde. 'En die lui daarbinnen zijn echt niet zomaar vragen aan het stellen aan Roxanne. Ze zitten te slijmen. Dat noem je netwerken, in hun wereld. Iedereen wil gezien worden, allemaal zijn ze ziekelijk bezig om op te vallen, in de hoop dat ze later dit jaar nog meer klussen zullen krijgen.'

'Ik ben helemaal niet zo.'

'Dan is dit misschien onze laatste ontmoeting.' Hij zat al op zijn stoel. 'O ja, ik heb nog wel een advies. Als je straks bij je winkels bent, maak dan minimaal tien fototjes, het liefst nog veel meer. Dat is beter dan er alleen eentje schieten en weggaan. Ik leg het je later nog wel uit.'

Weten jullie wat het was? Ik kwam in principe nooit jongens met mijn achtergrond tegen die in het westen woonden. Ik wil niet zeggen dat ik een minderwaardigheidscomplex had ten aanzien van die gozer, maar het was wel duidelijk dat hij op formeel niveau meer van de wereld wist en mij feitelijk op dat front in alles overklaste.

Ik had, vond ik zelf, een goede route bedacht, van de verste gemeente op mijn lijst, ergens in de Achterhoek, naar het centrum van Deventer, waar ik de auto moest parkeren. Het ging om acht bezoekjes. De ritten waren overdag prima te doen. Er reed weinig verkeer op de binnenwegen. In principe was ik nu een vertegenwoordiger, een baan die mijn moeder zou moeten aanstaan, ware het niet dat ze nooit iets begreep, van wat dan ook, dus ik had het haar onmogelijk kunnen uitleggen. Ze zou misschien alleen geïmponeerd zijn door die auto, iets wat we thuis zogezegd zelf nooit bezaten, ondanks het materialisme van mijn vader.

Ik snap dat het nú interessant voor jullie wordt. Maar dit was zeven jaar geleden, stelletje eikels, dus doe maar even rustig, in die periode hield ik me nog wel gedeisd. Ik probeer alleen uit te leggen, in de juiste context, hoe het allemaal uit de klauwen kon lopen, dus als jullie me gaan pushen, op dit moment, beroep ik me op mijn zwijgrecht en ga ik lekker een *Story* van tien jaar geleden in mijn cel lezen. Probeer me niet boos te maken. Ik heb het idee dat ik nu wat kalmeer. Beledig mijn intelligentie niet. Ik begrijp precies wat jullie willen en ik zal het geven.

Ik kwam krap twee uur later aanrijden in godbetert Aalten, daar was de eerste winkel op mijn route, een plek die ik niet eerder had bezocht, van wat ik me herinnerde. Het leek er zondag. De straten waren leeg en de lichten van de winkels stonden uit. Ik liep met wat flyers, posters en borden naar de plaatselijke elektronicazaak, maar de deur zat potdicht. Ik keek door het raam naar binnen en zag een groepje mensen eten rond een tafel.

'Hallo, ik ben van Philips,' riep ik als een debiel, 'ik kom even kijken.'

Een dikkere man tilde eerst zijn linkerhand omhoog en wees toen met de wijsvinger van de andere naar het horloge om zijn pols. Ik begreep er geen flikker van. Voor zover ik wist hadden we geen afspraak met elkaar, of ik moest die ochtend zo vermoeid zijn geweest door alle slapeloze nachten dat ik de helft van de instructies verkeerd interpreteerde.

Na een paar wilde gebaren gaf ik het op. Ik ging op de stoep voor de winkel zitten, net zo lang tot iemand naar buiten zou komen, want ze konden niet heel hun klotelevens daarbinnen doorbrengen. Plotseling reed er stapvoets een politiewagen mijn kant op, er zaten twee stevige mannen voorin. Ik zag nog net dat ze allebei korte mouwen droegen. Ze wilden natuurlijk hun getrainde bovenarmen showen. Als jullie me straks weer eens vragen waarom ik jullie beroepssoort niet respecteer, moet je deze anekdote niet vergeten.

'Wat heeft dat te betekenen?' vroeg de plofkop achter het stuur.

'Ik zit gewoon op de grond. Dat is niet verboden.'

Hij staarde me agressief aan.

'De medewerkers van de winkel voelen zich geïntimideerd door je gedrag. En ook een buurvrouw aan de overkant heeft gebeld omdat ze een vreemde persoon signaleerde.'

'Is dat een overtreding,' vroeg ik, 'dat anderen je eng vinden? Ik kom hier simpelweg mijn werk doen, maar die zaak zit op slot, daarom kan ik niet verder. Ik moet nog naar zeven andere plekken.' De bijrijder hield zich stil. Die luisterde vooral tijdens hun dienst.

'Wat voor werk doe je dan?' vroeg de agent achter het stuur.

'Ik ben vertegenwoordiger van Philips. Dat personeel in de winkel krijgt straks een training van me en ik moet reclamematerialen plaatsen.'

'Weten ze dat zelf ook?' Dat vonden ze kennelijk grappig, ze hinnikten allebei, als twee idioten van wie de chromosoomhuishouding niet in balans was.

Ik bleef ongenaakbaar kijken, mijn ogen doorlopend gericht op de kerel achter het stuur, zodat hij een paar keer met korte tussenpozen ging verzitten, niet zo comfortabel als hij zich voordeed. Ik heb hier wel eens over nagedacht. Ik bedoel, hoe ik zo geworden ben, onverschrokken en tegelijkertijd een tikkeltje provocatief, het klopte allemaal. Het enige wat ik kon bedenken was dat een kutjeugd, gekenmerkt door doorlopende ellende en dreiging, ervoor zorgde dat iemand later in zijn leven niet zo snel van iets opkeek. Je bent murw gebeukt. In mijn geval letterlijk. De mensen die geen hoop meer hebben, ontmoeten de minste teleurstelling in hun leven. Jullie zullen zeggen misvormd en daarom ontoerekeningsvatbaar, of welk woord dan ook werkt bij een rechter, maar dat was het niet.

'Ze konden het weten, Derrick,' zei ik. 'Want mijn werkgever heeft ze gemaild, en als ze niet midden op de dag hun toko hadden gesloten, waren ze nu van dit gezeik af, en ik ook.'

'Luister, knul, de mensen in deze regio doen de winkel tijdens het middageten op slot,' zei de agent achter het stuur. 'Hij kan elk moment weer opengaan. Gedraag je een beetje. Jaag onze bewoners niet de stuipen op het lijf. Je bent hier te gast.'

Ik stond in één beweging op. 'Flikker lekker op. Ik ben hier geboren.'

Het slot werd van de deur gehaald en op hetzelfde moment tuften die druiloren in de politiewagen weg. Ik vond ze bij uitstek de grootste goorlappen die er rondliepen.

'Wat kan ik voor u betekenen?' vroeg een oudere mevrouw.

'Ik ben van Philips, we zijn bezig met een nieuwe campagne en mij is gevraagd om ook in uw winkel rond te kijken en wat flyers en posters achter te laten. Ik kan het allemaal zelf doen, in overleg met jullie, natuurlijk. Want iedereen moet er wel blij van worden.'

Die teef keek me niet eens aan. Ze rolde en schoof van alles naar buiten, van een beweegbaar stoepbord met reclame erop tot een ronde container voor lege batterijen.

'Kom binnen. De jongens zullen je opvangen.'

Ik wandelde naar de man in de verste hoek van de winkel, een homp vlees op pootjes. Hij gaf me een hand en stelde zich netjes voor. We onderzochten het assortiment en tot mijn grote verbazing hadden ze alleen één televisietoestel dat bij de campagne hoorde. De flyers en posters waren nutteloos, toch wilde hij wel dat ik ze achterliet. Ik vertelde hem hoe alles, wat hij dus niet in zijn zaak had, werkte en aangeprezen moest worden bij de klanten.

Hij was geen vervelende man, dat wil ik helemaal niet zeggen, want ondanks de zinloosheid van onze ontmoeting veinsde hij wel interesse in mijn verhaal. Misschien bedoelde hij het wel oprecht, als ik er wat langer over nadenk. Bij mij rijpte in ieder geval heel langzaam de gedachte dat deze campagne bezigheidstherapie was, maar voor zulke conclusies moest ik meer plekken bezoeken. Het kon voorbarig zijn.

Ik maakte allerlei afbeeldingen van de winkel, in het bijzonder van de enige televisie die ze van ons verkochten, en legde daarna de gevel vast vanuit meerdere hoeken, zoals Ferhat me min of meer had geadviseerd op de parkeerplaats. Ik nam afscheid van het volk daar, en in de auto naar Varsseveld, op allerlei mooie landweggetjes, omringd door de indrukwekkende natuur, vroeg ik me af of álle bezoeken zo simpel zouden worden. Je kon het moeilijk hard werken noemen, en iedereen die dat wel deed mocht de pestpleuris krijgen en een dag meelopen met mijn moeder, die in het ziekenhuis de stront en de kots van patiënten moest opruimen, voor een schamel loontje dat me een ongemakkelijk gevoel bezorgde. Ik wist namelijk wat ik die week zou gaan verdienen, als ik het niet op een debacle liet uitdraaien.

Het is niet zo dat ik nu elk filiaal met jullie wil doornemen, dus wees niet bang, heren van recht en orde, maar ik moet wel zeggen dat de winkel in Varsseveld helemaal niet meer bestond, volgens de buren waren ze al twee jaar geleden gesloten vanwege een pensioen.

Ik begon me af te vragen in wat voor klucht ik was beland. Het leek allemaal nergens op. Bij elk adresje was er wel iets aan de hand, of ze hadden de producten niet op voorraad, en soms werden ze boos omdat ik onaangekondigd met mijn boeltje een verhaal kwam houden. Veel liever wilden ze een afspraak maken, alleen paste dat weer niet in mijn planning.

Ik begreep het wel: dan scharrelde er twintig man aan klanten rond in de zaak en plotseling vroeg ik hun aandacht. Sommigen leken onder de indruk dat iemand van Philips was langsgekomen, maar ze moesten eens weten hoe armoedig die campagne in elkaar zat.

Aan het einde van de dag reed ik weer naar het huis van Ata, waar ik mijn laptop op mijn schoot nam en inlogde op het systeem van die sukkels in Sneek. De vogeltjes in zijn tuin tjilpten wilder dan normaal. Misschien voelden ze mijn aanwezigheid. Ik verwerkte direct de administratie en zag tot mijn verbazing dat je maar één foto per winkel kon uploaden, voor de rest moest ik een hoop multiplechoicevragen aanvinken. De eerste werkdag zat erop. Ik texte Roos van het uitzendbureau dat het goed ging. En dat ik de paraplu, die ik bij binnenkomst in het huis van Ata zag staan, later die week zou terugbrengen, als ik de auto inleverde. Ze schreef een aardig bericht terug en vertelde daarin dat ze over een paar dagen contact met de klant zou opnemen, ze wilde zelf ook wel weten hoe ze me beoordeelden.

Ata kwam binnen met een doos, ongeveer zo groot als een koelbox, die mijn moeder vroeger altijd vulde met vlees en ander eten als we in de zomervakantie met buren meereden naar Turkije. Er zat voer in voor de vogeltjes, verpakt in plastic met Duitse letters erop.

'Ik heb last van mijn voeten,' zei ik. 'De nagels snijden weer in het vlees.'

Hij keek me ernstig aan. 'Misschien heeft Barbarossa een paar schoenen liggen. Ik kan morgen voor je gaan kijken als jij er geen voor tijd hebt, zeg het maar. Geen probleem.'

'Maar dan kan ik ze niet eerst passen. Hij wil nooit iets ruilen.' Ik trok mijn sokken uit en zag inderdaad dat er bloed uit de beschadigde huid was gekropen, omringd door blauwe en rode zwellingen. Ik zal jullie de details besparen.

'Hoe was je eerste werkdag? Heb je mooie meisjes gezien?' vroeg Ata.

'Je kan het niet ingewikkeld noemen. We kregen een lijst met adressen van winkels en die moeten we allemaal deze week bezoeken, iedereen heeft zijn eigen regio, en als alles goed gaat kunnen we dus vrijdag zeggen dat we samen in heel Nederland aanwezig waren.'

'Die mensen zitten op het geld,' zei Ata. 'Echt slim. Denk je dat je iets kunt verkopen aan die elektronicazaken? Er staan nog zeven Amerikaanse koelkasten van Beko in mijn loods. Ze zijn pico bello nieuw en alles zit in de originele doos. Ik heb ook de gebruiksaanwijzingen, dus het is echt niet illegaal of zo. Ze kosten vijfhonderd euro per stuk.'

'Ik kan niet een koelkast van Beko in een zaak proberen te verkopen als ik voor de concurrent op bezoek ben, dat slaat helemaal nergens op. Je bent oprecht een rare kerel.'

Het tragische was dat hij het bloedserieus meende.

'Waarom niet? Je moet gewoon zeggen dat je voor alle fabrieken werkt. Dát snappen ze heus wel. Deze koelkasten kunnen ijsblokjes maken en er zit een klep in de deur die je open kunt drukken, daarmee bespaar je energie. Ze zijn ontzettend populair. Al mijn klanten willen ze hebben. Probeer het morgen, als je toch weer op pad gaat. In wat voor soort tenten kom je eigenlijk? Ik heb vroeger net als jij veel rondgereisd.'

'Er staat van alles op de lijst, van die kleine dorpswinkels met een paar producten tot grote concerns als MediaMarkt en BCC. Je leert Nederland er meteen beter door kennen.'

'Je moeder belde me weer,' zei Ata. 'Ze heeft morgen een afspraak bij de tandarts om haar kies te laten trekken, en ze schreeuwde dat jij haar met de auto moest brengen en dat je een ondankbaar stuk vreten bent dat als het aan haar lag eindeloos in de hel zal branden, omdat ze je een enorm hoerenkind vindt – dat zei ze echt. En je vader is elke dag bezig zich klem te zuipen, maar dat laatste is volgens mij niet echt nieuw, dus het ontging me waarom ze daarover begon. Ik liet haar maar uitrazen. Ik kreeg de indruk dat ze het nodig had.'

'Die mensen zullen nooit veranderen,' antwoordde ik. 'Ik geef het op. Wat een figuren.'

Ata pakte een fles allesreiniger van een plankje in de kelder en sprayde een deel van de inhoud langzaam en beheerst op de salontafel, de vensterbank en het televisiemeubel. Hij zag een envelop in de grote vitrine liggen en overhandigde die achteloos aan mij, zonder er iets over te zeggen. Hij ging vrolijk door met zijn werkzaamheden. Ik vouwde de brief open en las de tekst goed. Het logo herkende ik meteen van het grote gebouw in het centrum.

'Dit is een bewijs van inschrijving voor de opleiding planologie op Saxion,' zei ik.

'Gefeliciteerd,' riep Ata. 'Je bent dus student geworden. Er is niemand op de wereld die zo snel zijn leven op de rit kreeg na een poosje detentie. Ze moeten je een standbeeld geven.'

'Ik ben verbaasd. Hiermee kan ik naar de woningbouw om me in te schrijven voor een studentenhuis. Dan ben jij ook van me verlost.'

'Je bent mijn beste vriend en ik hou van je, maar dat laatste vind ik dus helemaal niet erg, want je poten stinken alsof je net in de koeienmest hebt gestaan, en die lelijke tenen van je zouden alle kinderen in het spookhuis in hun broek laten schijten van angst.'

'Ik ga zo snel mogelijk weg, geen zorgen, ik kan huur betalen als je wilt.'

Ata staakte zijn arbeid en keek me boos aan. 'Ben je niet goed bij je hoofd, ik zit je een beetje te plagen. Je mag dit huis hebben, het interesseert me niets. Als het nodig is, ga ik wel ergens anders wonen. We zijn familie, geen vrienden.'

Het is misschien moeilijk te geloven wat ik nu ga vertellen, want dit zijn stuk voor stuk zaken die in jullie levens niet spelen, maar ik werd blijer van dat valse document dan bijvoorbeeld destijds van mijn mavodiploma. Het stond ergens voor, er zouden deuren voor me opengaan en ik kon een zelfstandig leven opbouwen, in de luwte en uit het zicht van bekenden die me zagen worstelen om er weer bovenop te komen. Ik hield van anonimiteit en weinig mensen om me heen. Als ik naar Ata keek, die inmiddels met een vaatdoek geconcentreerd zat te vegen, meende ik te zien dat hij helemaal niet anders was. Het hoorde misschien bij de omstandigheden uit onze jeugd dat we liever op onszelf waren.

'Is de woningbouw open?' vroeg ik hem. Hij keek op zijn gouden horloge.

'Ja, absoluut, nog een halfuur. Die envelop heeft Kareltje trouwens hier bezorgd. Maar dat begreep je wel, denk ik. Het was leuk om hem te zien. Hij heeft een kindje. Die kleine klootzak noemde me een smerige Turk en riep dat we allemaal uitkeringen kregen. Ik hou van jonge kinderen. Ze floepen er van alles uit. Dat wordt later wel een gangster.'

Ik trok mijn schoenen aan, verbeet de pijn en rende naar het gebouw aan de Verzetslaan, waar ik allerlei losers van de samenleving zag wachten. Je kunt meestal aan het uiterlijk van mensen zien tot welk milieu ze behoren. Toen Ruby voor het eerst naar een voetbalwedstrijd van me meeging, vroeg ze naderhand in de auto waarom bijna al mijn teamgenoten dik waren, en dan bedoel ik echt ziekelijk corpulent, grenzend aan obesitas. Ik had die overeenkomsten tussen mijn teamgenoten natuurlijk zelf wel gezien, het had me alleen nooit aan het denken gezet, hoe stom dat nu ook klinkt, terwijl ik het aan jullie vertel. We kwamen zelden dunne mensen tegen in onze buurt of bij de club, we aten en dronken exact hetzelfde, en daarbij lieten we ons niet leiden door de schijf van vijf, zeg maar. Door dom geluk kwam ik niet aan. Mijn lichaam was anders.

Ik was aan de beurt en stelde me op als de ideale schoonzoon. Die vrouw daar verwerkte mijn inschrijving en wees me op een website die ik in de gaten moest houden, daarop publiceerden ze elke woensdag een nieuw aanbod van kamers en huizen. Laten we hier niet onnodig veel woorden aan vuilmaken, ik weet dat ik de hele tijd aan het praten ben. Het is in alle ernst bedoeld om jullie iets te vertellen over de omstandigheden waarin dit ontstond, want die besluiten vaker wat je doet dan jijzelf, als dat niet te zweverig klinkt.

Ik kreeg binnen twee weken een studio in de Smedenstraat, op de bovenste etage van een groot complex, en op het moment dat ik het nieuws las in mijn mailbox, voelde ik me voor het eerst bevrijd. Eindelijk kon ik me geestelijk afzonderen van de buitenwereld, en veel meer wilde ik niet, ongelogen.

VIII

Ata en ik vonden de inventaris van mijn nieuwe woning in de kringloopwinkel.

Op dat gebied ben ik geen trotse jongen, anders dan jullie misschien denken. Hebben jullie vanmorgen het huis doorzocht, nadat ik was meegenomen naar dit bureau? Er staat niets van waarde in. Alles is oud. Ik ben de afgelopen zeven jaar wel enorm verknocht geraakt aan die ruimte zélf, want daar kon ik, in alle rust en zonder belemmeringen, met de kennis van nu, heel langzaam, dankzij documentaires en boeken, aan mijn ontwikkeling werken. Niemand pleegde nog obstructie op het leven.

Toen alles in het appartement een beetje stond, van het tweepersoonsbed tot de koelkast, beantwoordde ik een telefoontje van mijn moeder, voor het eerst sinds mijn vertrek uit het huis van mijn ouders. Weten jullie wat het was? Ze raakte al snel geïmponeerd door zaken, en deze keer ging het me niet eens om de spulletjes – buiten stond ook de auto van Philips –, maar nog veel meer om mijn zelfredzaamheid. Ze moest zien dat ik haar niet nodig had, een verhouding die we lang wel in stand hielden, zowel op financieel als op emotioneel niveau.

Ik vertelde aan de telefoon waar ik haar zou oppikken, want

hoewel ze de straat kende, volstond het niet om een adres door te geven. Dat heeft weer met haar laaggeletterdheid te maken, iets wat voor jullie onmogelijk is om te begrijpen. We spraken af bij de voordeur van Wibra, voorheen haar lievelingswinkel, tegenwoordig van zijn troon gestoten door Action.

Een vrachtwagen probeerde achterwaarts aan de overkant van de straat te parkeren, in een nis die door de architect speciaal voor de supermarkt was ontworpen. De chauffeur blonk niet uit in zijn vak, dat kregen omstanders door, daarom hielpen ze hem door aanwijzingen te schreeuwen, allemaal wat anders, waardoor hij op een zeker moment zijn hoofd uit het raampje stak en vroeg of iedereen alsjeblieft zijn bek kon houden. Dat was mooi aan het bewonen van de binnenstad: je maakte er tenminste wat mee, tussen de echte mensen.

In kleine pasjes kwam mijn moeder aanzetten, bepakt en bezakt met allerlei schoonmaakattributen, zoals een emmer, een bezem, een dweil, flessen chloor en pakken duizenddingendoekjes, in alle kleuren van de regenboog. Op dat soort momenten voelde ik, in weerwil van onze verslechterde relatie, een vorm van ontzag voor haar. Ze bleef doorknallen als een onverwoestbare machine. Ik nam wat over en zag haar guitig naar me lachen.

'Woon je echt in deze straat?' vroeg ze.

'Ik heb het huis gekregen van de woningbouwvereniging.'

'Misschien kom ik zo nu en dan bij je logeren, dan ben ik tenminste van die lapzwans thuis verlost. Hij zit op de bank voortdurend te zeiken, op alles en iedereen.'

'Dat is mijn auto.' Ik legde de spullen behoedzaam neer, pakte de zwarte sleutel uit mijn zak en ontgrendelde alle vier de portieren synchroon.

'Mooi. Je moet me naar GAMMA rijden. Ik heb potgrond

nodig, ze zijn helemaal naar het industrieterrein verhuisd. Ze passen niet op mijn fiets, al die grote zakken.'

Eenmaal binnen begon ze de mop van de dweil krachtig te installeren, liet ze water in de emmer lopen en spoot ze er een scheutje allesreiniger bij, allerlei handelingen die ze veel vaker had gedaan, het vakmanschap kon iedere leek zien. Ik besloot op de bank te gaan liggen, met de telefoon in mijn handen, in de hoop dat ze uit zichzelf, als ze er klaar voor was, iets zou vertellen over de situatie thuis, in de eerste plaats over mijn vader, maar ik werd zo langzamerhand ook wel nieuwsgierig naar mijn broer, of hij nog steeds werd vastgehouden in de koepelgevangenis van Breda. Daar zag ik hem voor het laatst.

Haar broek was kreukelig en vaal. Ik vroeg me ineens af wanneer we waren gestopt elkaar aan te raken. Vroeger omhelsden we elkaar nog wel eens, bij een afscheid of als we elkaar lang niet hadden gezien, daar was niets meer van over. De prik was uit de fles. Onze relatie kende zo veel strubbelingen, door onderlinge onenigheid en verwijten, dat we simpelweg onze omgang als moeder en zoon hadden gestaakt, waarbij ik eerlijk moet zeggen dat het mijn initiatief was. Ik kon het niet meer opbrengen. Mijn lichaam blokkeerde in haar buurt.

Op mijn bank, terwijl ik ontspande, voor het eerst sinds mijn vrijlating, voelde ik plotseling geknor in mijn maag en ik zou zweren dat ik werd getroffen door een hongerklop, zoals wielrenners in een peloton. Dat woord leerde ik dankzij de televisie. Ik vertelde het aan mijn moeder en zij wilde wel köfte voor me maken, op basis van de ingrediënten die ze al vijftig jaar hanteerde, maar dan moest ik wel naar Dirk van den Broek.

Ik kreeg een briefje, ze haalde het uit haar bh, een vreemde plek om iets te bewaren, maar ik slikte mijn vragen in en bespaarde ons een ruzie.

Onderweg naar de supermarkt, tegenover de nis in de straat, viel het me op dat die chauffeur nog steeds worstelde met zijn vrachtwagen. De mannetjes van het magazijn keken ernstig naar de situatie. Hij reed eerst kalm vooruit en toen schuin naar achteren en iedereen riep 'ho', waarop hij opnieuw zijn vlezige kop tevoorschijn toverde en bulderde dat alle mensen op straat zakkenwassers waren. Een vrouw op een scootmobiel stak haar middelvinger op.

In de winkel zaten de jonge vakkenvullers op ronde krukjes van kunststof en ze vertelden elkaar over hun weekendplannen, telkens gelardeerd met vrolijke stemverheffingen als ze iets in hun verhaal wilden benadrukken, meestal een onbenullig detail, zoals de prijs van een biertje tijdens het piekuur in het danscafé of de discotheek. Ze hadden nog lol in het leven.

Ik vertel dit aan jullie, omdat ik altijd dit soort gesprekken opvang, het maakt niet uit waar ik ben, een bioscoop of een voetbalstadion, alles komt even hard binnen. Dus jullie moeten snappen dat het een grote opgave is om onder mensen te zijn, want die onzin wordt verwerkt door mijn hersenen en dat put een mens uit. En soms, als ik niet lekker in mijn vel zit, zuip ik me het liefst helemaal het schompes, lekker verdoofd voor overbodige prikkels, dan hoef ik me er tenminste niet over op te winden. Volgen jullie het allemaal nog?

Bij het vak met rundvlees, dat zal ik nooit vergeten, greep ik het briefje van mijn moeder uit mijn broekzak en bestudeerde ik wat ze nu precies nodig had voor de köfte. Jullie gaan het niet geloven. Het was een boodschap van mijn broer, die nog steeds in de koepelgevangenis zat en me op deze manier iets wilde vertellen. Hij had tijdens het bezoekuur dat papiertje in haar mouw geschoven, iets anders kon ik niet bedenken, er stond geen maat op zijn daadkracht. Het waren maar een paar woorden: 'Waarom praat je met politie? Je moet alles ontkennen. Zwijgrecht. Ik snap jou niet.' Ik stopte het gehavende papiertje laconiek weg.

Dat was exact wat me dwarszat aan die ongelooflijke meeloper: ik begreep ook niet wat hém bezielde. In die zin hadden we toch iets gemeen met elkaar. Wat me het meest tergde, was mijn aanvankelijke gedachte dat mijn moeder, nota bene een analfabeet, een recept op papier had geschreven, het sloeg helemaal nergens op. Ik was bang dat ik mijn scherpte kwijtraakte, en als ik open mag zijn, behoorde dat tot mijn grootste angsten, meer had ik niet.

Achter de kassa zat een meisje dat een paar jaar jonger was dan ik. Ze had rood haar, strak over haar hoofd gekamd, vastgezet in een staart die over haar rug viel. We lachten naar elkaar, niet plichtmatig. Ze bloosde rond haar neus, waar ze een paar sproeten had, net te weinig om ze dominant te noemen. Ik vroeg me meteen af of ze ook op andere plekjes van haar lijf hetzelfde was gekleurd, onvoorstelbaar, toch? Dat onderwerp liet me godbetert niet los.

'Werk je hier al lang?' vroeg ik met ingetogen stem, ze moest niet denken dat ik een macho was.

'Een paar jaar,' antwoordde ze. 'Ik ben een doza, dus dat is wel relaxed.'

Tijdens ons gesprek scande ze de producten, typisch iemand die twee dingen tegelijk kon.

'Ik ben een ram. Matcht dat een beetje, voor zover je weet?'

Ze lachte heel lief, met grote witte tanden. 'Doza betekent donderdag en zaterdag. Het is geen sterrenbeeld. Ik bedoelde te zeggen: ik ben hier een parttimer.'

We bleven elkaar aankijken, het was vriendelijk, bijna liefdevol.

'Je zult het niet geloven, maar ik woon sinds een paar weken hierachter in de Smedenstraat, dus we gaan elkaar vaker zien, ik weet nu precies op welke dagen ik moet komen.'

'Gezellig,' zei ze. 'Dan wordt het hier eindelijk een keer leuk.' En jullie moeten weten, ze meende het, dat was niet aan twijfel onderhevig. Ik rekende af en wandelde weer naar huis, waar mijn moeder zich letterlijk in het zweet had gewerkt, het vocht parelde op haar neus.

'Ben jij niet te oud voor dit soort werkzaamheden? Ik regel binnenkort wel een schoonmaakster, iemand die het voor een paar tientjes wil doen, geen zorgen.'

'Dat is zonde van je geld. Ik kom elke maandag, rond een uur of tien in de ochtend, als mijn favoriete programma op televisie is geweest. Dus geef me maar een sleutel van de voordeur.'

Er was geen haar op mijn hoofd die overwoog om mijn moeder ongelimiteerd toegang tot het huis te geven, ik wist precies hoe ze in elkaar stak. Ze zou ongebreideld, op de minst logische momenten, binnen komen wandelen, met een zak pasta of een rol vuilniszakken, zonder rekening te houden met mijn privacy. En als ik pech had, lag ik dan met een meisje in bed, het liefst Ruby natuurlijk, maar als zij me niet meer wilde, wat ik allemaal best kon begrijpen, wilde ik me verdiepen in die roodharige vamp van de supermarkt.

Ik pakte de plastic tas uit, legde mijn aankopen in de koelkast, slingerde weifelend naar de leren bank en ging wederom liggen, want er was, bedacht ik na een korte overpeinzing, niets anders wat ik op dat moment kon doen. Ik had geen zin in schoolzaken, die waren te makkelijk, en ik hield steevast tijd over voor de opdrachten, soms complete dagen. Voor mijn werk hoefde ik ook niet meer veel uit te voeren. Een dag later stond er een ronde gepland.

'Hoe ben je aan dat briefje gekomen dat je me daarnet hebt overhandigd?' vroeg ik.

Mijn moeder draaide verward mijn kant op, ze hield er niet van om gestoord te worden.

'Ik was gisteren bij je broer. Hij heeft het me gegeven.'

'Je meent het. Wat onverantwoord. Je moet niet zomaar dingen van hem aannemen, daarmee kun jij ook in grote problemen komen, besef je dat wel?'

'Hij kondigde het papiertje eerst aan,' legde ze uit. 'Ik moest het pakken en meteen in mijn bh stoppen, tijdens onze afscheidsknuffel, als álle bezoekers opstonden. Sindsdien heeft het nooit op een andere plek gezeten, tot ik het daarnet aan jou gaf.'

Voor de lieve vrede besloot ik er verder geen woorden aan vuil te maken. Die zouden weer leiden tot oeverloze discussies, die ik op geen enkele manier kon winnen, al had ik honderd argumenten om haar te overtuigen. Ik denk, in alle redelijkheid, dat mijn moeder als ze naar ons kijkt meer genegenheid voelt voor mijn broer, en dat is goed te volgen, als je geen verknipte zeikerd bent. Kijk, hij is een familieman, iemand die zo nu en dan emoties toont, en je zal nooit uit zijn bek horen dat hij de mensen in onze omgeving losers van het zuiverste water vindt, oftewel: die jongen zit totaal anders in elkaar dan ik.

Ik heb altijd gevoeld dat mijn ouders en mijn broer een langere geschiedenis met elkaar hadden. Hij is vier jaar ouder, dat valt te verwaarlozen, en toch maakten ze meer met elkaar mee. Dat is het lot van iedere nakomer: je moet kijken en luisteren naar hoe de rest van het gezin over iets praat, toen jij er nog niet was, onderwijl sluiten ze jou bewust of niet buiten, want jij kunt niet meedoen.

Ergens tijdens die gedachten, op de middag van het eerste bezoek van mijn moeder, moet ik in slaap zijn gevallen, geveld door vermoeidheid en mijmeringen, want ik werd pas wakker door het geluid van de bel. Het huis rook schoon en fris, naar limoen, als ik me niet vergis. Ik vroeg in de portofoon wie er voor de deur stond en Kareltje begon eindeloos te schelden.

Jullie moeten weten: het waren nogal grote stappen, de transformatie naar een nieuw huis, plotseling overgeleverd aan mezelf, nog meer dan hiervoor, toen ik nog wel kon rekenen op een dak boven mijn hoofd, in de ouderlijke woning. Die zekerheid was op dat moment volledig verdwenen – net als veel andere zaken. De verandering ging gepaard met schaamte. Ik rende bijvoorbeeld uit een reflex de trap af naar beneden. Onderweg begreep ik pas wat er aan de hand was en het had puur met gêne te maken. Ik wilde niet dat Kareltje het huis zag. Zoals jullie ook konden waarnemen, is het klein en paste het helemaal niet bij mijn status. Alles moest opnieuw worden opgebouwd. Dat duurde nog wel een poos.

Kareltje stond voor het gebouw, geleund tegen de muur, die kapot en verkleurd was. Hij had wat kringen onder zijn ogen, een souvenir van het jongevaderschap, iets anders kon het niet zijn, in de wetenschap dat hij moeiteloos veertien uur op een dag kon slapen, naar eigen zeggen zodat hij het leven niet al te actief hoefde mee te maken, want het was allemaal toch één grote betekenisloze teringzooi.

'Je woont lekker in de stad,' zei Kareltje. Hij monsterde het pand. 'Ik zou elke avond naar de kroeg gaan. Wat zit er hierbeneden achter de deur?'

'Dat is de berging. Die ruimte is nog best groot.'

'Mag ik er niet wonen?' vroeg hij.

'Mafkees. Wat is het plan?'

'We kunnen iets op de Brink gaan doen,' zei Kareltje. 'Ik mocht van Valerie de hort op. Ze zegt dat ik te negatief in het huis ben en ook op het kamp, tegen mijn neven en nichten, die kansloze sjappies met hun brommertjes en autootjes. Je zal ermee opgescheept zitten.'

Ik keek naar de hemel en zag het donkerder worden. 'Denk je dat het gaat regenen?'

'Voor mijn part komt de zondvloed. Ik ga geen ark bouwen. Laat mij lekker verzuipen, hoor.'

'Je wilt er een leuke avond van maken, ik hoor het al.' Ik herinnerde me plotseling dat de paraplu van Roos van het uitzendbureau aan mijn kapstok hing, verstopt onder een grote winterjas, zodat niemand hem ongevraagd kon pakken, hij moest immers nog terug, maar ik besloot hem niet te gaan halen. Dat ding mocht geen schade oplopen.

Kareltje en ik kuierden door de Smedenstraat naar de winkels, af en toe opgehouden door iemand die een praatje wilde maken, een onvermijdelijke bijkomstigheid voor iedereen die in het centrum van Deventer woonde en er zijn jeugd had doorgebracht. In gezelschap deed ik altijd een stap naar achteren op dat soort momenten. Het talent om met relatieve vreemden over niets te praten bezat ik totaal niet. Dat heeft me wel een imago gegeven, de mensen vinden me raar of antisociaal, maar dat zal me onder aan de som aan mijn reet roesten.

'Laten we iets gaan bikken ergens,' zei Kareltje, 'of heb jij daarnet thuis wat gehad?'

'Ik kan verdomme een kilo koteletten eten. Het schuim loopt over mijn lippen als ik het zeg.'

'Dan moeten we gaan wokken in Schalkhaar. Die tent is nog altijd de allerbeste.'

Voor zover ik me herinnerde, gingen we altijd naar datzelfde restaurant, vaak in grote groepen, bijvoorbeeld met ons voetbalelftal na een wedstrijd op zaterdagmiddag. Die plek was populair omdat je er vroeger drie uur lang onbeperkt mocht eten en drinken. Hebben jullie dat wel eens gedaan? Ik heb in die periode rare dingen gezien, man. Er was, om maar wat te noemen, een jongen in ons voetbalteam die moeiteloos een kan getapt bier achterover kon klokken, in zes of zeven teugen, daar wil ik vanaf zijn. Ik bedoel vooral te zeggen dat we onbeschoft waren, op allerlei terreinen, waardoor de uitbaters, na verloop van tijd, telkens nieuwe regels gingen bedenken, om te beginnen met een betaling vooraf. Te vaak liepen die gasten na het eten zomaar weg, volstrekt laveloos en daarom ook niet aanspreekbaar.

Bij binnenkomst moesten we inderdaad meteen betalen. Kareltje pakte de rekening op, hij had een mooi salaris bij de instelling waarvoor hij werkte. Ik weet er het fijne niet van, het kwam nooit ter sprake. We zaten tegenover elkaar aan het raam, naast een radiator. Ik voelde lichte kramp in mijn kuiten van de wandeling, die amper dertig minuten had geduurd. Er zat wat ongemak in de situatie, het was alsof we samen uit eten gingen, dat was niet de bedoeling, daarom bestelde Kareltje zo snel als het lukte twee biertjes, later mochten we ze zelf tappen.

'Luister, Ruby heeft me wéér gebeld.' Hij veegde de witte snor onder zijn neus vandaan. 'Het was een vreemd gesprek. Ze wilde alleen maar van me weten of het goed met jou ging.'

'Je neemt me in de zeik. Voor de rest vroeg ze helemaal niets?'

'Eerlijk waar, ik mag hier doodvallen als het wel zo is. Dus ik begon te vertellen dat je echt een andere jongen bent geworden, druk met allerlei zaken regelen, zoals je school en dat werk, en ik vertelde ook dat je bezig was met een eigen huis. Dat mocht wel, toch?'

'Natuurlijk, geen probleem, goed gedaan. Dan weet ze dat ik niet stilzit.'

Ik wilde in eerste instantie rustig aan doen, met het oog op mijn werkdag de volgende ochtend, maar ik besloot het bier toch wat sneller op te drinken, het moest wat lucht in mijn hoofd brengen. De tent liep vol met de reguliere klandizie. De belevenis van een wokrestaurant is voor iedereen anders: sommigen komen op slippers, anderen in een pak.

'Kijk,' riep ik, 'daar meldt zich weer een roedel hongerige beesten.'

'Weet je wat me echt stoort?' Kareltje nam een slok bier voor hij verderging. 'Die geitenbreiers hebben allemaal overgewicht. Dat moeten ze zelf weten, ik kan er ook wat van, maar waarom geven ze hun kinderen onbeperkt vreten? Het is een vorm van kindermishandeling. Die kleuters worden al gepest op school omdat ze eruitzien als varkens, alleen door die kloteouders die niet even nadenken. Ik haat mensen echt.'

'Dat hoort bij onze sociale klasse. Wij hebben ook jarenlang allerlei aangeleerde zaken gedaan die we over een paar jaar fukkin' dom gaan noemen, let maar op.'

Kareltje stond op, verdween tussen de gasten en kwam niet veel later terug met vier pilsjes.

'Waar denk je aan?' vroeg hij. 'Ik zit volgens mij op een goed spoor. Je zult mij niet meer op eerste kerstdag in een dennenboom op de Brink vinden, terwijl de politie dreigt me neer te schieten.'

'Die dagen hebben we achter de rug. Het zit meer in de kleine dingetjes. Vroeger was je bijvoorbeeld echt antihomo, maar wat zou je doen als David later uit de kast kwam?'

'Hij mag alles, het kan me niet schelen, als hij daar blij van wordt en mij met rust laat.'

'Dat bedoel ik. Vijf jaar geleden zou je hier een tirade hebben gehouden over dat die lui geestesgestoord zijn en dat het niet normaal is wat ze doen, maar je bent tot inkeer gekomen, terwijl veel mensen in onze buurt nog steeds zo denken, dat weet ik zeker.'

'Een kleine verandering is niet verkeerd. Jij verandert toch ook?' Hij lachte een beetje cynisch, het was niet laatdunkend bedoeld, eerder het tegenovergestelde. Kareltje begreep dat ik werkte aan mezelf, of tenminste aan mijn levensstijl, om maar niet te verzuipen in vreemde routines en herhalingen van eerder gemaakte fouten, zodat ik weer bij een rechter belandde. Die tijd moesten we achter ons laten. Dat wilde hij ook niet meer.

'Laten we naar de bakplaat gaan,' zei hij, 'waar ze die lamskoteletten grillen.'

'Ik hoop niet dat er een rij staat. Daar heb ik een hekel aan. Iedereen in een kringetje.'

Wat me zo aan die Aziatische mensen fascineerde, was dat ze jarenlang onverdroten identieke taken uitvoerden in het restaurant, elke keer voor dezelfde klanten, die op geen enkele manier met hun omgeving bezig waren. Ze gebruikten het personeel als beesten en dat werd allemaal functioneel weggelachen door de bedrijfsleider, de serveerders, de koks en wat er nog meer rondliep. Ik vroeg me altijd af waarover ze in hun eigen taal communiceerden, volgens mij scholden ze iedereen helemaal verrot, een uitvloeisel van hun opgebouwde ergernissen.

'Hoeveel, jongens?' vroeg de man achter de bakplaat. Het was niet druk.

'Doe maar twee keer vijf stuks, alsjeblieft,' antwoordde ik. Hij pakte de koteletten.

'Moet je nagaan,' zei Kareltje. 'We zijn hier zo vaak geweest dat die doakert niet eens vraagt wát we willen vreten, maar alleen informeert naar het aantal, wat een service.'

'Ze letten wel erg goed op, eerlijk is eerlijk.'

Voor ons stond een jonge gozer, die iets eerder was gekomen en met de kin omhoog tegen een pilaar leunde, verguld met zijn leven en de hele entourage in het gelijkvloerse gebouw, alsof die treurwilg in het tweesterrenrestaurant van Zwolle kaviaar had besteld. De kok veegde eerst driftig en veel te overdreven met zijn metalen spatels over de bakplaat en legde toen zijn bestelling op een groot wit bord, dat op de decoratieve kast stond, gemaakt van nepmarmer.

'Dat meen je niet,' riep Kareltje. Hij keek naar de jongen. 'Kerel, je kunt niet spareribs mixen met garnalen en dan kikkerbillen erop laten flikkeren, waar is je gevoel voor smaak?'

De jongen deinsde naar achteren, ietwat geschrokken. 'Ik neem dit altijd. Het is lekker.'

'Je bent niet goed, dat hoort helemaal niet, wild beest. Zullen we anders voor jou alles in een trog flikkeren, dat eet misschien ook wat makkelijker. En daarna mag je schijten in de hoek van het restaurant. We maken er een stal van, voor mensen zoals jij.'

Die gast wenste ons een fijne avond en vertrok naar zijn eigen plek, ergens achter in de vierkante eetruimte, onder een grote kitscherige kroonluchter, waardoor we hem gelukkig niet meer zouden tegenkomen, want daar had ik geen zin in. Voor je het wist draaide het allemaal weer uit op een gigantische vechtpartij, een extra groot risico met drank in het lichaam.

'Hij gooit de verse knoflook al op onze koteletten,' zei ik. 'Heb jij daarom gevraagd?'

'Nee, natuurlijk niet, hij weet het van zichzelf, deze mensen hebben tenminste nog een ziel.'

De kok plaatste het vlees op de borden en knikte kort en beleefd.

'Ik had toch gelijk, chef?' vroeg Kareltje. 'Spareribs en garnalen zijn dom.'

'Nederlanders geen smaak,' antwoordde hij. 'Aparte mensen. Altijd zingen. Meisje, ik hou van jou, waar ben jij, mijn hart kapot. Elke avond zingen hier als dronken zijn.'

Het was, bedacht ik onderweg naar onze tafel, toen Kareltje een korte pitstop maakte om meer bier te tappen, wel zaak ervoor te zorgen dat wíj niet sjikker werden, dat zou tot grote problemen leiden, in de eerste plaats op mijn werk. De volgende ochtend moest ik in de auto zitten om een nieuwe ronde te rijden, deze keer door heel Salland, langs zowel de grotere steden als de kleinste dorpen, dat weet ik nog heel goed. Het liet me niet volkomen onverschillig, ik wilde dat het bedrijf in Sneek geïmponeerd van mij raakte.

'Ik moet morgen weer werken,' zei Kareltje aan tafel. 'Het is niet erg. Je went eraan.'

'Sorry, man, dit klinkt misschien raar,' zei ik, 'maar ik heb nooit begrepen wat je precies doet.'

'Gewoon een beetje rondlopen in die instelling, tussen de gekken, van wie de meesten een junkie zijn geworden, of eerder in hun leven met geweld te maken hadden. Je kunt in principe precies zien welk kind later bij ons terecht gaat komen. Alles begint bij de jeugd, daar worden ze verneukt door hun ouders, die niet eens voor zichzelf kunnen zorgen. Ik geef ze eten en medicijnen, af en toe praat ik met eentje, dan hoor je wel bizarre dingen, geloof me.'

'Plegen ze ook zelfmoord bij jou?' vroeg ik.

'Je moest eens weten. Laatst heb ik iemand van het plafond moeten plukken. Hij had zich verhangen met een veter van een laars, geen idee hoe hij die binnen heeft gekregen. Normaal pakken we alles af waarmee ze zichzelf iets kunnen aandoen, je houdt het alleen niet altijd tegen.'

'Ik wil niet zeiken, begrijp me niet verkeerd, maar dit raakt jou toch ook, neem ik aan?'

Kareltje atte een vol glas bier. 'Ik vind het voor sommigen vooral zielig. Je ziet dat ze mentaal niet weerbaar zijn tegen het leven, alles is heftig en te veel. In principe zijn jij en ik niet anders, laten we wel wezen. Het grootste verschil is dat wij zo nu en dan over dingen praten en als het allemaal te heftig wordt, het op een zuipen zetten.' Hij schoof een nieuw glas bier naar voren. 'Het scheelt enorm als je niet met vragen zit, dat je de boel wel deels snapt.'

Ik hoefde niet door te vragen, het was duidelijk wat hij vertelde.

Wat jullie hopelijk inzien is dat Kareltje en ik, allebei op onze eigen manier, een kutjeugd hebben gehad en dat we elkaar daarom goed aanvoelden, ondanks al onze verschillen.

Weten jullie wat het is? Alle jaren daarna begreep ik plotseling dat er een stil verbond was tussen mensen die niet voor het geluk zijn geboren, om het even op die manier uit te drukken, met jullie toestemming. Je kunt zonder woorden elkaars pijn aanraken, die meestal gelijk van karakter is, wat meteen voor een enorm onderling vertrouwen zorgt, omdat anderen helemaal niet op die plek kunnen komen, bijvoorbeeld mensen zoals jullie. En dat verdriet en die misvorming van je persoonlijkheid werken altijd door. Al moet ik wel zeggen: ik ken jullie niet, er is overal een verhaal, dus daar wil ik niet te stellig over zijn.

We vertrokken na twee uur of zo, dat ben ik vergeten. Veel langer zal het niet zijn geweest. Voor de deur stonden een paar rokers, heel blij met de verhalen die ze aan elkaar vertelden. Als ze overdreven lachten, sidderde mijn hele lichaam van afkeer.

We moesten een besluit nemen over de rest van de avond. Het punt was dat mijn verstand niet meer functioneerde als ik dronken was. Ik ging bij de Chinese tempelleeuw voor de ingang staan, een robuust ding van steen, dat de medewerkers van het restaurant moest behoeden voor ongeluk, oftewel vals zingende Nederlanders die zich helemaal naar de tering zaten te eten en te zuipen. Misschien bleven die gasten daarom zo ontspannen, ze vertrouwden gewoon op het ornament, dát zou hen wel beschermen.

Kareltje tikte iets met twee duimen op zijn telefoon. Ik had geen zin om mijn toestel te pakken. We zwalkten langzaam naar de hoofdweg van Schalkhaar. De winkels waren gesloten. De mensen zaten in hun woonkamers televisie te kijken. Plotseling begon het te regenen. We reageerden er allebei niet op. Bij het kruispunt, aan de kant van tankstation AVIA, achter het stadion van Kowet, moesten we een keuze maken, gedwongen door de buien.

'Luister, dit gaat saai klinken, maar ik ga morgen werken. Beter op tijd naar mijn nest.'

'Dat is juist goed. Ik zit morgen ook weer in mijn auto. Dit is ons nieuwe leven. We kunnen niet altijd blijven aankloten. Ik zie je later wel weer. Doe Valerie de groetjes.'

Eenmaal op de drukke Brinkgreverweg, wandelend langs de mysterieuze vrijstaande huizen, knapte ik plotseling best op, in die zin dat de alcohol me een bevrijd gevoel gaf. Er stroomde uit het niets optimisme door mijn aderen, over alles wat ik nog moest doen, voor het uitzendbureau, voor school en in mijn relatie met Ruby, voor zover daar nog sprake van was.

In de binnenstad, achter het gebouw van de schouwburg, stonden grote vrachtwagens te wachten, volgeladen met bouwstukken en lampen voor de kermis. Elk jaar, vlak voor de zomer, propten ze drie grote pleinen vol met attracties en kramen. Dat werd een ongekende sensatie. Er was in mijn oude buurt nooit iemand met zijn ouders naar een pretpark geweest. Dat soort vanzelfsprekendheden bestond niet in onze contreien, hebben jullie daar wel eens bij stilgestaan? Ik bedoel, op de basisschool zat altijd wel een of andere klootzak in het kringgesprek op maandagochtend te vertellen dat hij met zijn opa en oma naar de Efteling was gegaan, en dan moesten wij dat verhaal zien te overtreffen als we aan de beurt waren, in de wetenschap dat minimaal zes of zeven kinderen wisten dat je een compleet verslag uit je duim zoog. Daarom zorgde die kermis voor positieve consternatie. Het pretpark kwam naar ons.

Ik weet nog dat ik een keer verzon dat mijn ouders me naar een dierentuin in Amsterdam hadden gebracht, gezellig met zijn allen in een gele intercity, dus ook met mijn oudere broer, die op dezelfde school zat, alleen dan twee klassen hoger. Mijn broer en ik stemden onze verhalen 's ochtends op elkaar af, als we samen naar het gebouw van De Hagenpoort in de Bagijnenstraat liepen. De details bedachten we samen, op basis van wat er op televisie was uitgezonden en in de boeken van de centrumbibliotheek stond afgebeeld, of we bestudeerden urenlang de treinen langs de perrons van het station, want die kon je eindeloos met je eigen ogen bekijken, soms bleef er eentje best lang staan door een defect.

De juf trapte altijd in mijn verzonnen uitjes met ons gezin. De rest van de klas, dus de leerlingen die niet in onze wijk woonden, hingen er zelfs status aan, een tikkeltje geïmponeerd dat ik het allemaal mocht meemaken. Als je in onze straat goed kon praten of vechten was de kans groot dat je niet onderdeed voor de rest. In werkelijkheid voerden we in het weekend geen flikker uit, echt helemaal niets. We zaten te wachten tot het ophield. Bij ons thuis was die wens nog groter door het gedrag van mijn vader, die stomme stoethaspel. Hij zoop op zaterdag alle opgebouwde frustratie van een werkweek in de fabriek weg.

In de Smedenstraat glommen de klinkers, het leek wel of de straat was gelakt. Er klonk absurd harde muziek uit een woning op de begane grond, aan de overkant van mijn appartement. Ik wandelde naar het raam, keek naar binnen en zag een jong gozertje op de stoffen bank van een desolate woonkamer zitten, omsingeld door troep en een gebrek aan perspectief. Weten jullie wat het was? Op dat soort momenten leerde ik veel over mezelf. Iedereen was op zijn eigen manier door het leven beschadigd, maar bij ons in de buurt hadden ze één ding niet weten te vernielen, namelijk onze waardigheid.

We wilden ondanks alles onze eer verdedigen, zowel de jongens van het woonwagenkamp als de gasten met wortels in Turkije. Ze mochten zo veel beuken uitdelen als ze wilden, het zou nooit lukken om onze trots af te pakken. Dan nog liever dood. Ik meen het.

IX

Het was niet mijn bedoeling om jullie zoveel over mezelf prijs te geven, met in mijn achterhoofd het besef dat nagenoeg alles wat ik vertel verspilde energie is, paarlen voor de zwijnen, of hoe ze dat ook noemen. Jullie zullen vast weer alleen de informatie eruit pikken die waardevol is voor de rechter-commissaris, die bij voorkeur dossiers leest in plaats van mensen, leer mij dat naargeestige volk kennen.

Ik heb nog twee uur nodig, het kan iets langer worden, veel meer zal het niet zijn, daarna wil ik terug naar mijn cel en hoor ik het vanzelf wel.

Een paar maanden later had ik een rustig en stabiel leven. Als ik niet werkte of mijn toetsen maakte, sloot ik mezelf op in mijn studio, telkens met een boek of een film, de inspiratie kwam van de radio, daar hoorde ik interviews met kunstenaars, of er werd kunst besproken. Dankzij de autoritten kon ik veel luisteren. Of ik stond uitgebreid voor mezelf te koken. Jullie hadden dat moeten zien, man. Ik liet me inspireren door die televisiekoks, en voor ik het wist knutselde ik eenvoudig bizarre gerechten in elkaar, zoals steaksandwich met waterkers, uien en knoflookmayonaise. Wie van sociale klasse verandert gaat plotseling anders eten, het was precies zoals ik daarnet vertelde.

Ik stond er goed op bij Philips en dus ook bij Roos van ASA Uitzendbureau, die me regelmatig belde, soms midden op een dag, om een paar formaliteiten door te nemen, of om me in te roosteren voor een nieuwe merchandiseronde, zoals zij dat noemde, maar dan bleven we gerust een paar minuten met elkaar doorpraten, bijvoorbeeld over festivals en zo. Ze vertelde er graag over. Het punt was dat ik haar tegen mijn zin op afstand moest houden, want ze had er geen sjoege van, die klusjes van haar stelden helemaal geen reet voor. De winkels die ik moest bezoeken bestonden meestal niet meer. En als ik ergens wél binnenkwam, werd ik weliswaar beleefd ontvangen, maar tegelijkertijd wist zowel de verkoopmedewerker als ik dat die exercitie voor de kat zijn viool was. We hadden het spul evengoed met de koerier kunnen sturen, dat zou goedkoper zijn, alleen moest er een potje op de marketingafdeling van Philips worden uitgegeven, ik begreep exact wat er aan de hand was. Dat gold niet alleen voor mij.

Op een maandagochtend, voor het gebouw van de opdrachtgever in Sneek, vlak voor een nieuwe producttraining, liep ik Ferhat tegen het lijf. Hij had een mooi jasje aan.

'Heb jij dat in het westen ook,' vroeg ik aan hem, 'dat sommige winkels helemaal niet bestaan, of dat onze producten er totaal niet liggen?'

'Jazeker. Ik maak alles mee. Ik moest een keer een demonstratie van een nieuwe flatscreentelevisie geven aan het personeel van een witgoedwinkel.'

'Wat gebeurde er toen?' We schuifelden naar de voordeur.

'Je moet dat soort dingen de eerste keer gewoon zonder schaamte doen. Het is belangrijk om een relatie met iedereen in de winkels op te bouwen. Dan laten ze je met rust.' Plotseling ging hij fluisteren. 'Daarna helpen ze je vanzelf. Zij horen bij ons. Dat kan ik van deze krotenkokers niet zeggen.' Hij wees met zijn rechterwijsvinger naar het grote gebouw. We zagen door de metershoge ramen Roxanne koffie uitdelen aan de andere jongens.

'Waarmee zouden ze me kunnen helpen,' zei ik, 'ik snap het even niet?'

'Luister, ik heb je een paar maanden geleden gezegd dat je extra foto's moest maken van alle winkels, dat was niet zonder reden, als je me begrijpt. Als wij straks weer op pad worden gestuurd, kun je gerust een oud plaatje van MediaMarkt in Apeldoorn in het systeem gooien. De namen van de medewerkers ken je al. Je hoeft helemaal niet te rijden. Het enige wat je moet doen is elke avond even alles uploaden en bijwerken.'

Het was goed bedacht, die gast liet je heel anders denken. Want het klopte volledig. De winkels stonden niet op ons te wachten en de klant had er al bij voorbaat schijt aan.

'Maar wat doe je met alle posters en flyers en die andere rotzooi? En het autoverhuurbedrijf moet toch kilometers doorgeven? Als er niets bij komt op het dashboard, zijn we het haasje, dan weten ze dat we de boel flessen.'

'Flikker alles bij het oud papier, dat doe ik al dik twee jaar, niemand die erover begint. Je moet alleen niet slordig worden. En wat die kilometers betreft, heb je een vriendin?'

'Ik geloof het wel, we moeten nog het een en ander met elkaar uitzoeken.'

'Ga dat lekker in Antwerpen of zo doen, even een romantische citytrip. Je komt vanzelf aan je kilometers. Als het om tankbonnetjes gaat, vraag dan aan je vrienden of ze hun wagens volgooien met jouw pas. Jij kunt declareren, zij hebben gratis benzine, het is heel eenvoudig.'

Het was de zoveelste saaie training, deze keer verzorgd

door een patser die acteerde dat er iets op het spel stond, alsof onze prestaties godbetert de beurswaarde van heel Philips zouden beïnvloeden. Dat was mijn probleem met veel mensen en plekken: als ik eenmaal begreep hoe alles in elkaar zat, raakte ik verveeld en verlangde ik naar iets anders, of ik gaf er mijn eigen onorthodoxe draai aan. In ieder geval zorgden beide scenario's voor een hoop narigheid. Daar komen we zo meteen vanzelf op. Wacht maar af, we zijn er bijna.

Ferhat zat iets verderop, gewapend met een notitieblok en een pennetje, af en toe noteerde hij een term, puur om die laaienlichters voor de gek te houden. Hij was een slimme jongen. Ik had ontzag voor intelligente mensen die me inspireerden, op welke manier dan ook, vooral omdat ze in mijn eigen omgeving, in de buurt of op school, niet vaak voorkwamen.

Dat is nog een noemenswaardig detail, let even goed op, want het snijdt een belangrijk onderwerp aan.

In het milieu waarin ik ben opgegroeid heerst er weerzin tegen intellectualisme en witte boorden. Als je iets te veel status krijgt, zonder die per se uit te dragen, beginnen anderen je uit te kotsen, heel hartstochtelijk, op een manier die je doet twijfelen aan jezelf. Het is of je hun kleine zusjes hebt geneukt, een vernedering van dat formaat. Wat hebben ze toch een hekel aan mensen die iets van hun leven willen brouwen. Je zou het eens moeten meemaken. Veel liever zien ze je in het casino de bijstandsuitkering van je moeder verbrassen, dat levert meer respect op, want dat doen die schooiers zelf ook.

Roxanne zag er weer onberispelijk uit en tijdens elke training besefte ik opnieuw dat haar flirterige blikken me door die geestdodende ochtenden loodsten. Wat me zo fascineerde was dat ze rondliep in mantelpakjes die ons zicht op haar borsten gunden en dat niemand daar een opmerking over maakte, niet eens een flauwe verwijzing. Bij ons in de wijk zouden ze haar niet met rust laten, daar had een of andere idioot haar zelfs vroeg of laat ten huwelijk gevaagd, hoorndol van ontembare bronstigheid die elke hersencel lamlegde.

Na afloop, toen iedereen aanstalten maakte om te vertrekken, vroeg ze aan Ferhat en aan mij of we misschien wilden blijven zitten, er was nog iets te bespreken met ons. Dat maakte me wel zenuwachtig, man. In eerste instantie dacht ik dat ze mij misschien zou aanspreken op zijn gedrag, in de veronderstelling dat we allemaal hetzelfde zijn. Hij bleef ogenschijnlijk rustig onder haar ongebruikelijke wens. Ze sloot de deur en we schoven naar elkaar toe.

'We zijn echt megablij met jullie, dat kan niet vaak genoeg worden gezegd.'

'Dankjewel,' antwoordde ik. 'Jij maakt dit bedrijf een stuk leuker.'

'Ooo, echt cute.' Ik dacht dat ze iets in haar gezicht zou scheuren van het lachen. 'Ik wilde even met jullie overleggen omdat we een probleem hebben met een paar winkels. Een aantal van jullie collegaatjes durft sommige wijken niet in. Ze zijn bang om er niet goed ontvangen te worden en soms is er ook een taalprobleem, dat maakt communicatie onmogelijk.'

'Ik snap het niet,' zei Ferhat. 'Waarom willen ze niet naar die winkels?'

'Ze voelen zich onveilig. De mensen in die buurt hebben een andere achtergrond. Dus wat ik eigenlijk wilde vragen, is of jullie een extra dag willen draaien, om hen te helpen.'

'Is het niet gevaarlijk voor ons dan?' vroeg ik.

Roxanne bewoog ongemakkelijk op haar stoel, veegde niet-bestaande kruimels van haar arm en sloeg haar benen over elkaar, een hele aanloop om iets te kunnen verzinnen.

'Dat moeten jullie natuurlijk meteen aan ons laten weten, als jullie er eenmaal zijn. We zouden het hier in ieder geval enorm waarderen. En we willen binnenkort met jullie beiden om tafel zitten om te praten over jullie positie binnen het bedrijf, want het management vindt dat het wel iets diverser mag, in alle lagen van de organisatie. Jullie zijn daar geknipt voor.'

'Dus het is niet op basis van onze kwaliteit?' zei ik.

'Hou op, Eus. Je bent me vandaag enorm aan het plagen. We vinden jullie kanjers. Ik kan me voorstellen dat dit voorstel even moet bezinken, daarom bel ik zo meteen wel als jullie in de auto zitten, dan is er eerst wat tijd om in alle rust over het *proposal* na te denken.'

'Heb je een aanzoek gedaan dat ik heb gemist?' Het was voor het eerst dat ik iets van walging in haar ogen bespeurde, dus ik staakte mijn bijdehante opmerkingen.

Ferhat en ik wandelden naar de uitgang. Het kantoor was bijna leeg, gestript van alle tierelantijnen en kunstmatige gezelligheid. In een belcabine zat een jonge vrouw driftig met iemand te praten, terwijl ze op de toetsen van haar laptop ramde, zo nu en dan onderbroken door een kreet van irritatie. Ik zag hoe dat bedrijf werkelijk in elkaar zat, de rest was toneel. En hoe ik dat tot in detail heb ontdekt ga ik jullie later vertellen, van begin tot eind.

We raapten onze dozen met het POS-materiaal op en stonden op de parkeerplaats plotseling tegenover elkaar. De wind blies mijn haar alle kanten op. Het woei altijd op die verdomde plek. Ik zette mijn spul in de kofferbak en zag dat Ferhat hetzelfde deed. Hij keek omlaag.

'Je moet echt eens nieuwe schoenen kopen, dit paar ziet er niet meer uit. Als ik hier wegrijd, trek ik sowieso bij het eerste tankstation mijn sneakers aan, er heeft nooit iemand geklaagd.'

'Draag je deze nette exemplaren alleen hier op kantoor?'

'Ja, natuurlijk, het maakt die verkopers niets uit hoe je eruitziet. Ze hebben schijt.'

'Je bent een handige jongen.' Ik ging even door mijn knieën en strikte mijn veters. 'Wat denk jij, moeten we haar voorstel accepteren? Ze vertelde niets over een bonus of zo.'

Ik kwam overeind en zag hem geamuseerd lachen.

'Weet je,' zei hij, 'wat zij als een gevaarlijk getto ziet, zijn gewoon de plekken waar jij en ik zijn opgegroeid. Bij mij in de Afrikaanderwijk maakten we van alles mee, chaos was normaal. Je denkt toch niet dat ik het eng vind om naar een winkel in een volksbuurt te gaan? Want daar gaat dit allemaal over.'

'O, shit, man, ik dacht aan totaal andere dingen, dat we onze levens niet veilig zouden zijn.'

'Je hebt vermoedelijk nooit beseft dat je jarenlang bij het afvoerputje van dit land hebt gehoord en dat er helemaal geen laagje daaronder zit. Wij zíjn de mensen voor wie zij vrezen, doordat ze nooit, tijdens hun eigen jeugd, met ons in contact kwamen.'

'Kerel,' antwoordde ik, 'je praat alsof je een socioloog bent, of hoe ze dat noemen. Je schudt het zomaar uit je mouw. Het klinkt wel zinnig wat je zegt, eerlijk is eerlijk.'

'Ik doe ook een studie sociologie aan de Erasmus in Rotterdam.' Die knakker zag er behoorlijk tevreden uit na die bekentenis. Het interesseerde me mateloos, moet ik zeggen, want anders dan de meeste mensen die ik in mijn leven tegenkwam, verloor hij zichzelf niet in totaal overbodige kletspraat die me acuut deed verlangen naar een leven in afzondering om in ieder geval van dat geëmmer verlost te zijn.

Roxanne stond achter het raam van de trainingszaal en hield twee duimen voor haar borsten, ten teken dat we superhelden waren die deze klus wel zouden klaren, in opdracht van het bedrijf dat me zo langzamerhand deed afvragen waarom het bestond. Ik bedoel, de verschillende elektronicaconcerns die tot hun klantenkring behoorden wilden simpelweg geen aparte afdelingen met vertegenwoordigers oprichten, daarom schonken ze die taak aan het bedrijf in Sneek, waar ze parasiteren tot een kunstvorm hadden verheven.

'Ik ga ervandoor,' zei Ferhat. 'Het wordt spannend vanavond. We moeten op bezoek bij de familie van mijn vriendin om haar hand te vragen, we willen trouwen.'

'Dat meen je niet? Je bent amper twintig. Dat had ik niet achter je gezocht.'

'Wat lul je nou? Bij jullie werkt het misschien anders, maar wij respecteren nog steeds de cultuur en de tradities, dus daar kun je niets over zeggen.'

Ik vertelde jullie eerder dat mijn ouders geen prototype moslims zijn. Ze behoorden tot een religieuze minderheid, beter bekend als de alevieten, wat in onze praktijk betekende dat er helemaal niets was, alleen een hekel aan godsdienstfanaten, die met de Koran in de hand op ons neerkeken. Ze konden niet goed doorgronden waar wij voor stonden. En als ik eerlijk moet zijn heb ik dat zelf ook nooit begrepen. Mijn moeder schold alleen de gelovigen uit, noemde ze achterlijk en zo, maar ze vertelde niet hoe zij tegen de zaken aan keek.

Ferhat zag kennelijk aan mijn uiterlijk en manier van doen dat ik van die groep afstamde, dat zorgde meteen voor een enorme kloof tussen ons, een afstand die niet te overbruggen was. Want die soennieten wanen zich meestal beter, een gevoel dat ze kunnen uitdragen omdat ze in de meerderheid zijn, zowel in Turkije als hier in Nederland.

'Dus je gaat met je ouders en broertjes en zusjes koffiedrinken bij je vriendin thuis?' vroeg ik.

'Jazeker. Zij studeert aan dezelfde universiteit, en als alles helemaal volgens plan loopt, hebben we over twee jaar ons diploma en dan kunnen we meteen trouwen. Het geld dat ik hier verdien leg ik opzij voor de bruiloft, we zijn al bezig met de uitnodigingen.'

Weten jullie wat het was? Ik begon te twijfelen of ik later, als ze alles hadden rondgemaakt, met hun principes en rituelen, welkom op die bruiloft zou zijn. Ik voelde wel genegenheid voor hem, maar die was gaan wankelen, alleen door de afkomst van mijn ouders. Die opmerking over mijn identiteit, hoe emotioneel het ook klinkt, zag ik op dat moment als een enorme afwijzing van iemand met wie ik toch een stil pact had gesloten. In een eerder leven, toen ik amper zeventien was, maakte een meisje wier ouders uit Turkije kwamen uit het niets onze verkering uit, gegijzeld door het vooruitzicht dat haar vader en moeder haar zouden verketteren. Het werkte altijd zo in die kringen, tijdens dit soort religieuze confrontaties, waardoor ik me oprecht nooit wezenlijk onderdeel van een groep heb gevoeld, hoewel anderen, mensen zoals jullie, me dolgraag wél bij een club willen scharen.

Roxanne zwaaide nog steeds vanuit de zaal, onverminderd content met het leven.

'Als ik met haar wil trouwen,' zei ik, 'hoeft mijn vader niet op bezoek, dat zou wat zijn.'

Ferhat wuifde terug. 'Ze is leuk voor een nachtje, meer niet.'

'Wat denk jij dat ze ziet als ze naar ons kijkt?'

'Twee Turken,' antwoordde Ferhat.

'Ze moest eens weten hoe het werkelijk zit.' Ik sluit niet uit dat ik hem toen venijnig heb aangekeken, want dat is wat ik doe op het moment dat iemand me begint te irriteren. Het punt was wel dat ik zo langzamerhand een ontzettende hekel aan iedereen kreeg. Misschien moest ik voortaan met een zonnebril gaan rondlopen, ter bescherming van mijn reputatie.

Ferhat zou vanavond, na zijn merchandiseronde, in een volgestouwde woonkamer zitten, keurig in pak, terwijl de vrouwen koffie en koekjes serveerden, ik kende het van de films. En dan, als de tijd rijp was, moest zijn vader een bekende tekst opdissen, iets in de trant van: '*Allah'ın emri, peygamberin kavliyle, kızınızı oğlumuza istiyoruz*', wat zoveel betekent als dat ze met de toestemming van God en de Profeet hun kinderen met elkaar willen laten trouwen.

'Ik hoop dat haar vader toestemming geeft,' zei ik, 'het komt vast goed.'

'Maak jezelf niet onnodig moe voor die Hollandse varkens.' Hij wees weer naar Roxanne. 'Ze geven helemaal niets om ons. We worden puur gebruikt, bedien ze van dezelfde middelen.'

Volgens mij zat ik er niet ver naast als ik concludeerde dat die gast een hekel had aan Nederlanders en aan vrouwen. Wie beide hokjes kon aankruisen, zoals die arme Roxanne, hoefde serieus niet op een uitnodiging voor zijn bruiloft te rekenen.

We stapten in onze wagens, keken elkaar niet meer aan en jakkerden om de beurt weg, allebei naar een andere uithoek van Nederland. Ik besloot eerst naar Twente te rijden, om precies te zijn naar Hengelo, want daar stond langs de snelweg op het terrein van twee elektronicaketens eveneens een filiaal van McDonald's, ideaal voor mijn lunch.

Onderweg belde Roxanne volgens afspraak. Ik vertelde dat ik die extra ronde wel wilde doen. Ze werd daar ontzettend blij van, waanzinnig. Het stelde bijster weinig voor. Het gesprek duurde niet lang. Ik parkeerde mijn auto in een vak op het Plein Westermaat en wilde pas na de winkelbezoeken een broodje gaan kopen. Verderop stond een sportwinkel, die zag ik voor het eerst, hoewel hij gigantisch groot was. Ik kon daar later mooie sneakers kopen, zoals Ferhat me had geadviseerd, het liefst zo zacht en breed mogelijk. Het was een levendige plek daar bij die winkels, die op dat moment van de dag vooral door ouderen werden bezocht.

Bij BCC droegen ze allemaal groene overhemden, om te spugen zo lelijk. Ik vroeg me af wat er in het leven van een volwassen man of vrouw moest gebeuren waardoor ze kritiekloos een bedrijfsuniform aantrokken. Wat me nog wel het meest tegenstond was dat een aantal zichtbaar status ontleende aan dat tenue. Ze hadden de mouwen opgerold en zelfs een paar pennetjes in hun borstzak gestopt, kun je het verdomme geloven?

Dit gold niet voor de verkoper die mij ontving, een jongen van gemiddelde lengte, met een slechte huid en een hoofd dat je beter meteen kaal kon scheren. Zijn kapsel leek op onkruid.

'Ben jij er ook weer?' vroeg hij energieloos. Hij stond bij de computers. 'Ik heb je eerder gezien. Je mag lekker je gang gaan en als ik iets in het magazijn moet opzoeken, hoor ik het wel.'

'Wat ben jij aan het doen?' Ik wilde dat waarachtig van hem weten.

Hij leunde tegen de punt van een langgerekte metalen tafel. 'Ik sta hier te wachten tot er nieuwe klanten komen die ik kan ontvangen en misschien kopen ze wel een product.'

'Je meent het niet. Dus als er niemand komt, heb je een enorm saaie dag.'

'Soms gaan we schoonmaken en zo. Of de voorraden achter de winkel sorteren en opruimen. Een beetje van dat werk. De dagen gaan dan wel langzamer.'

'Ik doe even een rondje langs de schappen en kasten,' zei ik. 'Dan weet ik beter wat ik moet pakken uit mijn kofferbak. Anders sleur ik die spullen voor niets mee.'

'Jouw werk stelt toch ook helemaal niets voor?' vroeg hij.

Hij bedoelde het niet schamperend of haatdragend. Die gasten waren natuurlijk niet gek.

'Een hersenchirurg levert grotere prestaties, daar hoeven we niet over te discussiëren. Ze betalen me wel goed. En ik heb alle vrijheid. Niemand komt me ooit controleren. Het enige wat ik moet doen is alles aan het einde van de dag digitaal rapporteren.'

'Dat is lekker, man.' Ik zag een aarzeling in zijn expressie, hij hield telkens zijn adem in. Het waren niet mijn zaken. Geen idee waar die jongen allemaal mee rondliep.

'Hier is ook weinig controle,' zei hij, 'je zou het niet denken. Vanbuiten lijken we heel goed georganiseerd en zo, dat begrijp ik wel, maar in de winkel is het een puinhoop. De manager heeft totaal geen overzicht, hij weet helemaal niet wat er gebeurt.'

'Dat is relaxed, toch.' Ik moest zeggen: het was inderdaad erg rustig in die klotewinkel.

'Weet je, als jij nu met jouw auto naar ons ophaalpunt zou rijden, tot een paar centimeters voor het rolluik, zou ik moeiteloos een paar laptops achterin kunnen gooien, geen enkel probleem.'

'Dat zou wat zijn,' zei ik. 'Ik heb er binnenkort wel eentje nodig voor mijn vervolgstudie.'

Die knakker lanceerde zich met behulp van de punt van de tafel en wandelde langs het assortiment, waarbij hij af en toe bleef stilstaan bij een apparaat dat hij zelf mooi vond.

'Je kiest er maar eentje uit, ik regel dat het over vijf minuten in je auto ligt.'

Hij was bloedserieus. Wat ik wel eens eerder heb verteld, is dat ik over het irritante talent beschik dat ik altijd in de penarie beland door externe prikkels, van mensen die allerlei dingen willen uitvreten en in mij een gedoodverfde handlanger herkennen. Misschien straal ik iets uit waar dat tinnef helemaal van opbloeit. In mij vinden ze het ontbrekende schakeltje, de mogelijkheid om hun plan door te zetten. Je had hem moeten zien, man, hij bleef open en bloot, op een paar meter afstand van andere medewerkers, apparaten aanprijzen. Het scheelde natuurlijk dat ik daar in functie was, dat wisten die andere lui ook.

'Je bent een grappenmaker,' zei ik. 'Ik sla even over, als je het niet erg vindt.'

Hij wreef over de smerige stoppels op zijn kin. Door zijn waterige oogjes dacht ik even dat hij stoned was. Hij leek me niet een jongen die in de discotheek de vrouwen van zich af moest slaan. Tot overmaat van ramp stonk hij ook nog naar zweet. Ik wist door de formulieren die hij moest invullen dat zijn naam Hein was. Mijn naam kende hij niet. Dat wilde ik bij voorkeur zo houden. Ik denk dat hij het nog steeds niet weet. Het tekent zijn karakter.

'Ik ben hier, als je je bedenkt, het is echt heel simpel.' Hij leunde weer tegen die tafel.

Buiten trok ik wat flyers en posters uit dozen en kokers op de achterbank. Wat je ook van mijn werk wilde zeggen, het kon door iedere imbeciel worden gedaan.

Eenmaal terug in de winkel, vergezeld door die hoerenzoon van een Hein, legde ik wat flyers neer en bouwde ik kartonnen reclameborden in elkaar, precies op de plekken waar onze producten werden aangeboden. Als ik er nu aan terugdenk, betekende het allemaal niets meer dan milieuvervuiling. In de toekomst zou de reclame wel digitaal zichtbaar zijn. Ik legde het bewijs vast in mijn telefoon en ging meteen door naar de volgende productgroepen.

'De iPods zijn volledig nieuw,' zei die mafketel. 'Die kan ik je ook meegeven.'

'Kerel, heb je geen makkers? Je moet aan die gasten vragen of ze je helpen.'

Hij wees naar de kassa. 'Zie je alle mensen die daar staan?'

Het kon aan mijn slechte ogen liggen, maar ik zag dus niemand. 'Het is leeg.'

'Dat zijn al mijn gabbers. Ik zit niet in een vriendengroep. Niets voor mij.'

'Dan hebben we dat gemeen.' Om van hem af te zijn beende ik naar de andere kant van de winkel, richting de soundbars en de soundplates, oftewel de speakers onder grote schermen.

Wat het vertegenwoordigerswerk me nog meer opleverde, in positieve zin, was dat ik van alle gadgets een beetje verstand kreeg, op algemeen niveau. Weten jullie wat het was? Ik moest op die momenten denken aan mijn vader, die eenmaal in Nederland meteen een sterke interesse ontwikkelde voor elektronica. Je had vroeger, tien jaar geleden of zo, een winkel van de firma Scheer & Foppen op de Brink in Deventer, en mijn vader wilde altijd urenlang alle nieuwe wasmachines, ovens en frituurpannen bekijken, betoverd door het idee dat hij later misschien een exemplaar in de uitverkoop zou kunnen kopen, geholpen door een lening. In het dorp van mijn ouders hadden ze niet eens elektriciteit, laat staan dit soort moderne machines.

'Ik ga je mijn nummer geven, we kunnen er nog eens over babbelen.' Hein trok een klein wit propje uit zijn broekzak en duwde dat in mijn hand. Wat was dat toch met die eikels en hun papiertjes? Blijkbaar was dat het communicatiemiddel van hele boeven en halve debielen.

'Tot een volgende keer, hopelijk wordt het drukker in de winkel.'

Ik ging in de auto achter het stuur zitten, met de adressenlijst op mijn schoot. Voor het eerst zag ik in de binnenspiegel dat mijn haar een puinhoop was. Er moest een kapper naar kijken, iemand die het kon fatsoeneren, zonder het model eruit te knippen. Ik trok mijn schoenen uit en constateerde rode en schrale kootjes, daaromheen bloed door de kromme nagels in mijn huid. Het was allemaal niet best, man. Het ergste was dat ik de pijn niet meer voelde.

In weerwil van al mijn eerdere plannen besloot ik direct naar huis te gaan. De auto gleed lekker over de snelweg en al na een paar kilometers vond ik toch energie om het een en ander te regelen. Ik was inmiddels best gewend aan deze route door de voortdurende herhalingen, daarom hoefde ik de navigatie niet eens aan te zetten. Ik moest alleen wachten tot afslag 23 werd aangekondigd. In de tijd dat ik met mijn broer op pad ging, werd ik altijd zielsgelukkig als ik dat bord zag, jullie moesten eens weten. Dat afslagbord stond voor een belofte. Thuiskomen.

De sensatie was groter vanuit de andere richting. In het begin raakte ik altijd overrompeld door het gevoel, ongelogen. Ik wist toen nog niet wanneer het kwam. Maar als ik dus het westen achter me had gelaten en op de A1 naar Deventer koerste, raakte ik steevast overmeesterd door onverwacht geluk, hoe bombastisch dat ook klinkt. Ergens op die brug, boven het water van de IJssel, zat er een knikje in de weg, waardoor je auto even stuiterde, niets om bang voor te zijn. Het tegenovergestelde was eerder waar: ik wist dat ik weer op vertrouwde grond reed, de plek waar ik thuishoorde. Later begreep ik van andere mensen, die dieper in het oosten woonden, dat zij dit enorm herkenden. Dus kom me niet zeggen dat mijn integratie is mislukt, of dat ik vergiftigd ben door mijn culturele opvoeding. Ik ben precies hetzelfde als mijn vrienden, die een familiegeschiedenis van een paar eeuwen in onze stad hebben.

Ik tufte links en rechts kijkend mijn oude buurt in en parkeerde twintig meter van het schuurtje van Barbarossa. De auto zou meteen opvallen, dat wist ik zeker. Te schoon, te nieuw. Ik klopte vier keer op het kozijn en het lampje van de camera ging aan. Ik toonde mijn duim en een paar tellen later trok hij de deur open. Die gast droeg nog steeds een grijs overhemd over een pantalon. Sommige zaken veranderden nooit in het leven.

'Je hebt geen schoenen aan,' zei hij. 'Het is je geluksdag. Kom binnen.'

'Abi, ik heb de schuur nog nooit zo vol gezien, je moet zo langzamerhand gaan uitbreiden.'

Barbarossa krabde tevreden in zijn rode baard en pakte een vol theeglas van de houten tafel.

'De meeste mensen jagen zo bezeten achter het geluk aan dat ze eraan voorbijlopen.'

'Wat lul jij nu weer? Dat heb je echt niet zelf bedacht.'

'Ik heb het hieruit geleerd.' Hij liet iets van Kierkegaard zien. 'Ik lees tegenwoordig boeken om beter te worden in mijn business. Dat moet jij ook doen, kleine strijder. Het helpt echt.'

'Dat doe ik ook. Alleen dan wel andere boeken. Verhalen over het leven.'

'Ze zouden een roman over mij moeten schrijven,' zei Barbarossa. 'Je moest eens weten wat ik hier allemaal meemaak, wat voor sloebers er langskomen. Ik kan dat alleen niet opbiechten. Dat hoort bij mijn beroepsgeheim. Ik ben een man van mijn woord.'

'Je zou anders best wat minder kunnen lullen,' antwoordde ik. 'Luister, ik heb sneakers nodig, want mijn nette schoenen verminken mijn lichaam.' Ik tilde een voet op. 'Heb jij nog wat liggen in de schuur? Het liefst niet te opvallend, ze zijn bedoeld voor mijn werk.'

Hij zette zijn glas weg en begon aan een zoektocht op zijn knieën, onder een gordijntje dat over een tafel was gedrapeerd en tussen allerlei dozen in verschillende formaten. Zijn pantalon zakte iets naar beneden en ik had bijna zicht op zijn vieze bouwvakkersdecolleté. Het was te donker om de kleur van zijn haar op die plek te zien en ik wilde er verder geen werk van maken. Het hield me godbetert nog wel bezig. Hij schoof drie dozen naar achteren, kwam eerst zelf overeind en tilde ze vervolgens alle drie op.

'Jullie jongeren willen altijd Adidas en Nike, maar ik zou voor dit exemplaar kiezen, ze zijn van het merk Van Bommel, gewoon een Nederlandse fabrikant uit het zuiden.'

Ik paste ze snel. 'Ik neem ze, als je er tenminste niet een belachelijke prijs voor vraagt.'

'Je mag ze voor honderd euro hebben,' zei hij. Barbarossa toonde me de schoenen.

'Het is goed, abi. Pak ze netjes in, als je wilt.' Terwijl hij daarmee bezig was, constateerde ik dat onze buurthosselaar een indrukwekkend assortiment had opgebouwd, van allerlei mobiele telefoons tot stofzuigers zonder zakken, om maar wat te noemen. Geen idee hoe hij alles op de kop tikte. Hij zou, mocht ik ernaar vragen, zijn bron nooit prijsgeven, dan verloor hij zijn monopolie. Ik mocht hem wel. Dat zei ik eerder al. Hij was te vertrouwen.

'Dat is dan honderdvijftig euro,' fluisterde hij opeens. We hadden vol oogcontact.

'Je noemde net een heel ander bedrag. Wat is dit nu weer?'

'Je vader heeft drie flessen Jack Daniel's meegenomen en ze nooit afgerekend. Je broer is niet in de buurt om die schuld af te lossen. Daarom mag jij het doen, het spijt me.'

Ik had geen zin in discussies en legde de biljetten naast het glas met thee. 'Barbarossa, als ik dure spullen heb, laten we zeggen laptops of iPods, zou jij die dan van me willen kopen?'

'Alles in de originele doos?' vroeg hij.

'Helemaal nieuw en in oorspronkelijke staat. Ongebruikt.' Ik klemde de doos onder een arm.

'We kunnen altijd praten. Ik dacht dat jij je leven had gebeterd? Het is moeilijk.'

Voor die vuilnisbakkenfilosoof weer aan een of andere ongevraagde levensles kon beginnen, wandelde ik naar buiten, waar ik plotseling Nihat alleen zag lopen, zacht neuriënd. Sinds bekend was geworden dat zijn oom bij het politiekorps werkte, dwaalde hij elke dag doelloos rond, dat had ik al eerder gehoord. Hij was iedereen kwijt, al zijn vrienden. Ik stapte in mijn auto en scheurde weg.

In de Smedenstraat was er gelukkig een parkeerplek tegenover mijn huis. Uit de woning op de begane grond knalde de muziek de straat in. Ik klikte mijn auto op slot, ging voor de ruiten van dat gebouw staan en zag op mijn tenen die jonge gozer met een sigaret in zijn bek een voetbalspel op zijn PlayStation spelen. Hij was aan het verwelken, zonder dat hij het doorhad. Het lot was niet genadig in die woonkamer. Ik zou ervoor zorgen dat mij niet hetzelfde overkwam. Of ja, dat was mijn gevoel op dat moment. Nu moet ik lachen om zo veel overmoed. En jullie snappen inmiddels hoe dat zit. Helaas.

X

Toen er bijna een jaar later werkelijk helemaal geen biet aan het leven was veranderd, stuurde ik Ruby een bericht om mijn excuses te maken én ik verklaarde haar de liefde.

Ik weet het, dat contactmoment kwam behoorlijk uit het niets, en met een enorme vertraging, maar ik wilde zeker weten dat het op school, mijn werk en in het studiootje goed zou blijven gaan. Dat zij me nooit heeft gebeld vond ik logisch. In principe dacht ik dat ze daarmee afscheid van me had genomen, het bleek toch een stuk aparter in elkaar te zitten.

Waarom het voor mij een jaar duurde? En waarom ze dat geduld heeft opgebracht? Misschien waren we voor elkaar gemaakt. Wie zal het zeggen? We hebben er wel over gesproken. Laat ik er wat over vertellen, dat maakt het misschien duidelijker.

Ik heb het bericht nog dat ik aan haar stuurde. Later las ik dat de woorden in alcohol waren gedrenkt. De vieux had mijn schaamte doorbroken. Het deert me weinig: als je het allemaal wel meent en nuchter niet de moed hebt om het te tikken, is er dan een probleem?

Heel voorzichtig, zonder iets te forceren, stuurde ik aan op een ontmoeting, het liefst in het openbaar, een plek zonder al te veel gewicht. Als je aan een tafel in een restaurant met elkaar iets wilt uitpraten, heb je alleen dat specifieke probleem als onderwerp. Daarom leek een wandeling me beter. We zouden andere prikkels ontvangen tijdens onze hereniging. Ik kan dus best lang piekeren over dit soort kwesties. Soms een complete nacht.

Ruby zat logischerwijs vooral met veel vragen en pas toen ik beloofde dat ik alles fysiek kon uitleggen, stemde ze in met mijn voorstel. Ik vertelde er niemand over. In de modezaak van Jac Hensen kocht ik op die bewuste dinsdag in 2006 een overhemd. Ze zou misschien geïmponeerd raken als ze me in nette kleding zag.

Wat ik van die avond weet, is dat mijn ogen traanden van de felle wind, bijna in straaltjes biggelden ze over mijn wangen. Rond de fontein, waar we hadden afgesproken, hield Ronnie een tirade tegen het kapitalisme, met blikjes Schultenbräu in zijn handen. Een vrouw, duidelijk iemand van buiten de gemeente, vroeg of hij hulp nodig had, en hij riep met zijn schorre stem dat het maisbrood in de supermarkt veel te duur was geworden. De vrouw, aan haar geperste lippen te zien een probleemoplosser van beroep, droop verontwaardigd af, volstrekt in de war over haar falen, verbijsterd over onze dagelijkse realiteit.

'Ronnie,' zei ik, 'mag ik misschien een slok bier? Ik heb straks een spannende afspraak.' Hij moest zich niet bekocht voelen, daarom trok ik tien euro uit mijn broekzak.

'Hij is lauw, jongen. Anders stop je hem eerst in de koelkast.'

Ik nam een blikje over. 'Geen zorgen. We drinken voor het effect, niet voor de smaak.'

Ronnie lachte een beetje bedeesd. Dat was zo wonderlijk

aan hem. In het directe contact ontdekte je pas dat hij in werkelijkheid een verlegen figuur was. Hij draaide zich weg.

'De gewone man heeft weer genoeg te besteden,' zei hij. 'En maar klagen elke dag.'

'Als het te goed gaat, zeuren ze over het gebrek aan problemen, irritant kutvolk.' Ik nam een laatste slok. 'Hier heb je het blikje weer, het hoeft niet helemaal leeg, dank je.'

Ronnie knikte, keerde zich om en deed een paar passen naar achteren. Plotseling zat er hernieuwde agressie in zijn stem en deze keer vond hij de sloop van een gebouw misdadig, dat brulde hij over het plein, slingerend met ontbloot bovenlijf, beide blikjes in de hand.

Die paar teugen werkten direct. Jullie kennen dat gevoel, toch? Dat er wat alcohol in je bloed zit en dat de ergste spanning binnen een paar seconden zomaar verdwijnt, alsof een klein mannetje met een schuurmachine het probleem uit je hoofd verwijdert, waanzinnig.

Ik veegde nog eens de tranen van mijn smoel.

In de verte, op ongeveer vijftig meter, stonden jonge gastjes op of naast hun skateboards, opgezweept door hiphopmuziek uit hun eigen geluidssysteem. Om de beurt probeerden ze een nieuw trucje, allemaal in dezelfde oversized kleding. Ze hadden oprecht grote lol als iets lukte. Dan gingen ze elkaar aanmoedigen. Van de spanning kreeg ik de slappe lach. Jullie hadden het moeten zien. Ik bleef erin hangen. Op die momenten raak ik mezelf kwijt.

De Brink rook naar gegrild vlees en wiet. Door mijn slechte ogen zag ik niet de gezichten van de aanwezigen. Ik trok mijn overhemd omlaag, fatsoeneerde mijn haar met vier vingers. Ze tikte op mijn schouder en toen ik me omdraaide, omhelsde Ruby me als een judoka, er was geen mogelijkheid om aan haar greep te ontsnappen. In haar armen gebeurde er iets met me, maar het lukte me verdomme opnieuw niet om te huilen, hoe wanhopig ik dat ook wilde. Het bassin van mijn tranen was helemaal leeggepompt door mijn vader.

'Ik heb je zo erg gemist, Ruby. Het spijt me allemaal. Je moest hier eerder van weten.'

'Rustig aan. We gaan erover praten. Dit moeten we samen oplossen.'

'Ik wil dat het goed komt,' zei ik. 'Maar ik snap ook wel dat jij tegenwoordig een ander leven hebt, dat is heel normaal. Ik heb je in de steek gelaten en dat sloeg nergens op. Je bent serieus de belangrijkste persoon die ik in mijn buurt had, achteraf bezien. Samen met Ata.'

Ze zag er fantastisch uit. Ze droeg een zwarte chino, een grijs topje, en daaronder zag ik de borsten die me altijd zo opwonden. De paarse lak op haar nagels contrasteerde mooi met de rest van haar lichaam, ze was een popster. De dunne jas hing open. Haar blonde haren waren lang, vol en met een stijltang keurig in model gebracht. Ik depte haar tranen met mijn mouw.

'Pff,' zei ze. 'Ik weet niet of we in een restaurant moeten gaan zitten.'

'Wat wil je? We gaan iets doen waar jij je prettig bij voelt.'

'Ik heb geen zin in de nieuwsgierige blikken van onbekenden.'

'Straks denken ze nog dat ik een loverboy ben die jou in zijn macht heeft.'

Ze moest lachen. Voor het eerst die avond.

'Kom eens hier,' zei ze. We zoenden echt heel de tijd. Als twee pubers die opnieuw hun kalverliefde beleefden, we konden elkaar niet loslaten. Het liefst had ik haar meegenomen naar de Smedenstraat, maar dat was, hoe je het ook beschouwde, een buitengewoon slecht plan, want ik wilde goed met haar praten, dat moest gebeuren.

'Je had toch wandelplannen,' zei ze. 'Ik heb speciaal makkelijke schoenen aangetrokken.'

Ik pakte haar hand vast en dat voelde allemaal zo vertrouwd, waardoor ik me vrij snel ging afvragen wat voor dwaas ik was geweest. Dan had ik, met mijn achtergrond, een vrouw van haar kaliber, iemand die idolaat van me was, noem het gerust een wonder, en alsnog maakte ik er een zootje van, bijna met rampspoed tot gevolg.

Als ik dit zo aan jullie vertel, begrijp ik donders goed dat jullie aan mijn verstandelijke vermogens twijfelen. Ik begin het zo langzamerhand zelf ook te doen. Tjonge, wat een pathetische loser kan ik zijn.

De skaters klapten en joelden toen we passeerden, zonder ironie of zo, ze wensten ons het allerbeste. Ze hadden ons zien zoenen. Lieve mensen.

We wandelden, met onze lichamen tegen elkaar, langs de Zandpoort naar de IJssel, waarvan de brug af en toe klapperde als er een wagen overheen jakkerde. In die hoedanigheid, tijdens een moment van stilte, besefte ik dat we voortaan weer alles samen zouden doen, er was geen denken aan dat ik het solitaire leven aan de Smedenstraat zou voortzetten. Om volstrekt eerlijk tegenover jullie te zijn: dat was geen fijne gedachte. Ik had iets opgebouwd en daar moest ik deels afscheid van nemen. Ik kreeg wel Ruby ervoor terug.

'Heb je een hekel aan me?' vroeg ik op de brug, terwijl we naar de Lebuinuskerk keken.

'Nee, gek, praat niet zo,' antwoordde ze. 'Je hebt me wel lelijk in de steek gelaten. We waren net aan iets moois begonnen en plotseling verdween je uit mijn leven, eerst die arrestatie en toen die eindeloze stilte. Dat was wel heavy.'

'Ik weet het, je hebt gelijk. Waarom heb je een jaar gewacht? Iedere andere vrouw zou om volstrekt acceptabele redenen schijt aan me hebben gehad... Ik snap het niet zo goed.'

'Weet je wat het met jou is?' zei Ruby. 'Je bent voortdurend zo druk om jezelf te bewijzen aan mij dat je niet eens doorhebt hoe ik die pogingen vertederd bekijk.'

'Dit is ingewikkeld,' antwoordde ik. 'Je bent te slim voor mij.'

'Vanaf het moment dat we een relatie kregen, wilde je mij op alle mogelijke manieren het hof maken, in woorden en in daden. Ik zie allang wat er in jouw hoofd gebeurt. En ik kan ook goed voelen hoe het voor jou moet zijn, alleen denk jij dat niemand je begrijpt.'

'Je bedoelt dat je me doorhebt?' vroeg ik.

'Nooit helemaal,' zei ze. 'En dat is goed. We moeten altijd deels een mysterie voor elkaar blijven. Dat vind ik juist mooi. Je bent dan elke dag een nieuw cadeau voor elkaar.'

'Was dat een reden om een jaar op mij te wachten én niets van je te laten horen?'

'Jij hield je anders ook erg koest.' Ruby lachte. Er zat een zwarte vlek van haar mascara onder haar oog. Ik veegde het weg. 'Ik had geduld. Bovendien heb ik het druk zat op mijn studie met al die papers en zo. Ik vertrouwde op een goede afloop.'

Dat iemand zo intelligent kon zijn, op emotioneel en sociaal niveau, maakte me een beetje aan het duizelen, in die zin dat ik de mogelijkheid had opgegeven dat een andere persoon me helemaal zou begrijpen, of in ieder geval geduld wilde betrachten met mijn onvolkomenheden. Ik was verbaasd dat

Ruby me in de smiezen had. Hoewel ik het niet kon testen, geloofde ik haar meteen. Het zat hem in de kleine dingetjes. Bijvoorbeeld dat ze ons verzoeningsgesprek redelijk achteloos voerde en natuurlijk dat ze daadwerkelijk een jaar had gewacht. Om het onderwerp te vermijden, probeerde ik mijn straatje schoon te vegen.

'Ik wilde je beschermen. Als je wist wat mijn broer en ik uitvraten, was je medeplichtig geweest, dan zou justitie jou misschien ook ergens van verdenken. Dat kon ik niet laten gebeuren.'

'Je broer is oninteressant,' zei Ruby. 'Het gaat erom dat jij een rol in die bende had gekregen. Je vertelde mij dat je andere dingen deed. Je kon de waarheid zeggen. Ik snap heus wel dat jij anders aan het leven bent begonnen. En dat je broer bij die familie ging horen.'

'Lieverd, je zou meteen bij me weggaan, wees maar eerlijk. Dat had je onmogelijk geaccepteerd. We waren pas een paar maanden samen. Die familie van hem staat bekend als een criminele organisatie, ontdekte ik later. Je had het nooit gepikt.'

'Natuurlijk niet,' antwoordde ze. 'Maar ik had je wel op andere gedachten kunnen brengen. We hadden samen een plan kunnen maken, zodat jij eruit kon stappen.'

'Ik wilde voor je zorgen,' zei ik. 'Dankzij het geld konden we alles doen. Daarvoor had ik geen cent te makken. Je zou serieus geen relatie met me willen als ik een schooier was, geef maar toe. Dan had je na één gesprek je conclusies wel getrokken.'

'Ik wilde ook geen relatie met een bandiet,' zei ze. Ze keek me plagerig aan. 'Je begrijpt, hoop ik, dat je nu een enorm strafblad hebt, iets wat je een tijd zal achtervolgen.'

'Dat is me het afgelopen jaar wel duidelijk geworden,' zei

ik. 'Ik heb alles eerlijk verteld op school, daar deden ze niet moeilijk, dankzij die ene decaan, meneer Klunder. Een baan en een huis vinden was een stuk ingewikkelder, ze hadden allerlei ideeën over me, nog voor ik iets kon uitleggen. Je moet je niets wijs laten maken over een tweede kans.'

'Dat is toch *the story of your life*,' antwoordde Ruby. Het was fijn dat ze weigerde mee te gaan in mijn zelfbeklag en indirect duidelijk maakte dat er in principe niets was veranderd.

'Nee, je hebt gelijk, de deuren stonden nooit wagenwijd open.' Ik moet het ietwat beteuterd hebben gezegd, want plotseling pakte ze me weer stevig beet, vastberaden om me deze keer figuurlijk nooit los te laten. Weten jullie wat vreemd was? Ruby kon me op een lieve manier duidelijk maken dat ik geen zeikerd moest zijn. Toen we net verkering kregen, ontdekte ze voor het eerst, in de praktijk, tegen welke zaken ik met mijn uiterlijk aan liep, ze deed er alleen niet hysterisch over. Het raakte haar ogenschijnlijk amper, of ze kon het goed verhullen.

Wat ik me nog goed herinner, was dat we na afloop van onze tweede vliegvakantie samen op Schiphol uit de rij werden gepikt, heel bewust door die mannetjes van de douane, net als de voorgaande keer. Terwijl een kerel mijn koffer leeghaalde, riep Ruby veel harder dan nodig was dat zij nooit in haar leven bij de uitgang de inhoud van haar bagage moest tonen, waarop ze die klerelijer best cynisch aankeek. Hij staakte direct zijn controle en wenste ons een goede reis naar huis. Dat was superieur. Voor ik haar kende, beledigde ik die gasten, echt met alles wat ik had, tot ze me deed inzien dat het geen moer zou uithalen, ze deden het erom.

Jullie moeten me goed begrijpen, ze vulde niet de rol van mijn moeder in of zo. Dus stop dat oedipuscomplex maar terug in de bureaulade. Ruby houdt bijvoorbeeld helemaal niet van koken en wassen. Het zijn meer de andere dingen. Ze is altijd wars geweest van drama en tragiek, om maar iets te noemen, heel anders dan de mensen bij mij in de buurt, die elk probleem scheldend en slaand wilden oplossen, primitief als beesten.

'We moeten in beweging blijven,' zei ze, 'anders krijgen we het koud.'

'Waar wil je naartoe?' vroeg ik.

'Maakt dat wat uit?'

Ze drukte een kus op mijn wang en trok me mee, naar de overkant van het water, waar het dorpje Terwolde lag, aan de andere kant van de IJssel. Ze vertelde over haar studie en haar ouders, die me snel een keer wilden ontmoeten, vanwege al haar verhalen.

Ergens halverwege onze wandeling begreep ik pas dat ze me in principe alles had vergeven en dat we onze relatie zouden voortzetten. Dat was bizar, man. Wat me continu bezighield was de vraag waar ik deze liefde en loyaliteit aan had verdiend. Ik durfde het ook niet continu te vragen. Het enige wat ik kon bedenken: ze zag dat ik in de kern totaal geen matennaaier was, maar door de situatie wel tot bepaald gedrag werd gedwongen, iets wat jullie helaas nooit zullen begrijpen, laat staan dat de rechter dit allemaal snapt.

'Dus we zijn nu weer bij elkaar?' vroeg ik.

'Daar lijkt het wel op.'

'Hm. Het was overal op het nieuws, toch?' vroeg ik. 'We zaten zelfs in het televisiejournaal.'

'Ja, dat wel, echt niet cool. Ik las nergens de naam van je broer of van jou. Wel van zijn schoonfamilie. Dus niemand zal iets tegenkomen als je wordt gegoogeld.' De grond was drassig en dat had invloed op de wandeling. Mijn ogen begonnen weer te tranen. Ze moest niet denken dat ik verdrietig was. We priemden een woonwijk in.

'Ik ben er tijdens het verhoor achter gekomen dat die familie me heeft genaaid,' zei ik. 'En mijn broer nog wel het hardst van allemaal. Gewoon je eigen broertje belazeren, ongelooflijk.'

Ruby dook dieper in haar jas. 'Het is iets tussen jullie.'

'Als wij het onderwerp vermijden, blijft er helemaal niemand over.'

'Heb je het ook niet met je moeder besproken?' vroeg ze. 'Dat is wel jammer. Iemand moet hem iets van kleding of zo brengen, of misschien heeft hij iets anders nodig. Weet jij het?'

'Zij gaat op bezoek,' zei ik. 'Ik kreeg een dom briefje van hem, waarop stond dat ik mijn bek moest houden en dat hij niets van me begreep, een gevoel dat geheel wederzijds is.'

'Jullie relatie is ingewikkeld. Maar ik zou zeggen: *be the bigger man*. Ga een keer bij hem langs en luister naar zijn verhaal, misschien kijk je er dan anders naar. Nu moet je zelf invullen waarom hij dit heeft gedaan. Hij tast ook in het duister over wat jou drijft. Praten is beter.'

'Zeg, ik weet niet of jij de beste pleitbezorger van communicatie bent,' antwoordde ik.

Ruby kneep in mijn hand. 'Dat zegt de man die een jaar nul komma nul van zich liet horen.' Ze had een punt.

'Het is inderdaad wel gek dat hij al dik een jaar in de bak zit en dat ik al die tijd geen woord met hem heb gewisseld.'

'Wil je beloven dat je binnenkort bij je broer op visite gaat?' vroeg ze.

Ik knikte. We struinden onbezorgd verder, altijd nieuwsgierig naar anderen. Een dik uur later stonden we in de Koningin

Wilhelminastraat, een plek waar ik nooit eerder was geweest. Het zag er degelijk uit. Die brave burgers hadden het goed voor elkaar.

'Ah, wat cute,' zei ze. 'Die mensen hebben roze kandelaars, die wil ik later ook.'

We stapten in een binnentuin en keken door het raam van de bewoners. Als dat spul later in mijn woonkamer staat, mag iemand wat mij betreft een kogel door mijn kop jagen.

'Heel grappig. Wat doen ze daar met die rode en zwarte dobbelstenen?' Er zaten vier volwassenen aan een eetkamertafel, precies onder een lamp, die er symmetrisch boven hing.

'Ganzenborden,' riep Ruby extatisch. 'Wij deden dat elke avond, na het eten.'

'Hm.' Ik draaide een keer om mijn as en zag bij niemand gordijnen, een uitnodiging om het interieur in de verschillende huizen minutieus te onderzoeken. 'Beetje jammer dat ze geen televisie aan die grote muur hebben gemonteerd.' Ik wees Ruby op het plekje.

'Daar moeten we nog eens over praten,' zei ze. Haar ouders hadden vroeger wel een toestel, maar dat ding zat verstopt in een houten kast, alleen voor het nieuws en het schaatsen ging het aan. Voor de rest moesten ze lezen en spelen en tekenen. Dat vertelde ze altijd, en om die reden wilde ze zelf ook geen apparaat. Ze had een hekel aan elektronica.

'Ja, nou, ik wil wel echt een televisie later in ons huis, anders mis ik de voetbalwedstrijden.'

'We komen er heus uit.' Ze pakte mijn hand weer vast. 'Die woning daar is ook interessant.'

We stapten verder. Daar zat een jonger stel iets te doen op laptops. Ze waren standbeelden geworden. Twee kinderen speelden op de grond, ze hadden wat onenigheid.

'Die hebben wel heel snel de handdoek in de ring gegooid,' zei ik. 'Ik kan me niet voorstellen dat hij haar straks, als die kleintjes op bed liggen, totaal gaat uitwonen.'

'Sst, brompot, straks horen ze ons nog. Ik schaam me kapot.'

'Hoezo?' Ik leefde helemaal op. 'Ze lijken al in een soort staat van ontbinding te zitten.'

'Lieverd, dit doen de meeste mensen op een doordeweekse avond, het is heel normaal.'

'Ik mag hopen dat er later bij ons, als we samenwonen in een mooi huis, dus niet in deze dooie wijk, veel meer rock-'n-roll zal zijn, compleet met feestjes en drugs en artistieke lui. Alleen mag niemand blijven logeren, dat haat ik, vreemd volk over de vloer.'

'Cool. Daar heb ik wel zin in.' En dat meende ze, dat wist ik zeker. Want hoewel Ruby uit een dertien-in-een-dozijn-Vinex-gezin kwam, flirtte ze ook met de zinderende buitenwereld, droomde ze van Parijs en New York en wilde ze eveneens die deprimerende vooruitzichten die onlosmakelijk verbonden waren aan onze opvoeding, allesbehalve laten uitkomen. Ik vroeg me soms alleen af of ze doorhad dat ze tot in haar vezels was gevormd door die omgeving, verpakt in rituelen, zoals elke ochtend als ze havermoutpap wilde eten.

We trokken verder en zagen twee identieke wagens onder een gedeelde carport staan, allebei met de neuzen naar de weg gericht, gespiegeld aan elkaar. Ik stelde me voor dat zulke dingen je nietsvermoedend overkwamen in een woonwijk, dat je vergroeid raakte met de kloteburen.

'Heb jíj eigenlijk de laatste tijd ergens achter een stuur gezeten?' vroeg ik.

Ze sloeg theatraal twee handen voor haar gezicht. 'Ooo, het

is zo erg, ik durf het nog steeds niet. Papa wilde met me oefenen, maar zijn auto is oud en hij stinkt.'

'Ze moesten de examinator die jou liet slagen een gevangenisstraf geven, eerlijk waar.'

'Ik heb anders alles wel in één keer gehaald, zowel mijn theorie als het afrijden.'

'En nu sta je doodsangsten uit bij de gedachte dat je de weg op moet.'

'Echt gemeen,' zei ze.

'Het was maar een grapje. Je leert het vanzelf wel een keer. Daar ga ik je bij helpen.' Ik trok haar naar me toe en we kusten elkaar kort en intens, zoals ze in speelfilms doen.

We staarden nog bij een paar mensen naar binnen. Ik bleef verbaasd over hoe dit tussen ons ging. Ik snap dat het voor jullie ook moeilijk in te voelen is. Maar we pakten alles eenvoudigweg weer op, alsof er geen pauze bestond van een jaar waarin ik werd meegenomen en daarna mijn leven opnieuw moest inrichten. Het onderwerp sijpelde later nog wel in brokjes door in onze gesprekken, verder moeten jullie er niets van verwachten. Ik denk, nu ik het op me laat inwerken, dat ik geluk had met haar opvoeding, die zogezegd niet in het teken stond van praten over emoties, of het conflict opzoeken. Als iedereen maar gelukkig was. Maar die zaken gingen natuurlijk moeilijk samen.

'We zitten nu echt weer in een relatie met elkaar, toch?' vroeg ik voor de zekerheid.

'Jaha, accepteer nu maar gewoon dat ik gekker ben dan jij.'

Een halfuur later wandelden we via de spoorbrug terug de stad in. Ruby zei dat ze naar een toilet moest en ik stelde haar voor om mee te gaan naar de Smedenstraat, want voor de rest was er niets in de buurt, alleen een Turks café waar de mannen de bijstandsuitkering van hun vrouwen vergokten als inzet van kaartspelletjes, zoals ik eerder al vertelde. Ik had er vroeger regelmatig met mijn vader gezeten. Iets te vaak. De normale echtgenoten waren thuis bij hun gezin.

Later die avond was ze dus voor het eerst in mijn studio. Een vreemde sensatie, kan ik wel zeggen. Twee gescheiden werelden werden met elkaar vermengd.

Ze monsterde wat spulletjes en af en toe moest ze vertederd glimlachen, bijvoorbeeld als ze mijn stoffen pantoffels opraapte, vaak gedragen door grootvaders. Ik stond toe te kijken, in afwachting van een rapportcijfer. Best belachelijk. Want zo was ze helemaal niet.

Ze hing haar jas op, verdween in de badkamer, draaide de deur op slot en ik veegde snel wat broodkruimels van het aanrecht. Voor de rest was er niets om te poetsen of te ordenen, dat had mijn manische moeder al gedaan. Ruby spoelde door, waste haar handen, trok in de gang haar schoenen uit en bewoog naar het raam, waar we uitzicht hadden op de verlaten straat.

'Daar aan de overkant woont een jongen die altijd stoned op zijn bank zit te gamen.'

'Jeetje,' zei ze. 'Ik ben blij dat jij niet van die videospelletjes bent. Dat is altijd zo *lame*.'

'Ik heb andere afwijkingen.' Ik wees naar de televisie. 'Oeh, jij gaat nu helemaal kapot, hè?'

'Gek. Je moet doen wat je zelf wilt. Heb je de buren al ontmoet?' vroeg ze. 'Ik weet dat je niet van de saaie feestjes bent en zo, maar het is altijd chill als je iets van elkaar kunt lenen. Dat is fijn aan onze campus. We werden heel langzaam een soort gemeenschap.'

'Er is hier een andere cultuur,' zei ik. 'Kijk, zie je die auto op straat, voor dat huis van die knaap over wie ik vertelde?' Ik rende naar mijn werkjasje, pakte de zwarte sleutel, keerde terug en klikte op de knopjes. Licht. 'Dat is mijn wagen. Van het werk gekregen.'

'Dus nu moet je alsnog veel tijd in de auto doorbrengen? Alleen deze keer voor een goed doel. Dus niet voor de criminele schoonfamilie van je broer.'

'Precies. En als je lief bent, geef ik je een opfriscursus, dan mag jij hem ook gebruiken.'

'Wat kost dat, meneertje?' vroeg ze.

Ik slingerde mijn arm om haar hals en trok haar kietelend naar me toe. 'Heel je lichaam, voor de rest van onze levens.' Binnen een paar tellen lagen we op mijn bed, als twee wilde dieren die veel te lang naar elkaar hadden verlangd. Het was een beetje onbeholpen in het begin, we hadden meer ambitie dan geduld, maar ergens in de nacht vonden we rust. Daar wil ik niet te veel over vertellen. Dat is intiem. Ik vind het vreselijk als mensen honderduit praten over seks met hun eigen vrouw. Dat heb ik nooit begrepen. Het is zo respectloos.

De eerste keer dat ik dit voelde was in de kleedkamer van ons voetbalelftal, misschien tien jaar geleden. Een van die stumpers kwam binnengeschuifeld en vertelde doodleuk dat hij als wissel wilde beginnen, omdat hij de hele nacht zijn vriendin had liggen neuken, op alle mogelijke manieren. Hij zou last van zijn lies hebben en kramp in zijn kuit. Een paar anderen vonden het ook stompzinnig. We lachten hem uit, die ongelooflijke joker.

'Dus jij hebt je vriendin liggen krikken?' zei Kareltje. 'Goede prestatie, man. We zijn allemaal echt fukkin' onder de indruk dat je tot deze grootse daad bent gekomen.'

'Ja,' zei ik. 'Ik ben zo jaloers op jou. Lukte het mij maar een keer om met mijn eigen vriendin in bed te liggen, dan ging ik er lekker over opscheppen bij de voetbalvereniging, het zou zomaar kunnen leiden tot meer status in het elftal, misschien wel bij de hele club.'

'Weet je zeker,' vroeg Kareltje aan hem, 'dat je de enige bent met wie ze gisteren heeft liggen rampetampen, achterlijke gladiool? Want ze staat er bekend om, ze heeft een imago.'

'Jij bent echt een klootzak,' rondde onze trainer af. Hij balde een vuist. 'Je begint gewoon in de basis of ik stomp je lelijke kop van je romp.'

Nu goed, wat ik wil zeggen is dat die gozer niet alleen zichzelf compleet voor schut zette, maar evengoed alle waardigheid van zijn vriendin had afgepeld. Om die reden praat ik nooit met anderen over seks met een vaste verkering. Als je van een meisje weet dat ze een passant is, kan je best iets over haar zeggen tegen je kennissen, helemaal als zij dat ook gaat doen. Het moet alleen geen gewoonte worden, dat is niets voor mij, het zal wel Turks zijn.

Ik heb die nacht veel aan Ruby verteld, dus over mijn werk en school, hoe ik alles aanpakte, en zij bleef vooral rustig luisteren, het intrigeerde haar wel, op een goede manier, dus niet dat ze onder de indruk was of zo. Ze is een ander type. Ik had soms het idee dat het haar oprecht bijster weinig imponeerde. Dat vond ik goed, man. Je zou maar met een meisje zijn dat opgewonden begint te emmeren over elk detail in je verhaal. Dat kon ik niet aan.

Wat ik verzuimde op te biechten, was dat ik het baantje als vertegenwoordiger helemaal zat was en dat ik totaal geen idee had over een leven ná mijn mbo-opleiding, om de overzichtelijke reden dat ik niet wist wat ik wilde, ondanks alle opties die ons werden voorgehouden. Meestal was er een aanmoediging om door te stoten naar het hoger onderwijs. Die houding was moeilijk te volgen. Het waren over het algemeen saaie opleidingen, die garant stonden voor een voorspelbaar leven.

Waar ik weinig over vertel is het ROC Aventus, daar ben ik me bewust van. Ik liet me er elke week een keer zien en als er toetsen waren iets vaker. Meneer Klunder stoorde zich er niet aan, hij vond het prima, zolang ik voldoendes bleef scoren. Dat was het geval. Wat ik wel jammer vond, was dat niemand in dat onderwijsgebouw ooit aan me heeft gevraagd of ik niet meer uitdaging nodig had. De onruststokers slurpten al hun energie op. Dat maakte die school saai.

Dat begint wel een thema te worden, merk ik. Ik kom er zo meteen op terug. De volgende dag werden we vroeg wakker. Ruby liep op blote voeten en met weinig kleding door het huis. Alles was meteen vertrouwd, ik vond er niets raars aan. Ze doorzocht de keukenkasten. Ze moest naar haar stage in Amsterdam, daar hanteerden ze kantooruren. Ze woonde nog steeds in Utrecht.

'Heb je iets van granola in huis?' vroeg ze.

'Ik weet niet eens wat dat is. Ik kan een broodje met kaas voor je maken. Of een tosti?'

'Het is Cruesli,' legde ze uit.

'Waarom noemen ze het dan niet zo?'

Ze kuste me weer op mijn wang. 'Ik koop wel iets op het station.'

'Mevrouwtje vindt het allemaal veel te ongezond.'

We strengelden onze armen om elkaars lichaam. 'Ik snap dat jij dit soort dingen zegt. Je bent grootgebracht door een moeder die vijf suikerklontjes in haar thee stopt. En dat glas vervolgens wegwerkt met een heel pak mergpijpen van Aldi.'

‘Dat doet die vrouw echt. Mijn moeder is de apartste persoon van de wereld.’

‘Mag ik haar binnenkort een keer ontmoeten?’

‘Ja, natuurlijk, ze weet allang dat er iemand in mijn leven is.’

‘Zal ze me wel goedkeuren?’ vroeg Ruby. Het was zo lief, ze was waarachtig onzeker.

‘In principe heeft ze een hekel aan iedereen, dus dat wordt hard werken voor je.’

‘Misschien wil ze me wel leren koken. Elke zondag een cursus.’

‘Dat kun jij helemaal niet,’ zei ik.

‘Deze keer heb je gelijk. Ik ga het nooit leren, het is iets genetisch.’

Ruby raapte haar kleding bij elkaar en ik kon louter begeren. Vluchtig sprong ze onder de sobere douchestraal en werkte ze haar make-up bij in de kleine badkamerspiegel. Als een klein kind stond ik toe te kijken, ze deed het heel professioneel, op basis van een klein rondje dat ze in het glas had getekend. Toen ze de voordeur opentrok, regende het naar binnen, best hard. Ik plukte de paraplu van ASA Uitzendbureau van de kapstok en vertelde dat ze die mocht lenen. We zeiden niet meer zoveel. Haar gelukzalige lach verraadde dat we weer bij elkaar waren. Haar laatste woorden waren: ‘Gedraag je.’

Ik zag een poos later, alleen in het huis en ietwat beduusd van alles, de schoenendoos die ik bij Barbarossa op de kop had getikt en besloot dat ik eerst een stuk moest proefwandelen voor ik in de auto zou stappen om te beginnen aan een volgende merchandiseronde. Ik wilde geen bloed in mijn schoenen.

Tijdens het aankleden rook ik de parfumlucht van Ruby en ik zweer het jullie: ik kreeg er brandstof van om door te leven.

Zij kon het allemaal nog de moeite waard maken, dat wist ik zeker. De nacht ervoor, nog maar een paar uur geleden, was surrealistisch, het leek wel een droom, of een bezwering. Ze had me volledig in haar greep.

De ochtend was dus koud en nat. Ouders met kinderen staarden chagrijnig uit hun samengeknepen ogen en de monteurs en leveranciers vochten om parkeerplekken.

Ik ging naar Dirk van den Broek en beoordeelde elke pas die ik zette, soms door even stil te staan en na te denken, met mijn hoofd naar de lucht gericht. De regen interesseerde me geen flikker. Voelde ik iets? Ik weet dat het stom overkomt, maar als je altijd pijn in je lijf hebt, mentaal en fysiek, is het op een bepaald moment niet meer bijzonder, eerder een staat van zijn. Dan vind je juist de periodes waarin het goed gaat eigenaardig en verdacht.

De meeste medewerkers sjouwden met dozen en kratten, de winkel moest weer worden bevoorraad. Jonge moeders en kantoorpersoneel scharrelden hun avondeten en lunches bij elkaar. De zwervers kochten blikken bier. Zij waren de enigen zonder haast in de winkel, daarom vroeg ik me altijd af wie het nu daadwerkelijk goed voor elkaar had in het leven. Bij de ontbijtproducten stond inderdaad granola, er was keuze uit vier of vijf soorten, daar wil ik vanaf zijn. Ruby had me iets nieuws geleerd. Ze opende, hoe overdreven dat misschien ook klinkt, de poorten naar andere werelden voor me, dat zat evengoed in dit soort trivialiteiten.

Ik legde alles op de band van de enige actieve kassa, bemand door het meisje met het rode haar.

'Hoi,' zei ze een beetje verlegen. Haar stem haperde halverwege het woord. 'Ben je lekker een voorraadje voor de maand aan het aanleggen?'

‘Reken maar. Het schiet er wel eens bij in door werk en school, je kent het vast.’

Voor het eerst viel me op dat ze zwaarder was geworden, vijf à tien kilo. Het kon een uitvloeisel zijn van groeispurten. Ik zou haar niet dik noemen, eerder volwassen. Het meisje werd een vrouw. Het is ondoenlijk om altijd iel te blijven. Daar wist ik alles van.

‘Wacht eens even, het is woensdag.’ De gedachte overviel me. ‘Jij bent toch een doza? Dat vertelde je eens. Ik ben het woord nooit vergeten.’

‘Heel goed. Een man die luistert, daar heb je er niet zoveel van.’ Haar ogen sprongen open. ‘Het is wat anders gelopen met school. Daarom werk ik nu meer uren hier, op basis van een tijdelijk contract. We gaan elkaar vaker zien. Gezellig, toch?’

‘Eerlijk waar, ik wil jou elke dag wel zien, je bent een leuke meid.’ Daarna moest ik verdomme weer aan de kleur van haar schaamhaar denken. Ik wist zeker dat ze dat niet kon merken. Dat was geruststellend. Mijn verknipte brein zat goed verstopt.

‘Dan moet je vaker komen. Want binnenkort stop ik echt hier.’

Ik betaalde, het was vast het testosteron van de vorige nacht, maar ik had op dat moment, vlak voor ik in de auto zou stappen, het idee dat ik elk meisje op de wereld wilde versieren, een uitdaging die me aanlokkelijk in de oren klonk. Ik ben jullie niet aan het bullshitten. Ik zeg het juist uit bittere ernst. Hier tegenover jullie, bijna zes jaar later, begrijp ik dat je mijn drang naar genegenheid met meisjes best ziekelijk kunt noemen. En wederom is er geen speurtocht nodig naar de bron. Het komt allemaal door die klotevader van me. Het had allemaal te maken met een liefdeloze jeugd, daar hoeven we geen zielenknijper voor te bellen. Laat die gast zich met echte patiënten bezighouden.

Ik wil wél opmerken: we moeten niet alles problematiseren op dit bureau, je kunt beter elke dag met een ander meisje in bed liggen dan verslaafd raken aan cocaïne, om maar een dwarsstraat te noemen. Sommige verslavingen houden je op de been, zoals het verdriet en het rumoer van een slechte relatie. Ik denk bijvoorbeeld dat mijn moeder geen reden meer tot leven heeft als ze niet elke dag over mijn vader kan klagen.

De schoenen maakten het leven makkelijker. Ze waren een goede aankoop. Ik stopte de granola in de kastjes boven het aanrecht en reed langzaam uit de straat, helemaal het mannetje. Wat had ik het voor elkaar, zeg. Echt een leven dat menigeen jaloers zou maken. Ik hoor het jullie denken.

XI

Luister goed, dit is de eerste en enige keer dat ik iets over mijn broer ga zeggen.

Hij woont nu in het buitenland en vanaf die plek heeft hij me laten weten dat ik moet stoppen met mijn verhalen over hem. Dat heb ik beloofd, in ruil voor absolute stilte vanaf zijn kant, dus dat hij me niet plotseling op mijn telefoon lastigvalt met zoetsappige fotootjes van zijn schattige kinderen, of dat hij begint met opschepperij over zijn business daar. Mijn wens was dat hij opflikkerde, gewoon helemaal uit mijn leven verdween, en dat vond hij best.

Wat ik nu ga vertellen, gebeurde in 2007 – kun je het geloven? Vijf jaar geleden.

Ik ben me ervan bewust dat het ongeloofwaardig overkomt. Als speurneuzen zouden jullie kunnen denken dat ik moedwillig iets achterhoud. Daar is geen sprake van. Ik wilde hem doodeenvoudig als familie wegpoetsen en daar heb ik me naar gedragen. Er is een defect in mijn hoofd: ik heb enorm veel moeite met vergeving. Wie me een kunstje flikt, hoeft op weinig begrip te rekenen. Het voelt, denk ik, alsof ik een stuk van mezelf moet inleveren op het moment dat ik iemand opnieuw in mijn armen sluit. Mijn trots en woede houden me tegen.

Mijn moeder foeterde, de spaarzame keren dat ik haar zag, telkens over mijn horkerigheid, ze had geen goed woord over voor mijn radiostilte. Ruby pakte het op haar manier aan. Ze zei dat een ontmoeting de verwerking zou helpen. Die dingen leerde ze op de universiteit, ik wist het zeker, daar bestond voor alles een theorie. Het zal mijn koppigheid zijn geweest, het duurde dus twee jaar, toen was er geen smoes meer, ik moest naar hem toe.

Voor mij was het een werkdag, ik zat in een project van Philips, hoewel er soms ook andere bedrijven bij kwamen. Alles werd aangestuurd door de mensen in Sneek. Daar veranderde niets aan. De tactiek van Ferhat was waterdicht. Alleen perfectioneerde ik onze fraude. Op trainingsdagen van nieuwe opdrachten nam ik het POS-materiaal van vorige campagnes mee, zogenaamd omdat het was overgebleven en ik het doodzonde vond om het dan maar weg te gooien. Jullie hadden Roxanne moeten zien toen ik dat de eerste keer aankondigde. Ze omhelsde me en riep dat ik fantastisch meedacht. Ik stikte zowat in mijn kauwgom. De rest van de troep lag namelijk wel in de prullenbak. Andere merchandisers begonnen hetzelfde te doen.

Eén probleem bleef wel overeind: er moest benzine worden verbrand. Ik belde Ata en vroeg of hij mee wilde gaan naar Breda, waar mijn broer in de koepelgevangenis zat. Dat was toch mooi driehonderd kilometer, heen en terug. De rit was een mooie bijvangst. Ik begreep van mijn moeder dat hij me op de bezoekerslijst had gezet. Op vrijdag konden we erheen.

'Je bent veel te vroeg,' zei Ata in de deuropening van zijn woning. 'Kom eerst even binnen.'

Ik parkeerde de auto, kroop achter het stuur vandaan en het eerste onvermijdelijke geluid dat ik hoorde was het kabaal van de buurtvereniging, een gebouw in de speeltuin.

Verderop, aanpalend op amper honderd meter, lagen twee

gravelbanen van de tennisclub, maar die mensen kwamen we nooit tegen, al was het maar omdat ze een heg van drie meter hadden opgetrokken, ter bescherming tegen het schorriemorrie uit de buurt. Want Tuindorp was allesbehalve de beste wijk van Deventer. Bij het hek van de buurtvereniging hoorde ik volwassen mannen kneitervals meezingen met vaderlandse smartlappen, ze schreeuwden compleet langs elkaar heen. Hemeltergend. Voor de zekerheid controleerde ik de tijd op mijn telefoon: het was nog steeds ochtend en dat maakte de situatie op zijn minst eigenaardig. Ik liep er zoekend naartoe.

Wat anderen misschien niet zouden verwachten is dat ik tijdens dit soort situaties het tegenovergestelde van introvert of schuchter ben. Veel liever wil ik doorgronden wat er op zulke momenten gebeurt, die nieuwsgierigheid heeft me dan volkomen in haar ban en ik kan niet ontspannen voor ik heb achterhaald wat er plaatsvindt, in dit geval dus binnen die vier muren van hun honk. Ik duwde de ijzeren deur naar voren en wandelde naar binnen, meteen overweldigd door een bierwalm.

Er zaten vier mannen in een kringetje op ouderwetse kastanjebruine houten barkrukken bij de toog. Wat ze gemeen hadden was dat ze allemaal dik en kaal waren. Ik zou ze geen vreemden noemen.

'Wat moet dat hier dan?' riep Freddy. Ik kende hem al heel lang.

'Niks bijzonders, ik hoorde die herrie buiten en wilde even kijken.'

'Ah ja, pak een pilsje, jongen. Wij trakteren.' Een vriend van Freddy sprong van zijn plek en liep voor mij naar de koelkast. Hij zette gelukkig de muziek wat zachter. Hij sleurde een kruk mee en ik besloot erbij te gaan zitten, het kon me geen klap schelen. We tikten onze flessen tegen elkaar.

Het nummer dat klonk herinner ik me niet meer, ongelogen. Daar baal ik nu wel van. Want het maakte iets in me los, waarmee ik bedoel dat ik het vaker had gehoord, telkens bij andere mensen, die er dan altijd uitzinnig van werden, elke keer opnieuw. Alles beleefden ze als een eerste ervaring. Dat zie je ook met muziek van Frank van Etten, die veel later verscheen. Hij zingt bijvoorbeeld: 'Leef als een zigeuner, lach als een clown. Geniet van de momenten, ook al ben je down. Vergeet nu het verleden, lach de toekomst tegemoet. Dat doet je goed.' Hij wint misschien geen Nobelprijs voor de Literatuur met die teksten, maar hij raakt meer mensen dan je zou denken.

'Alles goed dan?' vroeg ik aan Freddy. Wat mij betrof mocht een van die andere knarren evengoed antwoord geven. Die beleefdheidsvraag sloeg toch helemaal nergens op. In alle lagen van de samenleving was hij te horen, je moest je erbij neerleggen. Wat me wel mateloos stoorde, was dat ze binnen deze kringen, ergens in de loop der jaren, een quasibijdehand antwoord hadden bedacht, overal klonk het wel terug. En ik walgde van het scenario dat me te wachten stond, alles had ik binnen een paar seconden bedacht. En jullie gaan het niet geloven, het gebeurde verdomme ook nog. Mijn voorspelling kwam uit.

'Je weet toch, met slechte mensen gaat het altijd goed,' zei Freddy. De anderen lachten als een paar hysterische wijven. Wat een vondst. Hun kogelbuiken dansten op en neer.

Ik nam drie of vier flinke slokken bier. 'Je steekt me de gek aan, of niet dan?'

'Hoe bedoel je?' Hij veegde vocht uit zijn veelkleurige snor.

'Kom op. Dat heb je al een miljoen keer in je leven gezegd. Je bent helemaal geen nare persoon en volgens mij gaat het best slecht, want het is amper tien uur in de ochtend en jullie zijn stuk voor stuk sjikker aan het worden, alsof er niets anders te doen is, lijperiken.'

'Jij bent altijd een vaag gozertje geweest. Dat vonden we op de voetbalclub al.'

De anderen knikten. Het was niet haatdragend bedoeld. Meer een constatering. Je kon veel over de mensen in onze sociale laag zeggen, maar we accepteerden elkaar wel, met al onze beperkingen en tekortkomingen. Soms kreeg je weliswaar een bijnaam waar je niet meer van afkwam, zoals een buurjongen die al twintig jaar 'schele' werd genoemd, maar het leidde nooit tot verstoting of afkeuring. Je moest je alleen niet als een hufter gedragen.

'Laat maar zitten,' zei ik. 'Ik ga trouwens binnenkort weer voetballen.'

Daarna kreeg ik een heel verhaal te horen over nieuwe jongens die voor het eerste elftal waren geronseld en wat ze allemaal onderhands in enveloppen ontvingen van bestuursleden en sponsors, maar veel was wel afhankelijk van hoe de wietkweek liep, op allerlei verschillende zolders, want de plantjes bleven de belangrijkste bron van de salariëring van onze spelers. Ik wist er alles van. Voor de rest kan ik nu beter mijn bek houden.

Ik nam afscheid, stak de weg over en belde opnieuw aan bij Ata, die deze keer meteen naar buiten stapte en de deur op slot draaide, zwaar geparfumeerd en met een dikke ketting om zijn nek. Hij stelde voor om te rijden en dat vond ik allang best, want ik had genoeg klotekilometers in mijn leven op een bestuurdersstoel doorgebracht, een aantal dat de meeste mensen nooit zouden bereiken.

'Die kampers zijn zich daarbinnen aan het bezatten, wist je dat?' vroeg ik.

'Lekker toch. Dat doen ze altijd. Niemand heeft er last van.'

We tuften voorzichtig in de richting van de tennisclub en ik staarde naar de groene heggen.

'Ken jij iemand die hier wel eens komt? Het lijkt op een bunker.'

'In de avond gaan de lichten aan. Dan staan ze er te spelen. Het zijn andere mensen.' Ata pakte een zonnebril uit zijn binnenzak en deed hem op. Hij gedroeg zich verdacht, een beetje zenuwachtig, ik had het meteen gezien. Hij stuurde niet zo soeverein als normaal. Ik besloot een poos mijn mond te houden, net zo lang tot hij van wal zou steken. Hij was geen jongen die alles opkropte. Vroeg of laat knalde hij nieuwe hoofdstukken van zijn biografie eruit, steevast verpakt in overdrijvingen die ik slecht kon verifiëren.

Voor het eerst zat ik in de passagiersstoel van een huurauto. Dat beviel me wel. Ik observeerde, leunend tegen het raam, andere reizigers en zag dat iedereen de rit op zijn eigen manier beleefde. Een stel maakte ruzie over een kwestie en het leek wel of ze hun onenigheid wilden beslechten met een wedstrijdje boos kijken. Dat deed me wel pijn, ik zeg het eerlijk. Wat ik in de eerste plaats van mijn ouders heb geleerd, is dat ik mijn leven niet wilde verkwanselen aan een permanente ruzie met een vrouw, die natuurlijk dan in hetzelfde schuitje zat en beter verdiende. Dit heb ik trouwens een paar keer tegen Ruby gezegd. Zij kende het concept van schreeuwen en slaan in een relatie niet. Daardoor zou het ons nooit overkomen. Als het tussen haar en mij mislukte, moesten we meteen vluchten, op zoek naar een beter leven met iemand anders. Een slechte jeugd maakt je wel pragmatisch.

Ergens halverwege onze reis, bijna in de provincie Noord-Brabant, trok Ata de bril van zijn gezicht en hij wreef een paar keer in zijn vermoeide ogen, ze zagen er doorleefd uit.

'Ik ga trouwen,' zei hij. 'Dus zet de datum in je agenda. Het is over negen maanden.'

'Donder op. Dit kan ik checken. Een verhaal moet wel oncontroleerbaar zijn.'

Hij keek me laatdunkend aan langs zijn rechterschouder. 'Het is geen grap. We hebben elkaar een paar weken geleden ontmoet, ze is een bekende van mijn zusje. We gingen appen en daarna besloten we om met elkaar verder te gaan. Het wordt ook wel tijd voor mij.'

Ik ging overeind zitten en staarde hem aan. Hij meende het. De man die ik als mijn beste vriend zag, bekend om zijn karakter als vrijbuiter en onaantastbare hosselaar, wilde plotseling, van de ene op de andere godvergeten dag, in een krakkemikkig huwelijksbootje stappen.

'Luister, vriend, je kent haar amper een paar weken,' zei ik. 'Dat is serieus geen goede basis voor een trouwpartij. Jullie moeten eerst een jaar aan elkaar wennen, het liefst wat langer, lekker een paar dagen op vakantie en zo. Een beetje elkaar aftasten. Rond gaan kijken op de wereld in alle rust. Je doorgrondt iemand pas helemaal als je gaat samenwonen.'

'Onmogelijk. Dat weet jij ook wel. Haar ouders wonen twee straten achter mijn moeder, het zijn keurige mensen die de pelgrimstocht naar Mekka hebben gedaan. Ze vermoorden hun dochter als ze het met jongens aanlegt, daarom moet het op deze manier, ik vind het best.'

'Wat vind je leuk aan haar?' vroeg ik.

'Ze is mooi, lang en maagd. Ze heeft geen rare reputatie of zo. En ze werkt als doktersassistente. Ze kan slaappillen voor ons regelen.' Ata zette zijn bril weer op en gaf plotseling meer gas toen de mogelijkheid op de snelweg zich voordeed.

'Is dat alles? Er moet meer zijn in een relatie. Dit is te weinig voor een huwelijk.' Ik weet niet wat er met me gebeurde, het laatste waar ik in geloofde was die hocus pocus over extra zintuigen, maar ik voelde een grote afkeer van wat hij vertelde, het klopte niet. De apathie die me anders beheerste als mensen rare dingen deden verdampte helemaal tijdens die tocht naar Breda, er was een kracht groter dan ik die hem aan zijn verstand wilde brengen dat hij in vredesnaam normaal moest doen, hij leek wel gehypnotiseerd door die apekool.

'Je gaat haar serieus leuk vinden,' vertelde Ata. 'Ze is modern en draagt geen hoofddoek. Ze mag dat trouwens later wel doen, daar ga ik me niet mee bemoeien, maar ik zou het wel waarderen, om eerlijk te zijn. Dan ziet iedereen dat ik met een net meisje ben.'

'Vriend, je neukt alles wat los en vast zit, handelt in allerlei spullen die je op een oneerlijke manier hebt gekregen en niets in je leven gaat op de manier zoals het hoort. En dan ga je nu zeggen dat je toekomstige vrouw wel een *dürüst* iemand moet zijn.' In deze context is dit woord moeilijk te vertalen, ik bedoelde er 'rechtschapen' mee, of 'fatsoenlijk'.

'We moeten allemaal volwassen worden,' antwoordde Ata. 'Ik wil dat je haar binnenkort ontmoet, samen met Ruby. Hopelijk worden ze vriendinnen. Dat zou leuk zijn, toch?'

Hij had me helemaal murw geluld, ongekend. Ik zat daar op die stoel en dacht voortdurend dat ik in de maling werd genomen. Het leek me alleen, op een zeker moment, onwaarschijnlijk dat hij een grap zó lang wilde doorzetten, dan was het niet meer humoristisch als je vertelde hoe het werkelijk zat. Hij sprak de waarheid. Die klootzak wilde met dat meisje samen zijn, en het enige wat ik kon doen was een goede vriend blijven, tot het bittere einde, zoals hij me ook bij alles wat ik deed zonder voorbehoud had gesteund.

Door al het tumult op de weg en de grote ontboezeming van Ata vergat ik bijna dat ik mijn *rascal* van een broer weer zou zien, na een contactbreuk van twee jaar. Ik zag er best tegen op. Ik schaamde me nergens voor, maar die mafketel had soms de neiging om een knuffel te geven, en als iemand dat bij me deed, werd ik er helemaal beroerd van, tenzij het om mooie meisjes ging. Die mochten me eindeloos aanraken. We parkeerden in de buurt van de koepelgevangenis en zagen andere mensen al op de bel van de grote poort drukken.

'Wat ga jij in de tussentijd doen?' vroeg ik aan Ata.

'Ik rijd even snel naar België. Daar is het goud goedkoper. Arzu wil gouden armbanden.'

'Wie is Arzu nu weer?' vroeg ik een beetje wanhopig.

'Dat is mijn verloofde,' zei Ata. 'Het idee went vanzelf, je gaat zien dat ik gelijk heb.'

We moesten het gesprek later voortzetten, ik had nog veel vragen. Gelukkig zag ik buiten verschillende mensen, in alle soorten en maten, die zich waggelend naar de deur verplaatsten, soms met een onwillig kind dat bijvoorbeeld iets op de grond vond en ermee wilde spelen. Ik besloot dat ik ze zou volgen. Dat doe ik altijd op een nieuwe plek. Ik ga niet in paniek, op basis van gevoel of logica, een bepaalde richting uit, maar observeer eerst wat de meeste passanten doen. In bijna alle situaties beland je dan vanzelf op je bestemming.

Dat was daar in Breda ook het geval. Bij binnenkomst moest ik eerst mijn waardevolle spullen in een kluisje stoppen en vervolgens vond er een controle met een metalen poort plaats. In deze ruimte, tijdens deze bekentenis, is het overbodig om dat uit te leggen.

Wat jullie hopelijk inmiddels wel inzien, is dat ik op geen

enkele manier iets voor mijn broer wilde doen, dus ik weet niet wat dat mislukte meelopertje precies heeft uitgevroten en wat er exact nog van hem openstaat, maar ik heb er geen reet mee te maken, laat dat duidelijk zijn. Ik was daar puur voor Ruby en mijn moeder. Zij joegen me naar die ontmoeting.

Ik zag veel andere bezoekers routineus hun handelingen verrichten. Sommigen voerden zelfs een vriendschappelijk gesprek met de bewaarders, dat een langdurige verstandhouding duidelijk maakte, ze waren hier inmiddels kind aan huis. Dat had ik ook kunnen zijn. Maar ik was te boos op mijn broer. Daarom hadden ze mij niet eerder gezien.

En tegelijkertijd dacht ik in die ruimte: ze zagen me elke dag. We leken allemaal op elkaar. Alle straatratten waren gevormd door dezelfde problematiek: armoede, emotionele verwaarlozing, domheid.

Hij zat ferm aan een tafeltje en als ik me niet vergiste had die strooplikker binnen getraind. Ik schoof een stoel naar achteren en ging erop zitten. We keken elkaar aan.

'Mama zegt dat je de zaken op orde hebt,' barstte hij los. 'Je zit weer op school, woont in een prima huis en die baan bij dat bedrijf klinkt ook interessant... Bravo.'

'Dat ga je niet menen. Komt ze hier elke week praten over wat ik onderneem?' vroeg ik.

'Nee, geen zorgen. Ik wil soms horen wat er in Deventer gebeurt en dan vertelt ze over de dingen die ze meemaakt. Ik weet van iedere Turkse buurvrouw hoe hun kleinkinderen heten. Mama lijkt steeds nieuwsgieriger naar anderen te worden.'

Volgens mij was dat als grapje bedoeld. Hij glimlachte in ieder geval heel subtiel.

'Je kunt haar eigen leven geen feest noemen. Hoelang gaan

ze je hier nog vasthouden? Je zult het vast zat zijn, kan ik me voorstellen.'

'Om precies te zijn vier maanden en drie dagen, dan is het allemaal voorbij.'

'Kom je de dagen een beetje door dan?' vroeg ik.

'Ja, man. Je kunt hier veel meer dan je denkt.' Hij schoof wat naar voren. 'Ik stook zelfs mijn eigen drank met oud fruit, stiekem onder mijn bed. Dat moet je laten gisten, heb je daar wel eens van gehoord?'

'Nee, niet echt. Dit is nieuw voor me.'

'Je moet het eens googelen, echt waanzinnig. En ik kook elke dag complete gerechten bij elkaar, we mogen onze bestellingen in het winkeltje doen. De meeste jongens trainen een paar uur per middag, het is hier best uit te houden, je moet er het beste van maken.'

Ik wist exact wat mijn broer aan het doen was. Hij probeerde een goede sfeer tussen ons te creëren, maar daar had ik, vanuit welke hoek je het ook bekeek, totaal geen behoefte aan. Die zeikerd droeg weer zijn masker van slijmbal. Het viel me pas enkele minuten later op dat hij een shirt van Versace droeg. Ongelooflijk. Het was een origineel exemplaar.

'Ik denk dat ik langzamerhand weer naar Deventer rijd,' zei ik.

'Wacht even.' Hij raakte me niet aan. Dat vond ik wel goed van hem. 'Vertel me wat meer over jouw leven, je hebt helemaal niets van je laten horen, het is bijna twee jaar geleden. Je zult wel je redenen hebben, maar we blijven broers, dat begrijp je, toch?'

'Dat vind ik oninteressant.'

'Wat bedoel je?' vroeg hij. Hij keek me van onder zijn irritante denkrimpels aan.

'Dat onze bloedband me weinig kan boeien. Ik heb gemerkt dat jij er hetzelfde over denkt.'

Het ging altijd op deze manier tussen ons. Vroeg of laat ontplofte ergens een bom, soms op onverwachte momenten, als er ogenschijnlijk niets aan de hand leek, vaak was het eenvoudig te voorspellen, zoals dat voor dit bezoek eveneens gold.

'Luister,' sprak hij. Het praatje was duidelijk ingestudeerd. 'De recherche heeft je erin geluisd, ze hebben gelogen in de dossiers. Ik heb niets voor je achtergehouden. Het is bullshit dat ik de helft van de buit voor mezelf zou hebben gehouden en alleen de rest met jou deelde. Wat een hufters. Ze zetten ons tegen elkaar op. De politie is corrupt.'

Ik bleef, tot mijn eigen verbazing, stoïcijns in de stoel zitten, daardoor had het zelfs iets provocerends, want die klojo wist me op geen enkele wijze te raken, dat voelde hij ook.

'Ze hebben dus, als ik het goed begrijp,' fluisterde ik terug, 'transacties van jouw bank gemanipuleerd en zelfs chatberichten tussen jou en je vrouw gefotoshopt?'

'Ja, man. Dat is precies wat ze hebben gedaan. Alleen om jou te laten praten.'

'Je bent echt een domme idioot, weet je dat?' zei ik. 'Ik was vroeger misschien het kleine onwetende broertje dat alles van je aannam, maar de macht die je over me had, als mijn grote voorbeeld, is ruim en breed verdwenen. Dat je hier niet op tijd achter bent gekomen, is de reden dat je binnen zit. Je overschat jezelf, geflopte gangster. Ik was te lang het broertje dat als knecht naar je heeft geluisterd. Dat is verleden tijd. Je probeerde mijn eigenheid van me af te pakken, zodat ik in dienst van jou zou werken, en ondertussen bleek je een flessentrekker te zijn. Heb je geen geweten, sukkel? Ik ben ook een mens.'

'Je hoort niet zo tegen mij te praten, ik ben je oudere broer. Een beetje respect.'

'Jíj zou mij niet moeten naaien. En je hebt het ook nog overal in Deventer laten rondvertellen, want iedereen zegt dat ik een verrader ben. Dít is wat je verdient, man.' Ik keek naar de ruimte en de bezoekers, voor het geval hij niet begreep dat ik de gevangenis bedoelde. 'Je bent zelf de grootste matennaaier. Krijg lekker de vinkentering. En bel me nooit als je vrij bent, daar heb ik totaal geen behoefte aan. Wij zijn klaar met elkaar.'

'Kijk,' zei mijn broer. Hij knarste met zijn tanden. 'Ik ging al een poos mee met mijn schoonfamilie om hier en daar mensen op te lichten. We hebben miljoenen verdiend, dat verhaal in de media klopt. Jij was toen nog een puber. Een groot deel van mijn vermogen heb ik in die periode opgebouwd, die bedragen lees je in de krant.'

'Ik heb dat laatste jaar volledig met jullie meegedaan. Elke zondag gaf je me 25.000 euro, als we weer in Nederland waren. Wat is er met de rest van die bedragen gebeurd?' vroeg ik. 'We zouden het evenredig verdelen.'

'Je hebt gekregen wat je verdiende.'

'Donder op. Ik las online in een Franse krant dat we alleen op één plek in Lyon al een kluis met bijna een kwart miljoen euro hebben leeggeschept, wie houd je voor de gek?'

'Sst. Misschien worden we afgeluisterd.'

Het enige wat ik nog fascinerend aan hem vond, was dat hij precies dezelfde vormen in zijn gezicht had. Dat zag ik plotseling weer van dichtbij. Onze wenkbrauwen en ogen waren kopieën, voor de rest mocht hij meteen in de stront zakken, ik verdroeg hem niet meer, daarom kwam ik overeind, klaar met dit verraad in een huichelachtig jasje.

Ik wandelde naar de bewaarder, met de vraag of ik alvast op

de gang mocht wachten, omdat mijn broer en ik elkaar niets meer te melden hadden. Ik trilde een beetje op mijn benen, dat mogen jullie best weten. Die shit raakte me wel, natuurlijk. Alleen kwam dat voort uit woede. Het liefst gaf ik mijn broer ook een tik op zijn neus.

Hij bleef achteloos op zijn plek zitten. Volgens mij wilde hij niet dat de andere gevangenen iets van onze ruzie zouden meekrijgen. Hoe dan ook, dat was de laatste keer dat ik hem zag, ik zweer het jullie. Er zaten me veel zaken dwars over deze geschiedenis, maar het ergste was dat ik, achteraf beschouwd en beoordeeld, door hem was gereduceerd tot een conformist die totaal in zijn dienst handelde.

Er moest een speciaal mannetje komen dat me naar buiten bracht, iemand van een ander team, als ik me niet vergiste. Dat ik vroegtijdig opstond verstoorde hun routine. Hij opende nors wat deuren, en toen ik de spullen uit mijn kluis pakte, wenste hij me niet eens een mooie dag of zo. Ik vroeg me af hoe mensen zo verbitterd op hun werk konden raken, alleen door er te zijn. Pak dan een strop en stop er helemaal mee, dacht ik bij mezelf.

Buiten moest ik dik een uur wachten voor Ata terugkeerde. Ik stapte in de auto en ik weet zeker dat we de eerste twintig kilometer amper iets tegen elkaar hebben gezegd, allebei gegijzeld door onze eigen kopzorgen en fantasieën. De achterbank lag vol met witte plastic tassen. Jullie vinden dit vast bizar, maar ineens rook ik ontlasting, heel pregnant.

'Waar komt die stank vandaan?' vroeg ik aan Ata. Hij zag er niet per se beter uit.

'Ik heb een vogeltje gekocht. Het zit in een doos. Misschien heeft-ie gepoept.'

'Je hebt al genoeg vogels. Ik ben benieuwd wat Nuran ervan gaat vinden.'

'Ze heet Arzu. En haar mening kan me niets schelen. Als ze mijn vogels stom vindt, mag ze gewoon weer oprotten naar haar ouders, dat zal ik meteen tegen haar zeggen.'

'Moet ik ook naar de bruiloft komen?' vroeg ik. 'Ik hou er helemaal niet van.'

'Natuurlijk moet je komen,' riep Ata ineens met iets meer geestdrift. 'Samen met Ruby en je moeder. Jullie horen bij mijn familie. Ik ga er iets spectaculairs van maken. Heel Overijssel zal nog jaren napraten over deze bruiloft, let maar op. Het wordt totaal anders. Groter.'

'Vind je het belangrijk dat iedereen een mening over jouw feest heeft?'

'Het gaat om de eer van de familie. Ze moeten niet denken dat we schooiers zijn.'

'Je blijft een rare gozer,' zei ik. 'Maar ik zal je altijd steunen. Wij zijn erbij.'

'Ik moet nog echt veel regelen,' vertelde Ata. 'Een trouwpak, de uitnodigingen, de catering, tickets en hotels voor familie uit Duitsland en België. Eigenlijk kan je beter níet trouwen.'

Wat ik meteen voelde, was dat hij totaal geen interesse had in mijn bezoek aan mijn broer, die ik daar in de gevangenis volkomen in de war had achtergelaten, voor zover ik het kon inschatten. Die kerel wist niet wat hem overkwam. Altijd de grote gerespecteerde jongen en nu een armoedig stuk vreten dat zijn tijd moest uitzitten. Het was, om volstrekt helder tegen jullie te zijn, een belangrijke les voor mij. Je moest niemand naaien, want anders bleef je gesjochten achter, helemaal in je eentje, zonder liefde en steun van familie en vrienden. Wat je ook van mijn kleine kringetje vond, ik werd tenminste nooit in de steek gelaten.

Ata bedoelde het niet verkeerd. Het was geen onverschilligheid of zo. Die gast zat met zijn hoofd bij dat klotehuwelijk. En dat zou negen maanden lang hetzelfde blijven.

'Moet ik hem volgooien?' vroeg hij bij een pompstation in de buurt van Arnhem.

'Natuurlijk. Ik kan het allemaal declareren.' Ik keek in de tassen op de achterbank en zag er dozen gedroogd fruit in liggen. De vogel was opmerkelijk stil. Ik vroeg me af hoe hij kon overleven in een klein vierkant kartonnen doosje. Maar Ata wist altijd wat hij deed – als het om dieren ging. Hij was minder goed met mensen. Toch sprak hij plotseling een onbekende man aan, een type dat bij ons in de buurt had kunnen opgroeien. Ik wist niet precies wat ze met elkaar bespraken. Een paar tellen later reed Ata onze auto naar de voorkant van het winkeltje en tankte die gozer aan onze pomp zijn auto helemaal vol, hij stond er wel vier of vijf minuten. Daarna stak hij een duim op en knalde hij in de richting van de snelweg.

'Dit is voor jou,' zei Ata. Hij gaf een biljet van vijftig euro. 'Makkelijk verdiend.'

'Ik snap het niet. Je hebt geen centen van me geleend, of was ik dronken en ben ik het vergeten?'

'Nee, vriend, ik heb die kerel net met korting laten tanken. Het staat op onze rekening. Maar jij krijgt het geld terug van de baas, dus is de winst volledig voor jou.'

'Ata, er is voor meer dan honderd liter getankt. Zoveel past er niet in mijn auto. Dat gaan die mensen toch zien? Je had het beter achterwege kunnen laten. Ik krijg hier gelazer mee.'

'Ach nee, die medewerkers op de administratie zijn alleen van de cijfertjes. Ze denken niet zelfstandig. Ze volgen de regeltjes, en als dat klaar is, gaat hun leven weer verder.'

Ik rekende binnen af en begon me later op weg naar huis, terwijl we opnieuw niet met elkaar spraken, toch wel zorgen te maken over die vogel, die geruisloos in het kartonnen doosje zat, tussen de vijgen, abrikozen en dadels. Dit was misschien wel de laatste halte van zijn leven.

Ergens was er een overeenkomst met ons eigen leven, hoe sentimenteel en raar dat misschien ook klinkt. Kijk, als je jong bent blijven de zaken altijd veranderen, je weet dat je in een fase zit, met perspectief op een nieuwe periode in het leven. Dat geeft meteen ook houvast: er is uitzicht op iets anders. Maar in dat tijdsgewricht, toen we allemaal wat ouder werden, zag ik kristalhelder dat stilstand en berusting intraden bij mijn vrienden. De geruststelling dat er betere of in ieder geval andere tijden zouden aanbreken was geen brandstof meer om ons motortje op te laten draaien. Dit was het leven. Veel meer kwam er niet. In je puberteit en de korte periode daarna moest het gebeuren. Daarna werden de keuzemogelijkheden aanzienlijk beperkter. Ata had gekozen, of misschien was dat voor hem gedaan, hoe dan ook was er geen weg terug. Vanaf nu zou alles wat we deden aan ons blijven kleven.

'Je moet op de andere baan rijden,' zei ik. 'We zijn al bijna thuis.'

Ata ging rechtop zitten. Hij schrok een beetje. 'Ik was aan het denken.'

'Hopelijk heb je niets gekneusd terwijl je dat deed.'

Ata trok zijn zonnebril van zijn gezicht. Zijn ogen waren nog roder dan een paar uur geleden. Het leek erop dat hij had gehuild. Ik vroeg er niet naar. Dat zou ik later wel doen, als de tijd rijp was. Ik wist dat er nog veel stond te gebeuren, het is moeilijk uit te leggen.

Hij hing met zijn hoofd over het stuur en taxeerde het rijgedrag van andere bestuurders.

'Afslag 23!' riep hij ineens als een krankzinnige. 'Ik moet gewoon afslag 23 hebben.'

XII

Mijn moeder komt, onderhand al een paar jaar, alleen af en toe schoonmaken, voor de rest moet je er niets achter zoeken, we verwachten weinig van elkaar. Ze kent me niet.

Het is wel vreemd, moeten jullie weten, dat een kind geen ouder heeft tegen wie hij kan praten, al was het maar over de onbenulligste kwesties. Die gedachte overviel me een paar keer in jullie aanwezigheid op dit politiebureau.

Ik bedoel, het zou anders moeten zijn, zoveel is duidelijk.

Tegelijkertijd wil ik die twee stakkers niet verantwoordelijk houden voor alles wat ik verkeerd heb gedaan. Ik ben door de jaren heen beter gaan begrijpen dat zij ook slachtoffers zijn, van de omstandigheden en hun karakters, hoe die bepaald en gevormd werden.

Het is geen kattenpis, dat begrijp ik heus wel, als je van een berg uit Turkije wordt geronseld, zoals mijn vader overkwam, om hier in Nederland ploegendiensten in een fabriek te gaan draaien. Dat doet iets met een mens. We hebben er dus niet over gesproken, maar dat hoofd van die kerel zat net zo goed vol met dromen en fantasieën, reken maar. En daar was linksom of rechtsom geen ruimte voor. Misschien dat hij daarom de grootste klootzak van het land werd. Je moet je frustraties op iemand botvieren. En wij waren altijd in de buurt.

Als jullie me langer vasthouden, wil ik daar best iets over vertellen, maar nu moet ik naar de afronding van dit verhaal, want dáár zitten jullie op te wachten, breek me de bek niet open, ik zie het wel aan jullie vermoeide ogen. Ik pak mijn relaas weer op, geen zorgen.

Kareltje liet minder vaak van zich horen. Dat maakte me onzeker en onrustig. Ik had mijn beste vrienden om me heen nodig. Als ik een uur met die gasten was, voelde ik me opgelucht, omdat ze me lieten inzien dat ze ook maar wat aanrommelden. Voor de zekerheid: dit is geen belediging. Wat bij het ouder worden hoorde was het inzicht dat iedereen, waar je die mensen ook tegenkwam, vroeg of laat op hetzelfde stuitte, namelijk op het besef dat we ten onder zouden gaan aan de dromen en verwachtingen die ons als kind zowat gijzelden. In de praktijk, ontdekte je later, liepen we bij bosjes tegen die muur van ontgoocheling op. Ik denk dat ik dat nog het meest voelde in mijn contact met Kareltje, hij sprak zich het luidst uit.

Ik texte hem op een avond, aan het einde van een werkdag, of hij met me naar de stad en de winkels wilde gaan, iets later in de week. Hij kon meteen de volgende middag.

'Deze binnenstad is totaal verloederd,' riep hij beneden bij de deur.

Er lagen witte en zwarte tissues op straat, hier en daar een snoepwikkel. 'Ik weet het niet.'

'Het is godverdomme alsof ik in Napels ben beland. En maar klagen en oordelen over anderen.' Kareltje trapte tegen een colablikje op de grond, het ding vloog minimaal vijf meter door de lucht. 'Ze laten het veranderen in een rattenparadijs.

Het rapaille dat dit doet is te beroerd om naar een prullenbak te lopen. Echt, we betalen voor niets belasting.'

'Je maakt geen ontspannen indruk,' zei ik. 'Misschien moet je een pilsje pakken.'

Hij glimlachte en ik zag aan zijn gezicht dat hij voller was geworden, want zijn wangen vielen over de huid daaronder. Ik vertelde dat ik voor het eerst Kerstmis ging vieren bij de ouders van Ruby, in het buitenhuis dat ze in Giethoorn bezaten, pal naast het water. Dat fascineerde hem wel. Vroeger punterden we daar met onze basisschool. Dan moest je een lange stok in de bodem van het meer steken en hopen dat je boot iets naar voren schoot.

'Wat voor ouders heeft Ruby?' vroeg hij. 'Hebben ze een beetje geld?'

'Ik geloof het niet. Ze waren onderwijzers. Dat huis in Giethoorn komt uit een erfenis.'

'Je struikelt daar over de toeristen, daar lijkt me geen flikker aan.'

We wandelden op mijn verzoek naar parfumerie Douglas, een plek waar ik wel vaker iets voor mezelf kocht, alleen nooit voor een vrouw. Je kon zeggen wat je wilde over Kareltje, maar hij was wel een Nederlander, iemand die me wegwijs kon maken in de rituelen en de gewoontes rond kerst. Bij ons thuis werd er niets gevierd, dus ik moest later in mijn leven alles doorgronden, soms met hulp van anderen, vaak op eigen kracht.

Onderweg, op het Broederenplein, ter hoogte van de kerk, kwamen we Ronnie tegen, helemaal in zijn eentje op de grond, met zijn rug tegen een verpauperd leeg pand.

'Wat verwacht je nog allemaal van het leven?' vroeg Kareltje aan hem.

'Dat ze de kapitalisten oppakken en kaalscheren op een plein, en dat wij daarna met zijn allen over die parasieten mogen pissen. Ik heb een blaas als een vrachtwagentank.'

'Gaat niet gebeuren,' zei ik. 'Heb je geen kleinere dromen?'

Hij wees naar Dirk van den Broek, op vijftig meter afstand. 'Dat die viezeriken de prijs van de blikken bier omlaaggooien. Het zijn de grootste dieven.'

Hij had niet veel aan, alleen een verwassen jas en een korte broek. 'Je bedoelt te zeggen, als ik het goed begrijp, dat je leven op deze manier best prima geslaagd is?'

'Iedereen op aarde is voorbestemd om kapot te branden in de hel.'

'Wij gaan naar de parfumerie, wil je ook een luchtje?' vroeg Kareltje.

Ronnie maakte een wegwerpgebaar, ten teken dat we moesten oprotten.

In de Broederenstraat, waar veel ondernemers zaten, zag ik plotseling weer de basisschool waar we vroeger gebruik mochten maken van het gymlokaal. In ons eigen gebouw was te weinig ruimte, vandaar die oplossing. Er stonden een paar ouders voor de deur. Ze hadden allemaal van die kinderzitjes aan hun stuur of op de bagagedrager. Veel tatoeages.

Jullie moeten me niet verkeerd begrijpen, dit is geen waardeoordeel of zo, maar voor het eerst viel me op dat die lui anders waren, veel volkser en luidruchtiger. Ik herkende ze van de cafés, de voetbalclubs en de buurt. Toen ik in die tijd regelmatig in aanraking kwam met mensen die bijvoorbeeld in Sneek werkten, ontdekte ik dat het uiterlijk van een persoon zich aanpast aan de omgeving waarin hij of zij leeft. Wat vroeger vanzelfsprekend was, alledaagse ouders die hun kinderen wegbrachten, kreeg op dat moment een andere lading, het was een station in mijn leven dat ik was gepasseerd. Maar hoeveel haltes waren er nog?

In een boek las ik ooit een intrigerend woord: klassenmigrant. Dat is ongetwijfeld ingewikkeld voor jullie en dat begrijp ik serieus wel. Maar het betekent zoveel als: elke keer als je weer een nieuw diploma haalt en wat meer gaat verdienen, kom je in andere sociale lagen terecht, en ik zou zweren dat ik midden in dat proces zat. Dit uitstapje met Kareltje kwam daar ook uit voort. Daarom wilde ik het met jullie delen.

Luister, als kleine jongetjes durfden we niet eens bij die winkel naar binnen te loensen. De etalages waren enorm opgedirkt, mooi gemaakt met grote glimmende cadeaulinten, posters van fukkin' knappe modellen zo groot als tafelkoelkasten. Onze parfums kwamen doorgaans van Barbarossa, wiens producten goed waren, maar sneller verwelkten.

'Ik heb altijd een hekel aan deze pleuristent gehad,' riep Kareltje voor de deur. 'Kijk eens naar die kop van die koekenbakker.' Hij wees naar een foto in de etalage. 'Die gast is totaal verwijfd. Die klerelijer plast zittend, denk ik, met zijn geverfde wenkbrauwen.'

'Weet jij iets van de vrouwenafdeling in deze zaak?' vroeg ik.

'Ach, we gaan gewoon naar binnen,' riep hij. 'Het komt wel goed.'

De walm van de winkel walste wreed mijn neus in. Een handvol mooie medewerksters, gekleed in dezelfde outfits, was druk in de weer met allerlei handelingen, zoals het spiegelen van de flesjes en het opmaken van klanten. Dat hadden jullie moeten zien. Er leek daar een verbod op nietsdoen te bestaan. We stonden wat ontredderd te kijken, denk ik.

'Welke kant moeten we op?'

‘Femmes.’ Kareltje wees naar de muur boven de flesjes. ‘Dat heb ik op de mavo geleerd.’

‘Wie voert het gesprek?’ Ik keek hem hoopvol aan. ‘Ze mogen niet denken dat we dom zijn.’

‘Doe normaal, aansteller. Je blaast het een beetje op, die wijven rotzooien maar wat aan.’

‘Nee, man. Je moet eens kijken naar hoe ze opgemaakt zijn, de kleren die ze dragen.’

‘Wacht eens even,’ zei Kareltje. ‘Dat is mijn oude buurmeisje Tamara. Ik herkende haar eerst niet door alle plamuur op die lelijke smoel. Zij werkt hier dus ook. Duidelijk, ze nemen iedere imbeciel in dienst en veranderen die persoon in een pop.’

Vanaf het moment dat ik vertegenwoordiger werd, ging ik anders naar winkels kijken, een tikkeltje analytisch, om het maar even zo te noemen. Ik wist precies wat de bedrijfsfilosofie was. In Douglas wilden ze imponeren en overrompelen door hun kennis en kwaliteit en uiterlijke vertoning. Dat gaf wel lucht, man. Als je op die manier naar zaken kon kijken. Alles was bedacht. Je stond in een theater. Eén groot spel.

Er was iets met Kareltje, hij ging zomaar, niet op mijn verzoek, allerlei producten bekijken, hij las zelfs de etiketten op de flessen en de tubes. Af en toe wreef hij over zijn buik, die inmiddels ietwat was gaan uitzetten, over zijn hele lichaam zat meer vlees.

‘Wat ben je aan het doen?’ vroeg ik.

Zijn lippen bewogen nog toen hij zijn hoofd mijn kant op draaide, hij zat midden in het verwerken van de tekst. ‘Ik bekijk de informatie van deze olie.’

‘Dat is een huidverzorgingsproduct voor vrouwen.’

‘Ja, precies... Valerie en ik verwachten weer een kind. Ik heb verdomme raak geschoten.’

'Wow, gefeliciteerd, man. Of was het niet de bedoeling?'

'Jawel, ze wilde nog een baby, dus geen verrassing.'

'En mocht jij meebeslissen, of hoe zit dat?' vroeg ik.

'Wacht maar tot jij aan de beurt bent, dan wil ik je wel eens zien.'

Er stapte een vrouw op ons af, ze rook naar van alles en nog wat, alsof ze van elke geur iets op haar mantelpak had gespoten. Ze droeg haar blonde haren in een knot, had een modieuze sjaal om haar nek geknoopt en aan haar lippen kleefde voor mijn gevoel een halve kilo roze verf. Soms kon je zien of iemand zin in je had. Deze dame zag ons liever gaan dan komen.

'Welkom, heren, kan ik jullie misschien helpen, of kijken jullie alleen rond?'

'Dat zou wel tijdverspilling zijn, nietwaar?' antwoordde ik. 'Dat we hier naar de winkel zouden komen om te koekeloeren naar jullie assortiment zonder iets af te rekenen.'

'Ben jij niet Tamara?' vroeg Kareltje.

Ze pakte ferm en met gebogen lichaam een fles uit de kast en zette hem precies op dezelfde plek terug. Het sloeg nergens op. 'Nee, u bent in de war met iemand anders.'

'Rot op. Je kunt wel bekakt gaan praten en zo, maar ik herken je aan je tanden.'

'Goed,' zei ze. 'Ik ben het. Zullen we alsjeblieft niet laten merken dat we elkaar kennen?'

'Aparte shit, je ziet er niet uit, ze hebben een clown van je gemaakt. Het kan toch wel een onsje minder met die haarlak en die make-up en zo, of niet dan?' riep hij.

Plotseling, puur door Kareltjes woorden, viel ze helemaal uit haar rol. De verheven troela die ze speelde maakte plaats voor een doodsbang meisje, dat niet wilde dat de andere dames zouden weten dat we haar van vroeger kenden – dan zou ze ontmaskerd worden.

'Kijk, in deze winkels moeten we ons allemaal op dezelfde manier aankleden en optutten, dat geldt voor elk filiaal. Ik weet niet wie dat heeft bedacht.'

'Dat kan ik je wel uitleggen,' zei ik. 'De directie wil een keten met een bepaalde reputatie, zodat jullie die achterlijke prijzen kunnen vragen, in de hoop dat iedereen met de feestdagen, ondanks hun kleine budgetten en twijfels, toch iets bij jullie koopt. Dat doen die stumpers heel goed, eerlijk is eerlijk. Want Kareltje en ik staan nu ook hier.'

'Veel liever zat ik in het café, bezopen na een paar liter bier, op weg naar een delirium,' zei hij.

Tamara kon haar lach niet onderdrukken, ze snapte zijn humor wel. Die twee kenden elkaar natuurlijk al langer. Terwijl hij vertelde over de zwangerschap van Valerie en een olie die hij voor haar wilde aanschaffen, stapte ik naar de vitrines met allerlei parfums. Weten jullie wat het was? Ik wil er geen drama van kneden, dit moeten jullie niet zo interpreteren, maar dat in Douglas meisjes van ons kaliber werkten had het leven weer een stuk onaantrekkelijker gemaakt, bij wijze van spreken. In het verleden, als het over die winkel ging, hunkerde je toch naar een toekomstig bestaan waarin het doodnormaal was om daarbinnen rond te paraderen, terwijl de medewerkers vochten om je te mogen helpen. En op die dag, tijdens een argeloos bezoek met een van mijn beste vrienden, bleek dat allemaal lulkoek te zijn. De vrouwen verschilden niet zoveel van ons. Ze werkten alleen in een weerzinwekkend poppenhuis waar iedereen uit meeloopgedrag cadeaus kocht. De medewerkers waren niet buitenaards of op een andere manier speciaal. Ze draaiden mijn richting uit.

'Kareltje heeft zijn zwangerschapsolie, nu is het jouw beurt,' zei Tamara.

'Wat de fok moet je daarmee?' vroeg ik. 'Ik ken dat helemaal niet.'

'Ik masseer elke avond de bolle buik van Valerie. Dat voorkomt striae.'

'Kerel, dat meen je niet. We vochten vroeger elk weekend in cafés en discotheken en brachten jouw wiet langs coffeeshops. Je gangstercarrière heeft een aparte afslag genomen.'

'Ik kan niet anders. Je kunt dat helaas niet altijd blijven doen.'

'Wie bepaalt dat?' vroeg ik. Er ging, zoals jullie misschien wel doorhebben, veel op hetzelfde moment stuk tijdens dat korte bezoek aan de winkel, waarbij ik meteen wil opmerken dat ik anderen niets kwalijk neem. Het was eerder dat mijn wereldbeeld kantelde. Dat zeg ik verkeerd. Ik bedoelde vooral: het werd voor mij ook tijd om me neer te leggen bij alles.

'Tamara, ik ga kerst vieren bij mijn schoonouders in Giethoorn. Ze pakken het groots aan, heb ik begrepen. Staat hier misschien een geurtje dat veel meisjes lekker vinden?'

Ik zal jullie verdere details besparen: mijn keuze viel uiteindelijk, na wat ruiken aan witte strookjes papier, op een fles van Magie Noire, uit de fabriek van een erg duur merk. Ik dacht, hoe belachelijk dat ook klinkt, dat een meisje als Ruby het beste verdiende, in de eerste plaats omdat ik haar beeldschoon en de allerliefste vond, maar wat meespeelde was dat ze met rijkeluiskinderen omging, ze mocht niet voor die diknekken onderdoen. Als kind van onderwijzers had ze minder geld dan haar vriendinnen. Ze wilde daarom niet per se opvallen. Van mij moest ze dat wel doen. Ik moedigde haar aan om te pronken met alles wat ze presteerde, op alle niveaus.

Onze pakketjes werden keurig ingepakt, compleet met een lintje, dat ingenieus door toedoen van een schaar begon te krullen.

Buiten bleven Kareltje en ik even tegenover elkaar staan, allebei een tasje in onze handen. Het is voor anderen misschien banaal, daarvan ben ik me bewust, maar ik dacht alleen: hoe ben ik hierin beland?

'Ik moet David van school halen. Wil je anders mee?' vroeg hij.

'Geen probleem. Laten we wel gaan lopen, ik heb behoefte aan wat beweging.'

We verlieten de Lange Bisschopstraat en kwamen onderweg een paar bekenden tegen. In de Keizerstraat hing de vlag van het Turkse Consulaat, trots wapperend op een hoogte van zo'n zeven meter. Als ik naar de bezoekers voor de deur keek, mannen en vrouwen die nog niet naar binnen mochten, voelde ik consequent vervreemding. Ik wist dat onze roots in hetzelfde land lagen, maar de intensiteit waarmee zij dat deel van hun identiteit beleefden dreef mij, samen met andere zaken, juist verder in mijn eigen isolement. Dat bedoel ik niet gewichtig. Jullie moeten het zo zien: als jullie naar die mensen kijken, zien jullie precies hetzelfde volk of zo. In werkelijkheid bestaan er grote verschillen tussen die gasten. En zonder mezelf bijzonder te willen maken, zag iedereen dat ik, met mijn doen en laten, helemáál een apart geval was. Dat had, hoe tegenstrijdig ook, met onzichtbaarheid te maken. Ik was nooit ergens.

'Wat doen mensen eigenlijk als ze kerst vieren? Ik heb dat nooit meegemaakt.'

'Het stelt niets voor,' antwoordde Kareltje. 'De meeste Nederlanders gaan bij familie langs en zitten daar heel de avond te gourmetten, tot het huis ondraaglijk begint te stinken.'

'Waarom gourmetten?' vroeg ik. 'Is dat iets van de Nederlandse cultuur?'

'Ga weg, gek. Dat achterlijke geteisem doet elkaar gewoon na, allemaal meelopers die zelf niets kunnen verzinnen. En als je pech hebt, moet je aan een kaasfondue.'

'Ik hoop niet dat het ingewikkeld in elkaar zit. Het is nieuw voor me.'

We stonden inmiddels op een schoolplein in de Voorstad, een wijk achter het station.

'Iedere imbeciel kan het. Je moet je er niet druk over maken.'

'Haar ouders zijn enthousiast. Ik kreeg een brief. Ze willen me graag ontmoeten.'

'Dat mag ook wel een keer na al die racisten uit het verleden.'

Op het schoolplein wemelde het van vaders, moeders, grootouders en oppasmeisjes die een kind kwamen ophalen. Wat me opviel was dat Kareltje zich compleet afzonderde, hij verdween in een hoek en sprak verder met niemand.

Ik stond over zijn schouder toe te kijken en kon me moeilijk voorstellen dat dit mijn voorland was. Af en toe werd hij door iemand begroet. Meer dan een knikje kregen ze niet terug, hij keek schuchter weg, doodsbang om het contact met hen aan te gaan.

'Heb je geen gesprekjes met andere ouders?' vroeg ik.

'Ze kunnen allemaal de pestpokken krijgen. Voor sommigen van die lui is dit het hoogtepunt van de dag. Ze misbruiken hun kinderen om eindeloos te ouwehoeren met anderen.'

'Dat is niets voor jou,' merkte ik op.

'Ik kom mijn kind ophalen, veel meer moeten ze niet van me verwachten, die longlijers.'

'Ik vind het hier wel iets hebben,' fluisterde ik. Er kwam een klas naar buiten. 'Al die kleine kinderen, met hun tekeningen in de hand, hoopvol op zoek naar hun papa of mama, je moet ze eens zien kijken, man. Als Valerie en jij niet bestonden, had David helemaal niemand. Dat jongetje leunt volledig op jullie. Dat lijkt me wel iets moois, die speciale rol in zijn leven.'

'Als hij zo nu en dan zijn bek hield, laten we zeggen twee uur per etmaal, had ik er misschien wat plezier van. Die sjap kan serieus hele dagen non-stop tegen je zeiken, ik word er beroerd van. Ik begrijp nu dat vaders hun gezin verlaten.'

'Je maakt een grapje, toch?'

Een moeder knielde een paar meter voor ons, soepel als een atleet en met een chronische glimlach, die diep vanbinnen moest zijn ontstaan, want ze gooide haar armen naar achteren, zodat haar zoontje pontificaal tegen haar aan liep en in een greep van liefde verstrikt raakte. Heel mooi om te zien, vond ik. Na een paar tellen toonde hij een tekening. Ze bestudeerde die uitgebreid, alle strepen werden bejubeld, een dikke kus was de beloning. Ik raakte er warempel ontroerd van, kunnen jullie het geloven? Het was puur. Ze speelde niets.

'Nee, kijk,' zei Kareltje. 'Het is ontzettend zwaar met die kabouter van ons. De jongen die ik vroeger was, met wie jij altijd naar de stad ging, bestaat helemaal niet meer, hij is vermoord door de nieuwe gezinsomstandigheden. Ik heb geen eigen wil meer. Vaders die hun gezin in de steek laten kunnen daar niet mee omgaan. Ik ga het niet doen. Daar heb ik te veel eer voor, in Deventer zal niemand over mij kunnen roddelen, maar ik snap ze dus wel.'

Hoewel we uit hetzelfde hout waren gesneden, vaak gelijk over zaken dachten, kon ik me niet voorstellen dat ik, eenmaal vader van een kind, dit soort ideeën zou koesteren. Mijn eigen ouders hadden me een exhibitie gegeven, ruim twee decennia lang, onbedoeld en onbewust, van hoe het niet moest, daar kon ik veel inspiratie uit putten. Ze spraken nooit aardig over elkaar. En ook niet over ons. Alles vonden ze vreselijk.

Ik staarde wat naar de jongetjes en meisjes die naar buiten schoten. Ze werden gedreven door onschuld en levenslust. Ergens was het tragisch, dacht ik, dat precies die zaken het eerst sneuvelden, naarmate ze naar de puberteit kropen. Daarom leek het me, voor zover ik daarover kon oordelen, extra belangrijk om alles in deze periode goed te absorberen.

'Pap,' zei David. Hij stond ineens hijgend voor ons. 'Niek en Ferry hebben een wiebeltand.'

'Fijn voor ze. Waarom vertel je dat aan mij?' vroeg Kareltje.

'Ik wil dat óók. Ik ben nu de enige in de klas met melktanden.'

'Als je er echt naar verlangt, kan ik er zes tegelijk uit je bakkes stompen, wil je dat?'

Kareltje boog voorover, ritste de rugzak van zijn zoon open en controleerde de inhoud van de broodtrommel, die best vol zat, onder meer met snoeptomaten en appelpartjes. Hij schudde geïrriteerd zijn hoofd en legde alles weer terug. Er kwam een zwartharig meisje met twee staarten op ons afgestoven. Die kinderen kenden geen gêne, ze gaven zich over aan hun primaire wensen. Dat vond ik mooi. In principe deden wij hetzelfde als we dronken waren.

'Mag David vanmiddag bij mij spelen?' vroeg ze.

'Jááá, papa. Felicia heeft een groot poppenhuis in de woonkamer.'

'Gast, jij woont in een speelgoedzaak,' antwoordde Kareltje. 'Loop je niet aan te stellen. We moeten naar huis. Je hebt straks zwemles. Je moeder gaat je brengen.'

Het meisje beende weg, op zoek naar een ander kind met wie ze de middag kon doorbrengen, daar deden die kleintjes niet moeilijk over, de kieskeurigheid kwam later.

'Wat heb je in die tas?' vroeg David aan zijn vader. Hij wees naar het Douglas-logo.

'Dat gaat je geen tyfus aan. We lopen vandaag naar huis, dat is gezond. Ga jij mee?'

Ik twijfelde even. Het was een werkdag, in principe moest ik langs een paar winkels, er stond een nieuw project van Philips op de rol, deze keer moesten we stofzuigers promoten.

'Het kan wel eventjes. Ik ben lang niet bij jullie geweest.'

We kwamen onderweg, tijdens de wandeling van een kwartier, allerlei bekenden tegen, die stuk voor stuk niets te melden hadden en daarom met passie begonnen te raaskallen over allerlei zaken die me geen reet interesseerden, hoe erg ik mijn best ook deed. Ik snapte sowieso niet waarom die gasten rondjes door de stad reden. Je kreeg de indruk dat ze hun pauperwagens aan voorbijgangers wilden laten zien. Dat is een ding bij ons, en ik denk ook in andere steden. Dat allerlei kerels rond gaan tuffen in wagens in de hoop dat anderen onder de indruk raken. Ik moet altijd lachen om die sloebers. Ze doen allemaal hetzelfde, er is geen vrouw die zomaar bij je instapt vanwege je bolide. Dat zouden die eikels moeten weten. En toch is dat niet zo. Elke generatie kent een aantal van zulke kneuzen.

Op het kamp, aan de wagens, hing veel versiering, variërend van kerstmannen die licht gaven tot dennenbomen met elektrische knipperlampjes. De reizigers hielden van overdaad, er mocht nergens te weinig van zijn, dat zou maar tot verhalen leiden. Die bandeloze zucht naar spullen kopen was me niet vreemd, in onze wijk hadden we daar ook last van. Het komt voort uit compensatiegedrag. Wie armoede heeft gekend, inclusief de vernederingen die daarmee gepaard gaan, wil nooit terug naar die situatie en krijgt daarom een onrealistische blik op bezit. Je kunt wel geld op je rekening ontvangen, in een later stadium van het leven, maar de angst voor ontberingen verdampt nooit.

Voor ik een stap in de wagen kon zetten, zag ik Valerie al staan, een paar kilo zwaarder dan anders. Ze hield een slipper vast en zocht op de onderkant van de zool naar de maat.

'Jij hebt toch ook van die gigantische poten, ik ben het even kwijt,' zei ze.

'Geef maar iets, het maakt me niet uit.' Ik trok ze meteen aan. Ze zaten best goed.

Ik ging nadat ik de tas van Douglas bij de deur had gezet aan de eetkamertafel zitten, samen met Valerie en David. Hij zat aan de kop. Ze pakte zijn rugzak deels uit en vroeg hem waarom de trommel nog vol zat, terwijl ze andere afspraken hadden gemaakt.

'Ik lust geen groente en fruit,' legde David uit. 'Andere kinderen krijgen hamburgers.'

'Die gaan later allemaal dood aan een hartaanval!' schreeuwde Kareltje vanuit de keuken. 'Of ze krijgen een agressieve vorm van kanker die je niet meer kan behandelen.'

'Doe even normaal,' riep Valerie terug. 'Hij hoeft dat nog niet te horen.'

Kareltje kwam bij ons zitten, met een snijplank in zijn hand waarop een gesneden stuk fruit lag dat ik niet kende. Het was oranje en een beetje bol, het leek op een tomaat. Voor het eerst zag ik dat hij moeiteloos die vaderlijke taken voor zijn rekening nam. Het had iets gemoedelijks en bemoedigends. Ze gaven hun eigen draai aan het gezinsleven.

'Gefeliciteerd, trouwens,' zei ik tegen Valerie. 'Het wordt alleen maar gezelliger hier.'

'We willen er snel vanaf zijn. Dan hebben we als dertigers nog een leven,' legde ze uit. 'Ik begreep dat je weer met Ruby bent. Echt cool. Neem haar een keer mee naar een verjaardag.'

'Hm. Ik weet niet of ze kan aarden tussen de mensen van hier. Ze komt uit een ander milieu.'

'Als we haar een paar glazen wijn laten wegklokken, gaat het allemaal vanzelf,' zei Kareltje.

Ik zat dat fruit van David te bestuderen. Hij vrat het met een gulzigheid weg, het was niet te geloven. En dat voor een joch dat daarnet had verklaard niets in dat genre te lusten. Je moest als je het zo bekeek in ieder geval veel geduld voor deze mensensoort hebben, anders zouden ze je helemaal gek maken, ongelogen.

'Wil je ook een stuk?' vroeg Valerie. 'Het is kakifruit. Heel erg lekker.'

Ik nam een plakje. 'Verdomme. Je hebt gelijk. Waarom ken ik dit niet?'

'Ga naar de Turkse winkel op de Boxbergerweg,' zei Kareltje. 'Die man heeft allerlei kratten voor zijn toko staan, samen met nog meer fruit dat je in onze winkels niet kunt kopen.'

Kareltje stond weer op en begon de rugzak tot de bodem uit te ruimen, vervolgens hing hij de tas aan een haak, en ik wist dat ze hem er morgen opnieuw routineus van zouden afplukken, ter voorbereiding op een nieuwe schooldag van hun kind. Vanavond ging hij de buik van Valerie masseren met de olie die we in de winkel hadden gekocht. Ondanks zijn stoere praatjes, die niet nep of bedacht waren, daar twijfelde ik niet aan, kende hij ook die dienende kant. Hij was een man geworden die zijn plichten uitvoerde, iemand die niet wilde of kon verzaken.

'Valerie, mag ik jou iets vragen?' Ik keek haar aan. 'Deze Kerstmis ga ik voor het eerst doorbrengen met mijn schoonouders en de zus van Ruby. Ze hebben een huis in Giethoorn en daar zitten we met zijn allen een paar dagen. Ik weet alleen niet wat mensen op die dagen met elkaar uitspoken, wat ze doen om de tijd door te komen. Heb jij een paar tips?'

'Poeh,' zei ze. Valerie wreef over haar buik. 'Iedereen vult het anders in. Het idee is dat je gezellig bij elkaar bent en een beetje aardig doet tegen de anderen. Je moet je ook niet anders gaan gedragen of zo. Jij kunt onwijs goed koken... Ik zou tegen die ouders van Ruby zeggen dat je het kerstmaal wilt bereiden. De meeste mensen vinden dat vreselijk. Dan pak je ze meteen in. De klootzakken van de vorige keer moesten niets van je hebben omdat je ouders uit Turkije komen, toch? Dit is dan wel meteen een lekkere binnenkomer.'

'Ik sluit niet uit,' zei ik, 'dat mijn vorige schoonouders nog steeds denken dat ik een Marokkaan ben. Die viezeriken raakten zelfs na twee jaar nooit hun achterdocht kwijt.'

'Laat deze mensen vooral zien dat je goed bent voor hun dochter,' zei Kareltje. 'Dat willen ze allemaal. Ze moeten voelen dat hun kind bij jou in goede handen is.'

David sprong van zijn stoel en liep naar de televisie, waar hij met onnavolgbare handigheid een spelletjescomputer aan de praat kreeg. Hij pakte een zandloper en toonde die aan ons, met de mededeling dat hij een beroep ging doen op een deel van zijn schermtijd. Valerie legde uit dat hij slechts een uur per dag op dat ding mocht. Anders zou hij verslaafd raken, en daar had ze totaal geen trek in. Ze dachten goed over de zaken na, jullie moesten eens weten. Wat me stoorde was dat anderen allerlei vooroordelen over hen hadden, puur op basis van hun uiterlijk en afkomst, maar ze deden het beter dan veel van die gasten met spatjes, die in een villa woonden, ergens in een reservaat met gelijkgestemden, losgezongen van de realiteit.

Vlak voor hun etenstijd kondigde ik mijn afscheid aan. Kareltje moest de volgende dag ook werken, tussen de gekken in die instelling, verstopt in de bossen, waar meer gebeurde dan hij me vertelde. Ik trok mijn schoenen aan, tilde mijn tas van de winkel op en sprak de hoop uit dat we elkaar snel weer zouden zien, misschien wel met Ruby erbij. Dat vonden we allemaal een leuke gedachte. Het waren prettige mensen, hoe je het ook bekeek.

'Moest David niet naar zwemles?' bedacht ik ineens.

'Dat heb ik verzonnen,' antwoordde Kareltje. 'Ik had geen zin in contact met de ouders van dat kind.'

Onderweg naar huis, ter hoogte van drukkerij Roto Smeets, zag ik dat de politie een BMW had klemgereden. Er was veel machtsvertoon, twee herdershonden blaften door elkaar en de verdachten scholden onophoudelijk de agenten uit, alsof dat iets zou uithalen.

Dat is voor jullie misschien niet te geloven, zeker omdat ik het tijdens een verhoor vertel, maar ik zag in die jongens flarden van mijn geschiedenis, en tegelijkertijd wist ik dat ik zulke zaken niet meer wilde meemaken, eerlijk waar. We waren bij ons in de buurt en op de club altijd bang voor agenten, iets wat we zelf hadden gecreëerd door ons kutgedrag. Het zou mooi zijn, dacht ik, als ik in de toekomst zorgeloos langs een politieauto kon lopen, zonder de angst dat ze me aanhielden. En op hetzelfde moment wist ik: het maakte niet uit wat ik deed of wie ik was op een later moment in mijn leven, ze zouden me toch wel controleren.

Thuis draaide ik de verwarming op het hoogste standje. Op de televisie was er voetbal. Ik nam een cola-vieux. Soms werkte dat tegen mijn nachtmerries. In die periode teisterden ze me bijna elke nacht, er gebeurde doorlopend iets waardoor ik drijfnat wakker werd. Er was wel een verschil met vroeger: het echte leven vond ik niet meer verschrikkelijker dan het horrortheater in mijn dromen. Ik wil maar zeggen, het leek serieus even de goede kant op te gaan.

XIII

Als het aan Ruby lag werd ik onderdeel van haar vriendengroep, of ze wilde in ieder geval met me pronken, dat idee kreeg ik. Ze deed haar best om me haar leven te laten begrijpen.

Hoewel zijzelf in mijn ogen met soortgelijke mensen omging, die mijlenver van me af stonden, op onderwerpen als afkomst, welvaart en ontwikkeling, toonde zij geen spat schaamte over onze relatie. Ze sleurde me mee naar verjaardagen en dispuutfeestjes.

Weten jullie wat het was? Ik kan als het nodig is best een babbeltje met iemand maken, vooral met intelligentere meisjes, van wie de gevoelswereld een zeker niveau heeft bereikt, maar ik heb een intense hekel aan clichémannenpraat, daar doe je me geen plezier mee.

Ik noem maar wat, dat een of ander balletje met een bloempotkapsel begint te beuzelen over een mogelijke beursgang van een bedrijf, het is me serieus overkomen. Dit specifieke onderwerp is trouwens wel interessant, moet ik jullie zeggen, want van meet af aan merkte ik dat zowel de jongens uit mijn buurt als de verwende gozers in de hogere kringen van Ruby mateloos gefascineerd raakten door aandelen en beleggen. Allemaal hadden ze hun ticket naar miljonairschap gevonden, dachten ze. Sommigen gingen er geobsedeerd mee om, man.

Ruby en ik zouden, samen met haar beste vriendin en haar verkering, een paar dagen in Düsseldorf verblijven, zonder een aanwijsbare reden, alleen om er gezellig even tussenuit te zijn, zoals zij dat noemden. Dat argument zetten ze vaker in om met elkaar te hangen.

In de auto die ik van Philips had gekregen zat ik niet lekker achter het stuur, ietwat geplaagd door het vooruitzicht dat ik domme dingen zou zeggen, of misschien iets niet wist.

'Ze zijn onwijs chill,' stelde Ruby me gerust. 'Voor mij is het belangrijk dat je mijn vriendinnen leert kennen. Ze zullen je heus aardig vinden, ik weet het zeker.'

'Dat is nergens op gebaseerd,' zei ik. 'Ik ben anders. Hun vriendjes hebben allemaal blond haar, was je dat al opgevallen? De meesten zijn totaal ongemakkelijk in de omgang met mij.'

Ruby legde een hand op mijn schouder. 'Je bent lief en attent, dat kennen zij niet.'

'Je bedoelt, als ik het goed begrijp, dat ze stuk voor stuk een relatie met een loser hebben.'

'Nee, wacht,' zei ze, 'dat geldt niet voor iedereen, hoor. Het verbaast me wel dat veel vriendinnen zich zo slecht laten behandelen. De vriend van Manouk bepaalt bijvoorbeeld haar kleding, omdat hij niet wil dat ze te bloot rondloopt, daar hadden zijn ouders over geklaagd.'

Ik wist niet wat ik hoorde. 'Weet je zeker dat die jongen geen jihadist is?'

'Hij heet Willem-Jan, dus dat lijkt me sterk. Misschien is hij onlangs bekeerd.'

'Wel ironisch,' zei ik, 'dat de mensen met wie we omgaan op een paar punten best wel op elkaar lijken, terwijl zij dat zelf helemaal niet in de gaten hebben, stomme klaplopers.'

‘Nee, schelden kan dus niet in Düsseldorf,’ zei Ruby. ‘Probeer wel je best te doen, beloofd?’

Ik informeerde een beetje naar de mensen met wie we hadden afgesproken, een koppel dat al vier jaar bij elkaar was, sinds een ontmoeting op een campusborrel. Ik wist eerlijk gezegd niet wat dat inhield. Beiden had ik wel eens vluchtig gesproken, op gelegenheden waar je niet écht kunt praten, door de drukte en alle prikkels, elke keer werd je meegesleurd naar iets anders.

‘Hoe heten ze ook alweer?’ vroeg ik. ‘Ik wil hun namen goed onthouden.’

‘Tanja en Tijmen. Ik zat bij haar op de basisschool. *We go way back.*’

Het tweede deel van de rit besloten we de muziek op de radio een stuk harder te zetten, want dat was mooi als je bij dezelfde generatie hoorde, dan had je ondanks grote verschillen wél op dezelfde liedjes gedanst, op andere plekken en in andere discotheken, met mensen die elkaar nooit zouden ontmoeten. Dat laatste was ons wel overkomen. En dat zie ik nog steeds als een klein wonder, hoe bombastisch het misschien ook klinkt, wij vonden elkaar.

Ik had het hotel geboekt en betaald. De weken daarvoor, toen ik wist dat we naar Düsseldorf zouden reizen, hield ik de hand op de knip, veel meer dan eten kocht ik niet, en soms bracht mijn moeder zelfgemaakte gerechten, dan had ik geluk. Dus ik kon wat spenderen. Ruby bood een paar keer aan om mee te betalen, tot mijn grote ergernis. Er was een grens aan integreren, mijn waardigheid moest niet ten koste gaan van dat proces. Het zal vast achterhaald zijn.

We arriveerden eerder in Breidenbacher Hof dan we hadden afgesproken met die mensen. Het was een fonkelnieuw hotel dat voornamelijk bestond uit marmer en goud. Ik kon mijn ogen niet geloven, dat had ik zelfs niet in films gezien. Weten jullie wat gek was? Je voelde meteen dat je niet op die plek hoorde, bijvoorbeeld als je een analyse maakte van de andere gasten, die zonder uitzondering in stoffen jassen en glanzende schoenen liepen, sommige mannen droegen een hoed, ik wist niet eens waar je die kleding kocht. Het zat ook in andere dingetjes, zoals het achteloos praten met het personeel, heel vertrouwd en met overwicht, ze kickten op hiërarchie.

'Wat zullen we doen?' vroeg ik. 'Ik vind het niet erg om hier in de lobby te wachten.'

'Welnee,' riep Ruby. 'Dat is zonde van de tijd. Laten we inchecken. Dan zetten we onze koffers snel in de kamer. Ik wil even naar de overkant, aan de andere kant van het water, naar een tentje waar ik graag kom, jij gaat het er geweldig vinden. *Trust me.*'

Ik noemde mijn naam. In het Engels stamelde ik over mijn onlinereservering. Het liep samengevat allemaal niet zo lekker, de receptionist en ik begrepen elkaar niet, daarom werd ik onzekerder en begon mijn voorhoofd te zweten, wat ik weer probeerde te verbergen voor Ruby. Ze moet het hebben doorgehad, want een paar tellen later kwam ze helpen, en die lulhannes achter de toonbank opende als een bloem en zijn ernstige gezicht maakte plaats voor een storm aan vriendelijkheid en informatie. Hij gaf ons een folder en we sloegen zijn aanbod af om de bagage weg te laten dragen naar de verdieping. Dat konden we zelf wel.

De kamer was niet groot, we betaalden voor de locatie, in het hartje van de stad. Eenmaal buiten haakten we onze armen in elkaar, volkomen gelukkig dat we daar samen mochten zijn.

Ik ontdekte voor het eerst de populariteit van deze stad bij rijke mensen, die hutjemutje in een stroom naast elkaar paradeerden, sommigen met zeker zes tassen in hun handen, bedrukt met een logo van een bekend merk of een populair lokaal warenhuis.

'Dit is de Königsallee,' zei Ruby aarzelend. 'Hier zit alle haute couture van de wereld.'

'Wat betekent dat?' We bleven elkaar vasthouden.

'Dat alle beroemde ontwerpers hier een zaak hebben, het is tamelijk bizar.'

We stonden op tien meter van die winkels, maar de afstand die zij voelde was vele malen groter, dat zag ik aan haar mond, die volledig strak stond, ze raakte geïmponeerd. Ik trok haar een beetje mee. Ze was stilgevallen, verstrikt geraakt in gedachten.

'Jij bent niet echt een merkenmeisje, toch?' zei ik. 'Dat virus heb ik zelf veel meer.'

'Nee, dat is waar,' antwoordde ze. 'Ik wilde vroeger, lang geleden, wel heel graag bij een internationaal tijdschrift werken, daarom heb ik stage gelopen in New York, voor wij elkaar leerden kennen, daar kan je een beetje van die wereld proeven. Je weet niet wat je meemaakt. Ze zijn veel competitiever. Iedereen ziet er goed uit. Ik was piepjong.'

'Als je wilt, kunnen we zo meteen even in een paar winkels rondneuzen.'

'Meen je dat?' vroeg ze. 'Dat is superlief. Ik wil je niet voor het blok zetten, jij gaat het vreselijk vinden in die ruimtes, het personeel spreekt je telkens aan. Er gebeurt wel wat. Veel vrouwen kopen een dure tas als investering, heb je daar wel eens van gehoord?'

We waren bijna aan het einde van de straat, voor zover ik

kon inschatten. Ze stopte even om haar verhaal af te maken. Het ging over internationale merken die tassen fabriceerden, bewust in kleinere aantallen, zodat je zeker wist dat ze in de toekomst waardevast zouden blijven, en soms juist duurder werden. Dat klonk tamelijk absurd. Maar wat wist ik ervan?

'Lieverd, hier zit die fantastische plek,' riep ze. 'Restaurant Victorian.'

Binnen was het niet heel druk. Een paar bezoekers zaten aan tafeltjes, vier anderen dronken wat aan de bar, die voor een groot deel bestond uit spiegels, in het bijzonder aan de achterkant. Toen we op twee krukken gingen zitten, zag ik mijn dikke, oververmoeide kop, en ik vroeg me meteen af waarom Ruby met mij wilde zijn, ze kon makkelijk beter krijgen.

'Zullen we de trip inluiden met champagne?' vroeg ze. 'Voor het vakantiegevoel.'

'Ik vind het best.'

We vroegen de wijnkaart aan de ober. Er stonden geen prijzen achter de exclusievere drankjes. Ik had er weinig verstand van, maar dat liet ik niet merken. De grootste uitdaging was de naam van de fles goed uit te spreken, in de hoop dat ik niet door de mand viel. Ze konden me alles over dat spul wijsmaken. Ik proefde het verschil toch niet.

'Ik text Tanja dat ze hierheen moeten komen. Dat is leuk. Deze tent heeft iets unieks.'

'Wat vind je er precies zo bijzonder aan, schat? Ik zie dat je helemaal opbloeit.'

'Hm. Goede vraag,' antwoordde ze. 'Het doet ergens denken aan New York, met die obers in chique kleding en de hele uitstraling, moeilijk uit te leggen. Je voelt het gewoon.'

Dat gevoel moest bij mij nog ontstaan, laten we het daarop houden. Die Vinex-wijk waarin ze opgegroeide was verstikkend en beperkend, waardoor ze volgens mij regelmatig op pad wilde, naar grotere en attractievere plekken, waar je alles kon bereiken wat je wilde, tussen mensen die meeslepend leefden, opgejut door elkaar. Daarom liep ze stage in New York en woonde ze een halfjaar met een vriendin in Parijs vlak voor onze ontmoeting. Ik zou het haar later een keer vragen, op het juiste moment, als we er lang en gedetailleerd over konden praten, want voor mijzelf gold in zekere zin natuurlijk precies hetzelfde.

'Daar zijn ze.' Ruby stond op en zwaaide. Tanja snelde naar voren. Ze omhelsden elkaar.

'Wat een mooie plek hebben jullie uitgekozen.' Ik werd drie keer gekust. Ergens halverwege, midden in een analyse over wat ik moest doen, besloot ik haar terug te zoenen en ik raakte met mijn vochtige lippen haar oorlel, kunnen jullie het fukkin' geloven? Volgens mij was dat niet helemaal de bedoeling, ze keek me overdonderd aan.

'Het is altijd een feest om je te zien,' zei die Tijmen. Hij kuste Ruby. Ik kreeg een hand en daarna trokken ze hun jassen uit en pakten ze twee krukken om bij ons aan de bar te zitten.

Luister, als ik het heb over een buitenstaander zijn, is het belangrijk om aandachtig te luisteren naar wat ik nu ga zeggen, want ik kan me goed voorstellen dat het voor jullie moeilijk valt te doorgronden. Daarom wilde ik bewust iets vertellen over dit uitstapje. Terwijl we daar zaten, merkte ik meteen, op allerlei fronten, dat deze mensen anders aan het leven waren begonnen, laat ik het zo omschrijven. Tijmen was een slanke jongen, uitgedost in kwalitatieve merkkleding die niet opviel, en hij had een puntgave huid. Volgens mij gebruikte die dooie elke avond voor het slapengaan een of andere gezichtscrème.

Als je in onze achterbuurt was opgegroeid, met een agressieve en onvoorspelbare vader, wist je later vanzelf, binnen een paar seconden, welke mensen wel of niet deugden, en deze gozer was een zakkenwasser van de buitencategorie, dat zag ik zelfs aan zijn kleine, gluiperige oogjes, die alles stiekem in de gaten hielden, telkens met een vies glimlachje.

'We moeten met zijn vieren op wintersport volgend jaar,' riep Tanja. 'Ik heb een megacool plekje ontdekt in Oostenrijk, er zijn daar amper Nederlanders.'

Ik wist daar niets van af. Om het gesprek te vermijden zocht ik contact met de ober, aan wie ik vroeg of hij nog twee glazen wilde inschenken, voor onze gasten.

'Dat lijkt me heel leuk,' antwoordde Ruby. Ze kneep ter geruststelling in mijn hand. 'De jongen van de receptie in het hotel vertelde dat er een zwembad in de kelder zit, wisten jullie dat al? Ik heb wel zin om straks wat baantjes te trekken voor we op pad gaan. Jullie?'

'Heerlijk,' riep Tanja. 'Ik moet dan even een badpak of bikini kopen, want daar had ik niet op gerekend. Het komt goed. Ik zag al dat ze hier honderden winkels hebben.'

De champagne kwam snel. Er werd getoost op een gezellige minivakantie. Als het aan mij lag, had ik me helemaal tot de nok volgegoten met drank, tot ik amper nog kon nadenken, om van die onwennigheid af te zijn. Het was geen optie. Dan zou ik Ruby voor schut zetten.

Amper een halfuur later besloten we naar het hotel te gaan, de vrouwen wilden zich opfrissen, daarna begon de jacht op zwemkleding. Tijmen vroeg, nadat hij zijn jas had aangetrokken, of ik de rekening 'gecoverd' had, een taaltje dat me volstrekt vreemd was. Ik stak een duim op en hoopte dat hij onderweg over een loszittende klinker struikelde en iets in zijn schedel zou verbrijzelen, dan was ik tenminste alleen met Ruby, zonder die poeha eromheen.

Het andere koppel ging alvast buiten staan, terwijl ik op de rekening en het pinapparaat stond te wachten, op een paar meter van mijn vriendin, die driftig iets op haar telefoon tikte, een bericht aan haar moeder, legde ze hardop uit, ter verantwoording.

'Dat meen je niet!' riep ik veel te hard. 'Een glas champagne kost twaalf euro.'

'Ja, shit.' Ruby stopte haar telefoon weg. 'Dat is altijd zo op dit soort plekken.'

'Ik vind het belachelijk. Van dat geld moeten sommige gezinnen een maand leven.'

'Je hebt gelijk. Ik kan het anders wel betalen. Het pasje van mijn spaarrekening zit in mijn portemonnee. Mijn vader blijft er geld op storten. We hoeven ons geen zorgen te maken.'

'Doe normaal. Daar gaat het me niet om. Ik wil alleen niet zo'n persoon worden.'

Ik trok een biljet van vijftig euro uit mijn broekzak, legde dat op een schoteltje en gebaarde aan de man dat hij de rest mocht houden, iets wat hij met bijster weinig enthousiasme accepteerde; volgens mij, met de kennis van nu, omdat hij het wel erg zuinig vond. Ruby sloeg haar armen om mijn middel en ik rook de lucht van Magie Noire. Ze fluisterde dat ik het goed deed, en als ik het allemaal echt niet trok, zouden we wel een griepje veinzen, dan konden we lekker met elkaar op het grote hotelbed een film kijken. Ik moest het wel naar mijn zin hebben, dat vond ze het allerbelangrijkst. Ze maakte onbedoeld de ene belediging na de andere, over die pas van haar vader en de eventuele vlucht naar de kamer, alsof ik een labiel kind was dat beschermd moest worden tegen de boze buitenwereld.

Nog vóór we het eerste warenhuis bereikten, bespeurde ik vermoeidheid in mijn lichaam, door de lange autorit vanaf huis en mijn pogingen om geen flaters te slaan. Wat ook niet bepaald meewerkte, was de mensenmassa die ons op straat telkens leek op te slokken, een beetje alsof we zo nu en dan in een golf van opgefokte wezens wandelden, allerlei mensen die roezemoezend als turbozombies hun volgende bestemming zochten.

Ruby en Tanja strengelden hun armen in elkaar. Tijmen kwam naast mij staan.

'Hoe is het op de studie?' vroeg hij. 'Zit je in Amsterdam, of ergens anders?'

'Ik ben voorlopig gestopt,' loog ik. 'Er kwam een kans voorbij die ik niet kon laten schieten, daarom werk ik nu als merchandiser op het hoofdkantoor van Philips.'

Dat klotewoord kende toch niemand, we wisten zelf niet eens wat het betekende.

'Interessant. Je bent natuurlijk door een headhunter op het idee gekomen.'

En die term was weer onbekend voor mij. Wat me zo aan die jongen tegenstond, was dat hij die achterlijke lach niet van zijn gezicht wist te poetsen. Als je hem niet kende zou je denken dat er iets mankeerde aan zijn verstandelijke vermogen.

Ik had dus mondjesmaat iets over hem gehoord, in de auto op weg naar Breidenbacher Hof, en dat verbaasde me wel, moeten jullie weten. Ruby noemde hem een rare vogel, een regelrechte ploert die zich horkerig kon gedragen, iets wat ze van haar vriendin had gehoord, tijdens etentjes die ze met elkaar hadden. Ik vroeg me af wat Ruby over mij vertelde.

Hoe dan ook, ze was altijd positief over anderen en had een

optimistisch wereldbeeld, ingegeven door haar beschaafde opvoeding. Wanneer ik een figuur bikkelhard stond af te kraken, benoemde zij consequent factoren waardoor iemand zich op een bepaalde manier gedroeg. Misschien waren er verzachtende omstandigheden die iets konden verklaren. Dat was sterk aan onze relatie, besef ik nu ik erover vertel: we completeerden elkaar, zodat we geen van beiden te ver doorschoten naar een bepaalde kant. Voor hem was ze dus minder genadig.

Ruby draaide zich plotseling om en wees naar een kolossaal gebouw aan onze rechterzijde, opgebouwd uit massieve blokken steen, met schreeuwerige reclames achter de ramen en overdadige kortingsacties, waar ze zwemkleding verkochten, dáár moesten we naar binnen. Het enige wat ik zag waren haar prachtige jukbeenderen, die hoog opgetrokken haar schoonheid accentueerden. Het was een vreemde gewaarwording voor me dat ik elke keer, bij al onze nieuwe ontmoetingen, mijn vriendin mooier en leuker zag worden. Het moest wel liefde zijn. Voor de rest wil ik oppassen dat ik zo meteen niet te zoetsappig overkom in jullie proces-verbaal. Ik wil alleen zeggen: het was niet mijn bedoeling haar te kwetsen.

'Het is op de derde verdieping.' Tanja las de plattegrond van het gebouw. 'Daar hangt de zwemkleding. Ik heb maar een paar minuten nodig, jullie vinden het niet erg, toch?'

'Ben je gek?' zei ik. 'We gaan met je mee. Misschien kunnen we je helpen kiezen.'

Ruby kuste me op mijn wang, trots en gelukkig, het was ongelooflijk.

Dat kon ik niet zeggen van Tijmen, die kwijlebal ging schoorvoetend akkoord en per roltrap werd de afstand tussen ons groter. Hij staarde wat hautain naar beneden, in het bijzonder naar mooie vrouwen, geobsedeerd door wat ze deden en hoe ze eruitzagen. Hij kwam bewust heel traag uiteindelijk op de afdeling, terwijl wij al zochten voor Tanja.

'Ik doe zelf de studie rechten,' riep hij naar mij. 'Mijn master begint na de zomer.'

'Wat goed.' Ik knielde bij de onderzijde van een rek. 'Wat wil je later worden?'

'Strafrechtadvocaat. Daar zit alle poen. Dus als je nog vrienden of neven hebt die een goede raadsheer zoeken, moet je mijn gegevens aan die gasten geven.'

Die absolute idioot had een visitekaartje. Hij was nog een student. Ik nam het aan.

'Ik zal het onthouden, voor als mijn vrienden weer bellen uit de bajes.'

'Het was maar een grapje,' zei hij. 'Daar kun je wel tegen, toch?'

Tanja glipte met een eerste oogst in een paskamer, trok het gordijn dicht en op hetzelfde moment pakte haar vriend demonstratief zijn telefoon, hij vond het allemaal niets. Heel langzaam bewoog hij naar achteren, tot we hem bijna niet meer konden zien. De muziek in het warenhuis stond luid en werd af en toe onderbroken door een mededeling die ik niet kon verstaan.

'Wat vinden jullie van deze?' Ruby en ik bekeken het rode badpak.

Dat die dame, uit een heel ander milieu, zonder bijbedoelingen mij om een mening vroeg, bracht me weer in een nieuwe wereld, en dat was een euforisch gevoel, man. In het verleden, als ik met de jongens ging zwemmen, zag je de mooie meisjes echt doodsangsten uitstaan, vanwege nare ervaringen met types die mijn achtergrond hadden. Plotseling was ik toegetreden tot een ander kamp, het contact begon met vertrouwen – en niet met achterdocht.

'Die bandjes zitten volgens mij te strak over je schouders,' zei ik. 'Het trekt daar een beetje.'

'Ik vind de pasvorm bij je taille eerlijk gezegd niet goed vallen,' merkte Ruby op.

'Weten jullie waar Tijmen is?' vroeg Tanja. We monsterden het gangpad. Dat miezerige mannetje zwaaide even naar ons en draaide zich om. 'Joehoe, kom even kijken. Ik wil jouw mening horen. Welke moet ik kopen?' Hij reageerde niet op haar woorden.

Ze was best een mooie meid, een tikkeltje bekakt, maar daar kon ze niets aan doen, we hadden allemaal wel wat. In haar ogen, die vaak omlaag gericht stonden, proefde ik onzekerheid, in de eerste plaats over haar lijf, en ik sluit niet uit dat ze zich kapotschaamde voor dat ongecultiveerde mannetje met een persoonlijkheid van tuinkabouterformaat.

'Trek anders die blauwe bikini aan,' zei Ruby. 'Dan haal ik Tijmen op.'

'Lief van je. Je bent een schat.' Ze keek naar mij. 'Hij kan soms koppig zijn.'

Het lukte Ruby om die schertsfiguur naar de paskamer te krijgen. Weer zat hij besmuikt te kijken, het begon me langzaamaan tegen te staan en het enige wat ik dacht was dat ik later die avond niet dronken moest worden, anders zou ik hem een paar tikken op zijn kutkop geven.

Het gordijn ging open. 'Tada. Wat vinden jullie van deze? Hij zit megalekker.'

'Hij is *fabulous*,' antwoordde Ruby. 'Draai je eens twee keer om.'

We zaten met zijn drieën te kijken. Het verdict was nu aan Tijmen. Dat voelde iedereen.

'Gatverdamme, je hebt een dikke reet in dat ding. Trek

hem snel uit. Je kunt tegenwoordig ook zwemmen in die broekjes, dat heb ik op Ibiza gezien. Ik moet weer bellen met een potentiële klant. We meeten beneden wel weer. Dit kost me te veel tijd.'

Tanja huilde zachtjes, Ruby begon haar te troosten. Om me niet helemaal overbodig te voelen, raapte ik alle badpakken en bikini's van de haakjes en hing ik ze terug op hun plekken, samen met een medewerkster, die me verveeld besloot te helpen. De hand van Ruby ging als een ruitenwisser over de rug van haar vriendin, ondertussen fluisterde ze van alles in haar oor, een onderonsje dat kalmerend werkte tegen het verdriet en de vernedering.

'Ik word altijd loom van een zwempartij,' zei ik op weg naar het hotel. 'Daarom zit ik er niet ontzettend mee dat we het bad overslaan, anders zou ik vanavond tijdens het eten instorten.'

'Laten we straks kijken,' antwoordde Ruby. 'We kunnen ook voor het slapengaan kort baantjes trekken. Dat is ergens wel romantisch, met muziek erbij, alleen moeten we niet dronken worden.'

'Waar hangt Tijmen nu weer uit?' vroeg Tanja. Ik hoopte dat een of andere neonazisekte hem had ontvoerd om hem te bombarderen tot hun aardse leider, maar die kans was natuurlijk ontzettend klein, hoe je het ook bekeek. Hij had wel het charisma voor een dergelijke groepering. We stonden weer in de Königsallee, bij al die winkeltjes die met professionele beveiligers moesten werken.

'Ik bel hem wel even,' zei Ruby. Die gozer nam niet op. Tanja probeerde hem ook te bereiken. De pogingen duurden een paar minuten, merkwaardig genoeg zonder resultaat.

'We gaan naar het hotel,' zei ik. 'Dat zou de logische plek zijn om hem te treffen.'

Er was iets aan de hand met Ruby, die ondanks onze strapatsen met die narcistische borderliner haar fascinatie voor die grote laan, met alle pracht en praal, moeizaam kon verbergen. Wat we elkaar in de loop van onze relatie probeerden te leren, was dat we nooit de prangende kwesties in ons hoofd moesten onderdrukken. In mijn geval was het een zegen, omdat ik zogezegd steeds minder zaken toevertrouwde aan mensen. Toch worstelden we er allebei mee, de analyses kwamen vaak na de daden.

In de lobby van het hotel kolkte het van de mensen. Ergens deed die plek me denken aan een luchthaven, eveneens een locatie waar reizigers van alle nationaliteiten bij elkaar komen, met het grote verschil dat je daar wél sloebers ziet – de minderbedeelden. Die vond je niet in Breidenbacher Hof, een onderneming die werkte met veredelde butlers, die in principe alles voor je regelden. Je hoefde het maar te vragen en ze fiksten het voor de gasten.

'Je bent hier,' riep Tanja. 'Kijk, jongens, hij is aan het bellen op die stoel.'

'Dat doet hij anders nooit,' zei ik. Ruby porde me in mijn ribbenkast.

Die kerel stopte zijn telefoon weg en schoot overeind. 'Ik heb verdomd veel honger.'

'De reservering in het restaurant is pas over drie uur.' Tanja wilde hem vasthouden, hij deed een stap opzij en verklaarde met een stemverheffing dat hij bijna van zijn stokje viel. Het werd met elke minuut die vorderde een regelrechte parodie, pijnlijk en kinderachtig. Voor mijn zelfvertrouwen was de ontmoeting met het duo wel een goede boost, want deze mensen, die zich zonder twijfel verheven voelden boven anderen, worstelden overduidelijk met een gebrek aan zelfrespect en empathie. Ik snapte niet dat ze een relatie hadden. Tegelijkertijd bedacht ik dat mijn eigen ouders, zwaar lijdend aan elkaars aanwezigheid op deze aardkloot, precies hetzelfde uitvoerden. Zij bleven ook trouw aan hun huwelijkse beloftes, gegijzeld door gevreesde oordelen van de buitenwereld.

'Ik wil kartoffel,' brulde Tijmen. 'We moeten op zoek naar een plek. Kartoffel als presnack.'

Ruby en ik bemoeiden ons er niet mee. Ze kuste me op mijn wang en streelde mijn haar.

'Die vette hap is niet goed voor ons,' zei Tanja. 'Ik moet op mijn lijn letten.'

'Dat kan me niets schelen. We zijn nu in Düsseldorf, dan ga ik me niet inhouden.'

'Je doet een beetje raar,' zei ze tegen hem. 'We kunnen wat nootjes aan de barman vragen.'

'Wat is dat voor achterlijke opmerking,' zei hij. 'Ik ben geen knaagdier.'

De rat hoorde wel bij die categorie, dus dat was een verkeerde inschatting van hem.

'Loop even mee.' Tanja trok hem aan zijn arm naar de draaideur van het hotel. In eerste instantie spraken ze hevig gesticulerend tegen elkaar, amper een minuut later werd het gesprek buiten op straat voortgezet, op de plek waar de jongens van de valetparking nieuwe gasten ontvingen en hun wagens direct in een onzichtbare garage parkeerden.

Ruby bleef me zoenen en knuffelen, ik sluit niet uit dat ze daarmee Tijmen wilde provoceren, in de zin van dat ze hem wilde laten zien hoe je als geliefden ook met elkaar kon omgaan, die subtiele venijnigheid had ze wel, ze was een vrouw die je niet moest onderschatten. Dat heb ik veel te lang wél gedaan. Daarom zit ik opnieuw hier op het politiebureau. Ik dacht het allemaal uitgekiend te hebben. Wat een grap. Dat leg ik zo meteen beter uit. Geef me even.

'Volgens mij moeten we haar helpen.' Ik keek naar buiten. 'Die gozer heeft losse handjes, ik herken het soort. Je moet me nog eens uitleggen waarom je dol bent op deze mensen.'

Hand in hand stapten we naar buiten, langs de klapdeur die er ook was.

'Ik wil kartoffel!' schreeuwde hij. Dat is geen overdrijving. Het geluid weerkaatste tegen de overkapping boven de entree, waar de medewerkers met een strak gezicht luisterden.

'Doe even normaal,' fluisterde Tanja, 'dit is niet de manier om tot een oplossing te komen.'

Het werd die mafketel te veel. Voor het eerst verdween die ondraaglijke lach, hij vertrok stampend, met van die opgetrokken voetstappen als van een stripfiguur, naar de grote winkelstraat, terwijl hij begon aan een onbegrijpelijke tirade, waarvan ik alleen het woord 'kartoffel' kon ontcijferen. Jullie hadden het moeten zien.

'We gaan lekker aan de bar in het hotel zitten,' zei Ruby.

'Ik kan wel een martini gebruiken.' Tanja slaakte een zucht.

Ik legde, als schrale troost, een arm op de schouders van beide vriendinnen, die niet moesten denken dat ik door die maffe situatie een oordeel zou vellen. Dat kon ik niet maken, al was het maar omdat ik me dus zelf beter ging voelen in dat gezelschap.

Het werd nog best een leuke avond, met zijn drieën aan de bar. Tanja vertelde dat ze naast haar studie aan het ondernemen was, en dat ging allemaal best goed. Een jaar daarvoor had ze een omzet van een miljoen, dat betekende nog niet zoveel, haar dromen waren groter. Heel langzaam begreep ik dat haar vriend geïntimideerd moest zijn door haar succes. Daarom presenteerde hij zich als een volwaardige advocaat, terwijl dat ettertje nog gewoon in de collegebanken zat. Er zijn weinig mannen die het succes van hun vrouw kunnen dragen.

Hij kwam, met een doorleefd hoofd, rood van de kou en de alcohol, een kwartier voor onze reservering naar het hotel, opgeruimd van karakter, de schone schijn was zijn strategie.

'Ik zie dat je een bak patat hebt gevonden,' zei ik. 'Er zit mayonaise op je jas.'

'Shit. Hij is van mijn vader.'

Tanja pakte een servet, ze veegden samen de vetvlek dieper in het textiel.

'We moeten nu gaan,' riep Ruby monter. 'Ik heb stevige trek en het wordt laat.'

'Ik blijf hier, als jullie het niet erg vinden,' antwoordde Tijmen. 'Mijn buik zit vol en ik heb wat zure oprispingen.' Hij liet een boer om die bewering kracht bij te zetten. Ik heb een hekel aan mensen die ongegeneerd boeren, het is proleterig gedrag, vooral als ze naderhand trots lachen, in de veronderstelling dat ze een prestatie van formaat tentoonspreiden.

'Dat kun je niet maken, Tijmen. We zouden met zijn allen gaan.' Hij staarde zijn vriendin laatdunkend aan, op geen enkele manier geraakt door haar woorden.

Hij kwam een paar minuten bij ons zitten, om Ruby en mij aan een vragenvuur te onderwerpen. Hij bestelde twee biertjes voor zichzelf.

'Willen jullie trouwen?' vroeg die kerel. 'Regel dan wel de huwelijkse voorwaarden.'

'Waarom is dat zo belangrijk voor jou?' Hij verveelde me.

'Je wilt niet dat je vrouw er later met de buit vandoor gaat.'

'Wie verdient momenteel het meeste geld bij jullie dan?' vroeg ik. Tanja keek beschaamd weg, ik wist zeker dat ze hier afspraken over hadden gemaakt, ze mocht het niet vertellen.

'Wij waren twee jaar geleden op de bruiloft van Eus' beste vriend,' zei Ruby. 'Dat was een van de bijzonderste ervaringen die ik ooit heb meegemaakt. Alles is anders dan bij ons.'

'Wat gaaf,' zei Tanja. 'Hebben ze al een kindje, *tell me more*?'

Ik stond op en trok mijn jas aan. 'Helaas heeft het huwelijk niet lang geduurd. Ze zijn gescheiden. Dat raad ik trouwens iedereen aan. Als een relatie niet werkt, moet je die ook niet zinloos blijven rekken, terwijl ondertussen alles en iedereen pijn heeft. Het is zoveel beter om de stekker eruit te trekken. Je moet, met geduld, op zoek naar de echte liefde.'

Die Tijmen had het niet meer. Hij wipte overeind en vertrok naar de liften. Ik had Tanja onbedoeld in een moeilijke positie gebracht, want ze wist niet wat ze moest doen: met ons naar het restaurant gaan of toch met die eikel een avond in de hotelkamer doorbrengen. Dat laatste had zeker niet haar voorkeur. Ze koos er wel voor.

Wat ik vergeten ben jullie te melden, is dat Ata wel degelijk met dat meisje was getrouwd, maar dat het allemaal op een ramp uitdraaide. Ik hoorde ooit een man in de voetbalkantine zeggen: sommige relaties lopen goed af, andere eindigen in een huwelijk. Die kerel had wel een punt, man. Vinden jullie het goed als ik later, niet al te lang, in een paar woorden, vertel hoe dat drama zich voltrok? Want dat is het wel geworden. Ata is voorgoed gekrenkt en getekend. Hij is niet meer dezelfde jongen. En het overkomt veel meer mannen met onze achtergrond. Als jullie dat verhaal horen, begrijpen jullie bepaalde zaken hopelijk iets beter.

In Düsseldorf regende het inmiddels. Ruby zei dat ze een paraplu had meegenomen, hij lag in de kofferbak van mijn auto, we wisten alleen niet waar hij stond. De jongens van de valetparking wilden hem wel ophalen voor ons nadat we een goede beschrijving hadden gegeven, over de service mocht je niet klagen bij Breidenbacher Hof. Vijf minuten later stond een kalende man met een paraplu voor ons, ik zag meteen het logo van ASA Uitzendbureau.

'Wow, heb jij dat ding nog?' vroeg ik verbaasd. 'Eigenlijk moet hij terug.'

'Dat wist ik niet. Als je hem in Deventer overneemt, kun je hem later bij die mensen afleveren. Dat is wel zo netjes.' Dat vond ik ook. Ik zou bovendien Roos weer zien. Hoewel ze duizend ideeën had, over ander werk en studies, kwijnde ze weg op dat kantoortje.

Duitsers waren best aardige en behulpzame mensen, viel me op, heel anders dan ik me had voorgesteld. In mijn jeugd, in die armetierige buurt, werd onze integratie voor een groot deel, per ongeluk en in volle vaart, door de oorspronkelijke bewoners geregeld, oftewel de mensen die anderen nu tokkies noemen. Ik heb daar een tyfushekel aan. Mijn buurjongens waren stuk voor stuk fatsoenlijker dan die Tijmen, om maar iemand te noemen die vers in ons geheugen zit en met recht het predicaat van kwaadaardig monster verdient.

Wat ik wilde zeggen: in de wijk spraken we vroeger standaard van moffen, een overblijfsel uit de Tweede Wereldoorlog, die kennelijk in de families van onze buren nog steeds resoneerde op een manier die ik nooit heb kunnen doorgronden. Wat ik me wel goed kon voorstellen is dat ze in de Raambuurt meer verzet hebben geboden dan in die deftigere wijken. Dus ook op dat onderwerp moest ik ontmanteld worden, vrijgemaakt van wat ik altijd had gedacht, louter omdat anderen dat deden. Snappen jullie wat ik bedoel? Een persoonlijke omwenteling is lastig, op alle vlakken moet je anders leren denken, door het zelf te zien. Die Duitsers waren dus aardig. Ruby en ik gingen vroeg naar bed. Anders dan die twee stakkers hadden wij ons wel vermaakt, als bioscooppubliek van hun tragikomedie.

De volgende ochtend, na mijn derde nachtmerrie, vond ik het welletjes. Het kost energie om telkens in het zweet wakker te worden, met een verhoogde hartslag. Ik trok mijn kleding aan, poetste mijn tanden en kuste Ruby op haar voorhoofd. Ik fluisterde in haar oor dat ik een korte wandeling ging maken. Zij hield van uitslapen, dat kon ze uren doen, tot de middag. Dat gunde ik haar enorm. Haar studie op de universiteit hakte erin, ze moest veel blokken.

Er was al veel volk op de been. De winkels gingen net open. En ook hier dreven de veegwagens, met een opmerkelijk soepele rotatieas, op de vroege morgen over de straten, zodat de dagjesmensen er later weer een teringbende van konden maken. Er was iets in me gevaren, het ging automatisch, plotseling stond ik bij de winkels in de Königsallee. Ik liep binnen bij een zaak waar ze Chanel verkochten. Er kwam inderdaad, zoals Ruby de vorige dag had voorspeld, drie man personeel op me af, een dame mocht het oplossen. Ik vertelde in het Engels dat ik een tas voor mijn vrouw wilde kopen, het moest een verrassing zijn, een cadeau.

'Is dit misschien wat?' vroeg ze. 'Hij is erg klassiek en praktisch.'

'Wat kost hij?' vroeg ik. Ik nam hem over en voelde aan het leer.

'Deze verkopen we voor 1500 euro,' antwoordde de vrouw. 'Hij hoort bij de nieuwe collectie.'

'Pak hem maar in.' Ik wilde er meteen vanaf zijn. Er stond vijfduizend euro op mijn rekening, bij elkaar gesprokkeld met mijn werk bij Philips en de studiefinanciering. Eigenlijk kon ik het niet missen. Er mocht niets fout gaan. Maar ik had gezien hoe Ruby naar de vitrines keek. Een meisje dat nooit gezien werd, maar zelf wel zag. Ze moest er een hebben.

Toen ik in de kamer terugkeerde, stond ze onder de douche, iets wat ze graag deed. Misschien probeerde ze nog steeds de geur van haar antroposofische opvoeding eruit te krijgen, iets wat nergens op sloeg, want ze was volmaakt.

'Lieverd, wil je even komen?' riep ik. 'Ik heb een klein cadeautje voor je.'

Ze draaide de knoppen om. 'Je meent het, dat hoeft helemaal niet.'

Ze trok een badjas aan, wikkelde een handdoek om haar hoofd en observeerde me met vermoeide oogjes. We kusten elkaar. De stoom van het water kwam uit haar hals.

'Dit is voor jou,' zei ik. 'Een souvenir uit Düsseldorf, gewoon omdat je perfect bent.'

'En jij bent gek.' Ze keek naar de winkeltas. 'Dat is een bizar dure zaak.'

'Pak het nu maar uit. Ik wil weten wat je ervan vindt. Misschien moeten we ruilen.'

Ze ging op haar knieën zitten en tilde de inhoud eruit. De medewerkster had de tas verpakt in een suède lap, zodat hij niet zou beschadigen. Ruby pakte eerst het echtheidscertificaat, daarna zag ze de tas van Chanel. Ze was verbijsterd, in de war door ongeloof.

'Dit is veel te duur. We kunnen dit niet betalen. Wat heb je gedaan?'

'Je verdient het. Ben je niet blij dan?'

'Ik kan het amper bevatten. Je werkt keihard, dit had je niet moeten doen. Je kunt het geld wel beter besteden.'

'Kom op, je verpest het moment. Hij is voor jou. Als je later een geslaagde zakenvrouw bent, mag je voor mij zorgen,' zei ik. 'Dan ga ik de hele dag televisiekijken op de bank.'

Ze heeft een kwartier, in onze hotelkamer, die tas geïnspecteerd, alle ritsen en zakken wilde ze zien. Voor de spiegel van de kast hing ze hem om de beurt over haar schouders, om te beoordelen op welke wijze hij het mooist stond. Er zou nu een misverstand kunnen ontstaan, dat jullie gaan denken dat ze plat en ordinair is, simpel tevreden te stellen met materialistische zaken. Daar klopt dus níets van. Zij wilde ook kennismaken met andere werelden. Ze hield van mode en verzorging. In die zin leken we op elkaar. Allebei wilden we nieuwe plekken ontdekken, zolang we maar trouw bleven aan onszelf, alhoewel ik niet kan uitsluiten, hoe raar het ook klinkt, dat ik juist door dat laatste opnieuw op een politiebureau zit.

XIV

Het moet ergens in 2010 zijn geweest, vraag me niet naar een exacte datum, toen ik weer eens een splinternieuwe huurauto in Zwolle mocht ophalen, zodat ik daarna meteen in de richting van het noorden kon rijden, naar het kantoor van mijn werkgever in Sneek.

Jullie begrijpen inmiddels dat ik heel lang voor dat bedrijf heb gewerkt. Het ging altijd goed. Het paste in het ritme van mijn leven. En Ruby was druk met haar studie.

In de mail die ik van Roxanne kreeg vroeg ze me om eenmalig een merchandiseronde voor een nieuwe opdrachtgever uit te voeren, om precies te zijn voor Canal Digitaal. Dat bedrijf verhandelt vooral satelliettelevisie aan autochtonen die bijvoorbeeld op het platteland wonen en daar geen kabelaansluiting hebben. De firma betaalde goed. Ze wilde de beste vertegenwoordigers. Ik had er meteen oren naar. In mijn jeugd was de schotelantenne, door veel buren aangeschaft om in contact met het vaderland te blijven, een onmisbaar element in het straatbeeld, ze moesten en zouden hun favoriete series kijken.

Weten jullie wat me stoort? Als het over de haperende integratie van mensen uit het land van mijn ouders gaat, suggereert iedereen dat ze dag in, dag uit naar het nieuws koekeloeren via die schotelantennes, dat zou voor een hersenspoeling zorgen, plus verknipte gedachten, maar de meesten zijn helemaal niet meer geïnteresseerd in die materie, ze willen gewoon eindeloos entertainment en dramaseries. Geen gezeik over politiek.

Ik was ruim op tijd. De parkeerplek stond vol. Het miezerde en het suisde, de hemel was donkergrijs en ik dacht bij het uitstappen dat iedereen die met suïcidale gedachten rondliep beter kon thuisblijven, je werd niet vrolijk van deze omstandigheden.

'Topper,' riep Roxanne, 'we zouden het niet redden zonder jou.' Ze gaf me bij de deur een hug, ik wilde haar frisse geur helemaal opsnuiven. Ik zei: 'Je kunt natuurlijk ook overdrijven.'

'Je weet niet half hoe belangrijk je bent. Daarom gaan we íets anders werken. We maken van jou de teamleider van de merchandisers, jij bent hun aanspreekpunt als ze er niet uit komen.'

'Ik word dus een callcenter voor anderen die problemen hebben.'

'Welnee, dat moet je niet op die manier bekijken. Je bent hun ervaren mentor. En daar gaan we je ook voor betalen. Vandaar het hogere salaris. Ik heb zo veel zin in deze uitdaging.'

Het stond me tegen, moet ik zeggen, dat ik deze erebaan kreeg toegeschoven, want daarmee werd toch iets geaccentueerd, als jullie begrijpen wat ik bedoel. Door de jaren heen had ik de status gekregen van goede en betrouwbare werknemer, een baken van rust en degelijkheid, ik was godverdomme *one of the guys* geworden, dat was niet de bedoeling. Dat werk moest een tussenstation zijn, geen eindhalte.

'Laten we naar de trainingszaal gaan,' zei ik. 'Ik ben benieuwd naar de presentatie.'

'Jaaa,' riep ze. 'Heel fijn. Ik pak een glas water voor je, klein koffiehatertje.'

Dat meisje bedoelde het goed, dat snap ik ook wel, toch vroeg ik me af wat voor zin het leven had als een mooie vrouw je zulke bijnamen ging geven. Dan had je toch ergens in de afgelopen jaren een verkeerde afslag genomen. Ik straalde niet bepaald uit dat die onzinnige grapjes bij me hoorden, voor zover ik kon inschatten. Roxanne was geen slechte meid. Veel meer wil ik niet over haar zeggen.

In de ruimte stonden veel bekenden. Ik zag ook nieuwe jongens, die vermoedelijk ergens aan een studie waren begonnen en daarnaast een bijbaan zochten. Op die wijze vond er vanzelf een verjonging bij het bedrijf plaats en dat was natuurlijk goedkoop, en het zorgde voor frisse geestdrift, van personeel dat zich nog wilde bewijzen, een fase die ik voorbij was.

'Wow,' zei ik tegen Ferhat. 'Wij hebben elkaar een poos niet gezien.'

Hij gooide een hand omhoog, vlak onder zijn kin, maakte een pulserende beweging, en pas na tien seconden of zo begreep ik dat hij zijn stompzinnige gouden ring etaleerde.

'Gefeliciteerd, je bent getrouwd, de tijd vliegt echt voorbij, man.'

'Het is ongelooflijk, hoe alles in een flits gebeurt, achteraf bekeken, terwijl we elke dag stress hadden over allerlei zaken. Iedereen wilde zich met ons feest bemoeien.'

Hij stond erbij met een air alsof hij zojuist het conflict in het Midden-Oosten had opgelost.

'Ik ben blij voor je, kerel. Ik snap alleen één ding niet. Je zou hier stoppen, toch?'

'Dat klopt,' antwoordde hij. 'Ik heb wat studievertraging. Mijn scriptie liep uit door alle regelzaken, *amına koyim*. Aan het einde van het jaar ben ik loesoe.' Die Turkse woorden betekenen zoveel als dat je iets in iemands vagina wilt stoppen, ik heb het allemaal ook niet verzonnen, het is serieus ongekend populair als krachtterm in die taal.

'Wat doe jij zoal op het moment?' vroeg hij. 'Heb je al een diploma?'

'Dat loopt soepeltjes. Ik red me wel. Man, echt leuk dat je nu getrouwd bent.'

Wat daar precies gebeurde moeten jullie ook weten, bedenk ik plotseling. Ik heb inderdaad, met twee vingers in mijn neus, het papiertje op het ROC Aventus gehaald, tot grote tevredenheid van mijn decaan meneer Klunder, die zijn vertrouwen uitbetaald zag. Ik wilde alleen niet verder, daar was ik heel zeker van, het hoger onderwijs trok me niet zo. Ruby vond het niet erg. Ze vertelde dat er in de omgeving van haar vriendinnen zelfs een term bestond voor wat ik doormaakte, ze noemden het een sabbatical, of anders wel een tussenjaar.

Ik geloof niet dat Ruby en ik op hetzelfde spoor zaten. Dat maakte niet uit. Ik was even *off the hook*.

Het trainertje, een harige man met opgestroopte hemdsmouwen, haalde alles uit de kast om ons te overtuigen van het feit dat een schotelantenne voor iedereen de beste oplossing was. Wij moesten verkopers en klanten daarvan doordringen, desnoods mochten we een halfuur meedraaien in de winkel, oftewel bezoekers op de televisieafdeling actief aanspreken.

Ik bestudeerde in de hoek van de zaal mijn adressenlijst, zag meteen een paar Turkse namen en voelde weerzin om aan deze kansloze missie te beginnen, want ik wist uit de praktijk dat daar helemaal geen oorspronkelijke Nederlanders kwamen. Canal Digitaal richtte zich op de westerse markt, je kreeg nog meer zenders van dit continent. Ata runde ooit een telecomwinkeltje samen met een oude buurman. Daar zag je alleen allochtonen, die goedkoop wilden bellen naar het buitenland en gratis toegang tot hun eigen televisiezenders zochten.

'Mannen, ik wil even Eus naar voren roepen,' zei Roxanne na de training. 'Blijf zitten.'

'Hallo, iedereen,' zei ik. Ik kon wel door de grond zakken, die aandacht was niets voor mij.

'Hij is jullie aanspreekpunt, ik heb zijn nummer in de briefing gezet,' legde ze uit. 'Dus als je tegen praktische problemen aanloopt, neem dan gerust contact met hem op.'

Ze keek me stralend aan. Ik mocht haar wel. 'Ja,' zei ik. 'Er kunnen altijd onverwachte zaken gebeuren. Als je even twijfelt, of iets niet snapt, bel me dan meteen, ik help graag.'

Een paar werkstudenten sjouwden met de dozen, het POS-materiaal moest naar de wagens. Zoals altijd werd er links en rechts nagepraat, met Roxanne als hysterisch middelpunt. De nieuwelingen wisten precies hoe het werkte, het zat klaarblijkelijk in de genen van de mensheid. Zij moesten zich nog inlikken, de oude garde had dat al gedaan.

Ferhat en ik kwamen elkaar buiten tegen. Hij zat op zijn motorkap, voor mijn gevoel was dat eveneens een traditie geworden. Hij hield met de vingers van twee handen een bidsnoer vast.

'Ben je tijdens de bruiloft imam geworden,' vroeg ik, 'of hoe zit dat met die kraaltjes?'

'Sukkel. Natuurlijk niet. Het geeft me ontspanning, dan kan ik nadenken.'

'Je praat alsof je een bejaarde bent, eerlijk waar.'

'Luister,' zei hij, 'dit zijn stuk voor stuk nieuwe winkels, de opdrachtgever is me onbekend, dus ik ga alle adressen keurig bezoeken, dan weet je dat.'

Ik had alles in mijn auto gestopt en kwam naast hem zitten. Het regende nog steeds.

'Waarom zeg je dat?' vroeg ik. 'Ik ben niet veranderd omdat ze mij deze keer die titel hebben gegeven. Je moet lekker doen waar je zin in hebt, het kan me niets schelen.'

Hij vertrouwde me niet, dat zag ik aan alles. Het was mijn laatste contact met hem.

In de auto, voor ik begon te rijden, zag ik dat er een adres in Zwolle op de lijst stond, een winkel die ik niet kende, gesitueerd in de bekende probleemwijk Holtenbroek. Dat leek me leuk, daarom werd dat mijn eerste bestemming. Als het even uitkwam, bedacht ik iets later, wilde ik langs Roos, die had ik al een poos niet in het echt gesproken. Ik luisterde in de wagen naar wat droevige Turkse muziek, daar ging mijn humeur volledig van naar de gallemiezen.

Die artiest, die zich tot zijn moeder richtte, zong bijvoorbeeld in het lied: 'Ik heb gehuild, mijn tranen veranderden in een oceaan. Over mijn hartzeer kon ik met niemand praten. Hoe vaak ze me hebben geslagen, ik kon je naam niet noemen.' Dat soort shit komt binnen, neem dat van me aan, hoe eigenaardig en triviaal het in onze taal ook klinkt.

Op het plein in Holtenbroek, voor een hele strook aan winkels, parkeerde ik in een vak, en toen ik uitstapte zag ik direct op een gevel de naam van Efendi Telecom. Er wandelde daar van alles rond, van Aziaten tot Arabieren en van Turken tot studenten die zeulden met kratten bier en flessen wijn, op weg naar een borrel of een feestje in studentenkamers.

De wijk rook naar geroosterd lam. Uit elk winkeltje klonk wel muziek. Als vreemdeling in deze kringen werd ik zonder gêne aangestaard, het waren minimaal tien inspecties tegelijk, allerlei blikken van mensen uit ondernemingen die je daar kon verwachten, zoals een bakker, een groenteboer, een shoarmazaak en een barbier met vijf kappersstoelen.

'Goedemorgen,' riep ik opgewekt in Efendi Telecom. 'Ik ben hier namens Canal Digitaal.'

De zaak zag eruit als de prijzenhoek van een kermisuitbater. Telefoons. Horloges. iPods.

'Jullie klootzakken moeten facturen op tijd betalen,' zei een mannetje achter de toonbank.

'O, dat is niet mijn afdeling, ik kan het wel doorgeven.'

'Alle spullen altijd kapot, vuile flikkers,' ging hij verder. 'Jullie zijn maffia.'

Ik moest lachen om die gozer, het was behoorlijk Turks wat hij deed. Die pure emotie, verpakt in agressie en overdrijving, kwam me bekend voor. Er zat niets achter, hij bedoelde het niet verkeerd, al zou een collega, iemand die dit werk voor het eerst deed, vermoedelijk over een paar weken met een posttraumatische stressstoornis bij de bedrijfsarts aankloppen.

'Abi,' zei ik. 'Je kunt als je wilt Turks tegen me praten, het is geen probleem.'

Hij fleurde volledig op, kwam van zijn krukje en we gaven elkaar een hand. 'Mooi, je bent een van ons, ik ben trots dat mijn eigen mensen nu bij zulke bedrijven werken. We worden langzaamaan overal zichtbaar. Onze jongeren zijn bezig zich te manifesteren, heel goed.'

'Heb je Nederlandse klanten?' vroeg ik. 'Onze actie is gericht op die doelgroep.'

'Heel soms,' antwoordde hij. 'Ze kopen goedkope simkaarten, of buitenlandse telefoonkaarten, voor familie en vrienden die in de gevangenis zitten, voor het wekelijkse contactmoment.'

Als je met de vaste telefoon in de bajes naar huis wilt bellen, heb je een telefoonkaart nodig, zoals jullie weten.

'Wat doe jij voor Canal Digitaal dan?' vroeg ik.

'Ik monteer schotelantennes bij boeren,' legde hij uit. 'Die klus leggen ze bij ons neer, omdat wij al jaren met deze zaken bezig zijn. De installatie is simpel. We verkopen zelf niets.'

'Het slaat dus nergens op om jou in deze winkel Canal Digitaal te laten slijten.'

Hij trok zijn schouders op en keek me vrolijk aan. Hij heette Ali. We dronken samen thee. We spraken over alledaagse zaken. Hij was dertig jaar ouder en wilde weten waar mijn ouders oorspronkelijk vandaan kwamen, om vervolgens zijn teleurstelling te onderdrukken, hij begreep dat ze andersgelovigen waren. Er kwam een Nederlandse meneer binnengewandeld, iemand die acteerde sterk in zijn schoenen te staan. Hij liep radeloos langs wat apparatuur.

'Kan ik u misschien helpen?' vroeg ik. Ik wenkte Ali een foto van de scène te maken.

'Ik heb gehoord van die kastjes,' vertelde de man. 'Daarmee ontvang je meer zenders of zo, jullie zouden die machines verkopen, hier in deze winkel, dat vertelde een kameraad.'

'Waar kijken uw vrienden naar?' vroeg ik.

'De meesten voetbal en andere sporten.'

Hij sprak over televisiepakketten die ze illegaal ontvingen, daar kon ik niets over zeggen. Ik kon er, in de rol die ik in die winkel vertolkte, flink wat gelazer mee krijgen.

'Voetbal blijft de mooiste sport,' zei ik. 'Ik moet wel meteen vertellen dat de techniek hier in de winkel wordt gebruikt voor Turkse of Arabische zenders. Als het om andere Europese kanalen gaat, iets meer dan zeshonderd stuks, dan is Canal Digitaal de beste oplossing voor u, dat weet ik zeker. U kunt dan bijvoorbeeld de samenvattingen van de Premier League zien.'

'Hoe werkt dat dan?' vroeg hij. 'Ik heb er nooit van gehoord.'

'Kijk,' zei ik. Ali en ik keken elkaar aan. 'Wij willen wel eerlijk zijn.'

'Ik weet er wel wat van,' jokte hij. 'Ik ben geïnteresseerd. Leg het gerust uit.'

'Het zit zo, u moet een schotelantenne nemen. Sommige mensen vinden die lelijk en dat snap ik heel goed. Wat ze alleen niet weten, is dat je hem subtiel op het dak kunt wegwerken, zolang de LNB, of eigenlijk de knop van de satelliet, maar digitaal contact kan maken met de hemel, dat is essentieel, daar komen de signalen vandaan.'

'Bij ons in de buurt heeft bijna iedereen zo'n ding,' riep hij opgewonden.

Hij begreep nog steeds niet dat zijn buren gratis naar die Turkse en Arabische zenders keken en zijn makkers illegaal naar pay-tv, zoals die ook wel wordt genoemd.

'Ja, ze horen inmiddels bij het straatbeeld,' zei ik. 'Vooral in dit soort wijken.'

'Het boeit me dus niet. Ze doen er allemaal aan mee. Is het veel duurder?'

'U komt werkelijk op een bizar goed moment naar deze zaak. Ik bén van Canal Digitaal en we hebben toevallig deze week een actie.' Jullie moeten weten: dat klopte helemaal.

Waar het op neerkwam, was dat ik die gozer vrij eenvoudig een schotelantenne aansmeerde, inclusief een abonnement waar hij een jaar aan vastzat. Ali deed de administratie.

Ik voelde me er totaal niet slecht over, man. Weten jullie wat het was? Ik loog niet tegen hem of zo. Hij ontving alleen vanaf dat moment allerlei extra klotezenders die hij toch nooit zou bekijken. Dat was de marketingtruc van Canal Digitaal. Hij ging zelf akkoord met het verminken van zijn muur, in nota bene een arbeidersstraat. We hebben hem niet aangemoedigd, laat staan gedwongen. Ali maakte een installatieafspraak met hem en schoot nog een foto van ons tweeen, op mijn verzoek, terwijl ik de hand van die meneer stevig vasthield, zoals zakenrelaties doen na een deal. Ik mailde de afbeelding door naar Roxanne. Hij verliet tevreden de winkel, met een goed verhaal voor zijn makkers. Ze zouden hem uitlachen.

'Dat is de eerste keer dat ik hier zelf een abonnement verkoop.' Ali begon na die woorden als een waanzinnige te bulderlachen. 'Je moet bij mij komen werken.'

'Interessant idee,' zei ik. 'Ik ga nu weer door. We zien elkaar snel.'

Het duurde nog best lang in Holtenbroek, daarom twijfelde ik over een bezoek aan Roos, tegen wie ik niets had gezegd, dus ik zou haar niet teleurstellen als ik wegbleef. Desondanks jakkerde ik over de verlaten wegen naar de andere kant van de stad, verguld met mijn prestaties en hongerig naar iemand die me om die reden zou prijzen. We hoeven er niet ingewikkeld over te doen, dat was hoe het zat. Ik parkeerde de auto tegenover het plein en stiefelde naar ASA Uitzendbureau, waar een doodse sfeer heerste.

Ik duwde de deur open, zag direct mijn rotkop in de spiegel en voelde me daar slecht over.

'Wow, wat een verrassing,' riep Roos. 'Het werd verdikkeme tijd dat je me weer eens opzocht.'

'Ik wist wel dat je een kort bezoekje kon waarderen.'

Jullie gaan dit niet geloven: ze wandelde langs het bureaublok en besprong me werkelijk, ze hing met twee handen om mijn nek, haar benen kwamen los van het laminaat.

‘We moeten vaker afspreken, dit is nu wel heel saai, altijd aan die telefoon.’

‘Wat ruik je lekker.’ Ik zette haar neer. ‘Je ziet er fantastisch uit.’

Mijn oog viel op de bak met paraplu’s. Ze hadden die nog steeds.

‘Dankjewel,’ antwoordde ze. ‘Ik doe sinds kort aan personal training. Wat goed dat je dat meteen ziet. Jij bent sowieso een kanjer die alles opmerkt. De klant is lovend over je.’

Terwijl we daar stonden en elkaar in feite niets vertelden, vroeg ik me af wat voor doel het allemaal diende, het werk dat ik deed en het nietszeggende contact met dit soort onwaarachtige meisjes. Ik was niet vergeten hoe ze me de eerste keer had ontvangen, als een halve crimineel die ze vousvoyeerde, doodsbang vanwege mijn uiterlijk. Moest ik dan echt alles, mijn waardigheid en mijn trots, om maar wat op te noemen, opgeven om elke maand een salaris te verdienen, door klusjes te doen die nergens op sloegen voor dit soort types?

‘Heb je nu nog meer festivalbandjes om je pols?’ vroeg ik.

‘Jaaa, wat scherp, het was weer een feest. Ga een keer mee naar Lowlands.’

Dat was een moeilijk moment, man. Dit gaat vreemd klinken, daar ben ik me bewust van, maar ik begon een hekel aan mezelf te krijgen, of in ieder geval aan het leven dat ik had ingericht. Dat is geen excuus of verzachtende omstandigheid, jullie vroegen alleen waarom ik het had gedaan, aan het begin van mijn bekentenis, daarom wilde ik dit pertinent benoemen, het werd een optelsom. Er knakte iets in Zwolle. Kapot. Onherstelbaar.

‘Dat moeten we nog eens bespreken. Ik ga ervandoor,’ zei ik. ‘We zitten in een ronde.’

'Ja, natuurlijk, dat weet ik,' antwoordde ze. 'Waar reis je naartoe?'

'Hengelo. Daar heb je een paar winkels bij elkaar, dat is altijd fijn.'

'Harde werker. We gaan binnenkort een keer lunchen, beloofd?'

We knuffelden elkaar en ik maakte me uit de voeten, snel naar de andere kant van de provincie.

Als ik rustig over de landschapswegen reed, dwars door steden en dorpen, verbaasde ik me telkens over de omvang van vrijstaande woningen, omgeven door de prachtige natuur die bij Salland en Twente hoorde, keurig bijgehouden door de bewoners of het personeel dat ze daarvoor inschakelden. Weten jullie wat ik altijd dacht? Ik wilde begrijpen hoe ze het voor elkaar hadden gekregen, zowel het bezitten van die plekken als het verkrijgen van de vrijheid om er dagelijks, zonder enige vorm van haast, doorheen te slenteren. Het moest te maken hebben met hun geschiedenis in dit land, ik hoopte dat zoiets ooit voor mij was weggelegd.

Op het Plein Westermaat in Hengelo, dat overliep van de bezoekers, vond ik moeizaam een parkeervak voor mijn auto, toen iemand anders toevallig wegreed, precies op een plek waar ik wanhopig stond toe te kijken. Ik deed het portier op slot en nam geen posters of flyers mee. Het regende gelukkig niet meer. Ik besloot om eerst naar BCC te gaan, want in MediaMarkt duurde het altijd veel te lang voor je iemand kon spreken, ze vonden zichzelf heel wat. Misschien zou ik die winkel volledig overslaan, die beslissing wilde ik later nemen.

'Daar heb je hem ook weer,' riep Hein. 'Je kunt beter bij ons in loondienst komen.'

De winkel was gerenoveerd. Hij hing tegen een tafel met

een paar nieuwe modellen laptops, extra onder de aandacht gebracht door allerlei felle lampen en luidruchtige demofilmpjes. Als ik niet beter wist, zou ik denken dat die gozer met de week lelijker werd, ten prooi aan slechte genen, en het was duidelijk geen prioriteit om zijn huid eens te verzorgen, of om naar de fukkin' kapper te gaan. Hij kon evengoed figureren in een reclame voor mensen die in het eindstadium van hun leven zaten en daarom nog één keer dwingend iedereen wilden oproepen om te doneren, in de hoop op opschaling van het onderzoek naar een medicijn.

'Ik laat nog liever onverdoofd al mijn teennagels eruit trekken,' zei ik. 'Geen denken aan.'

'Je bent een aparte kerel, serieus. Wat kom je nu weer doen?'

'Ik vertegenwoordig vandaag Canal Digitaal, ze hebben een nieuwe campagne en actie.'

'Kansloos,' antwoordde Hein resoluut. 'Daar verkopen we er twee of drie per maand van, aan boeren die hier net zijn komen wonen. Voor de rest worden ze soms meegenomen door vakantiegangers die in een caravan in Frankrijk naar de Nederlandse televisie willen kijken.'

'Daar was ik al bang voor,' zei ik. 'Vind je het goed als ik wat fotootjes met het materiaal schiet, op de televisieafdeling? Dan kan de opdrachtgever me niets kwalijk nemen.'

'Je doet maar wat je wilt,' riep hij. 'Je hoort inmiddels bij ons team.'

Weten jullie wat er daarna gebeurde? Het talent om onverschillig te worden bezit ik niet, daarom vrat ik mezelf helemaal op, onderweg naar mijn kofferbak, die vol zat met troep van die mensen. Ik snapte niet dat ze zulke domme acties organiseerden. Als ik een uur met een directeur mocht praten, wist ik zeker dat het veel beter geregeld zou worden. Dat zat er natuurlijk niet in. Die onderlaag aan managers en marketeers bezat alle verantwoordelijkheid, zonder ooit een keer daadwerkelijk met het personeel of met ons te sparren. Daar werd ik boos van, man. Anderen zouden natuurlijk denken: ze zoeken het maar lekker uit. Dat gold niet voor mij, ik had nog steeds ergens de gedachte dat ik de wereld kon veranderen en anderen kon inspireren, alleen luisterden die luchtfietsers niet naar me. Dus daar stond ik weer in die klotewinkel iets in elkaar te zetten wat iedere andere loser ook kon doen.

'Ben je nog op zoek naar een mooie laptop met een groot scherm?' vroeg Hein.

We stonden samen voor de televisies, er was verder niemand in de buurt.

'Ik heb er niet echt een nodig, ze zijn veel te duur.'

'Je krijgt hem van me cadeau,' zei hij breed lachend. 'Je komt al jaren in deze winkel, helemaal niemand heeft je ooit bedankt, daar moeten we verandering in brengen.'

'En jij gaat dat regelen?' Ik plakte een poster op een pilaar. 'Misschien dat mijn vriendin hem kan gebruiken voor haar studie. Ze gaat bijna werken. Die van haar heeft vaak storingen en de toetsen zijn vervaagd. Ik neem hem van je. Pak jij hem?'

'Top,' zei Hein. 'Je moet naar het ophaalpunt rijden, aan de andere kant van de zaak.'

'Ik sta gewoon voor je, man. Stel je niet zo aan.'

'De anderen hoeven niet alles mee te krijgen, daar komen praatjes van.'

Iemand anders in mijn positie, hier op dit politiebureau, had op dit moment zonder twijfel de vermoorde onschuld gespeeld, ik ben zelf vroeger ook zo geweest. Dan krijg je van die teksten als 'ik wist niet dat het crimineel gedrag was', of 'ik zat toen enorm in de problemen, voelde me niet goed en daarom liet ik me verleiden', maar de waarheid is dat ik haarfijn aanvoelde waar hij mee bezig was, omdat hij me al een keer eerder had geprobeerd te verleiden, in een tijd waarin ik geloofde dat het leven, vroeg of laat, een spannender wending zou krijgen.

'Ik maak wat afbeeldingen en rijd dan naar de achterkant van de winkel.'

'Laat mijn telefoon één keer overgaan als je er bijna bent met de auto, ongeveer twee minuten van tevoren,' zei Hein, 'dan zorg ik dat de rolluiken opengaan.'

'Ik heb je nummer niet,' fluisterde ik. 'Dus dat gaat wat moeilijk.'

'Het stond op dat papiertje dat ik je de vorige keer gaf.' Die gozer had alles onthouden, het werd me duidelijk dat hij al maanden of jaren met deze kwestie bezig was. Het schetste een weinig vrolijk beeld van zijn leven en tegelijkertijd monterde ik daar een beetje van op. Ik maakte tenminste nog wat mee, dankzij Ruby en onze sociale activiteiten.

Hein pakte een flyer van Canal Digitaal, schreef er gehaast zijn nummer op, vouwde het glanspapier dubbel en overhandigde het zo cool mogelijk aan me, gekleed in dat immer groene overhemd van die onderneming. Ik nam het over en wenste hem veel harder dan nodig een mooie dag. Een paar andere medewerkers zwaaiden naar me, onder wie een kassameisje.

We hoeven het verder niet ingewikkeld te maken. Ik noteerde het nummer in mijn telefoon, begon met wat spanning stapvoets naar de plek te rijden en belde die vreemde snoeshaan op het moment dat ik bijna het ophaalpunt had bereikt.

De kofferbak stond in de richting van het magazijn, dat leek me wel praktisch. De rolluiken gingen inderdaad omhoog, met veel metaalgekletter. In mijn binnenspiegel zag ik Hein voor het eerst in mijn leven serieus kijken, hij drukte mijn kofferbak open en ik hoorde, door een plof, dat er iets in de auto werd gelegd, tussen het POS-materiaal van Canal Digitaal.

Ik tufte heel behoedzaam uit die verborgen nis, op zoek naar de snelste route naar de A1, want ik had al besloten dat ik niet naar de andere winkels zou gaan. Op een ander moment, wanneer ik zeker wist dat dit zonder gevolgen zou blijven, wilde ik mijn adressenlijst afwerken. Desnoods zou ik doorhalen tijdens een koopavond, dan had ik meer uren.

Er ging van alles door mijn hoofd, onderweg naar huis, zoals een acute achtervolging door de politie, waardoor ik dik een halfuur in mijn spiegels heb gekeken, maar ik raakte om eerlijk te zijn ook best opgewonden van het gemak waarmee we dit voor mekaar boksten.

Eenmaal in de Smedenstraat, een beetje opgefokt, worstelend met al die emoties, inspecteerde ik de bagageruimte, en verdomd als het niet waar was, die lelijke graftak had inderdaad een fonkelnieuw apparaat in de auto gelegd. Ik trok het ding eruit en rende naar mijn huis, misschien dachten omstanders dat ik acuut naar het toilet moest, of dat ik op de vlucht was voor iemand. Dat klopte wel – ik rende altijd weg van mezelf.

De laptop zette ik op de grond voor de keuken, die spic en span was, bijna machinaal schoongemaakt door mijn moeder, die ik voor mijn gevoel erg lang niet echt had gesproken. Ik wist niet wat mijn vader tegenwoordig allemaal brulde, om maar iets te noemen, zij vertelde er niets over. Dat kwam omdat ik er nooit naar vroeg, denk ik.

Ik had haar treurzangen gedempt, murw gebeukt door de herhaling en de voorspelbaarheid, de aversie die ik daarna aan haar liet merken, ze begon er niet meer aan.

Voor ik iets kon doen, eten of iemand opzoeken, wilde ik mijn ronde digitaal invoeren in het systeem, ik was daar heel principieel in, man. Al klopte er geen reet van. De jongste mail die ik las was van Roxanne, een algemeen bericht aan alle merchandisers, dat gebeurde anders nooit, waardoor ik hem begon te knijpen. Dat veranderde snel. Ze had 'heuglijk nieuws', stond in de eerste regel, een ontwikkeling die ze met heel het team wilde delen, voor de motivatie en de spirit en meer van dat soort onbegrijpelijke marketingtaal.

Het eerste abonnement was verkocht. In de bijlage van haar mail, onder de tekst, stond een foto van mij met die dibbes in Efendi Telecom. In drie zinnetjes werd ik, 'onze teamcaptain', bewierookt en op het schild gehesen als groot voorbeeld.

Ik kreeg er de slappe lach van, man. Ik vond het zo dom allemaal. De mensen waren te makkelijk te bespelen. Weten jullie nog dat ik vertelde dat ik op een bepaald moment in mijn leven niets meer aan andere mensen wilde vertellen, omdat ik wist dat ze met hun reacties toch wel alles zouden verpesten? Dit was het ultieme voorbeeld daarvan. Ik kon het met niemand delen. En tegelijkertijd: het gaf geen voldoening. Dat moeten jullie van me aannemen, ik vind mezelf niet stoer of zo, eerder een tragische figuur die ook maar wat doet, telkens op zoek naar een nieuwe kick om te rechtvaardigen waarom ik elke ochtend moet opstaan. Dat klinkt depressief, maar dat ben ik niet. En ik ben dus geen psychopaat.

Ik zag op internet, na research op verschillende websites, dat de laptop een gemiddelde winkelwaarde van duizend euro had, veel meer geld dan ik in een week als vertegenwoordiger verdiende. Dat bedrag kon ik op de zwarte markt natuurlijk niet vragen, laat dat duidelijk zijn, voor jullie weer allerlei zaken zelf gaan invullen en me een oor aannaaien.

De laptop is ook nooit bij Ruby terechtgekomen, dat geldt voor alle spullen die meegenomen zijn bij BCC. Hoe het allemaal wél zat ga ik zo meteen vertellen.

Voor mijn computer, op mijn bureaustoel, moest ik in de eerste plaats bijkomen van wat er was gebeurd. De laptop zat nog steeds in de doos, op de grond voor de keuken. Ik was op dat moment vooral verbijsterd en keek er een beetje angstig naar. Het leek wel op zwarte magie, mijn talent voor problemen.

XV

De bruiloft, van twee jaar eerder, tussen Ata en het meisje van wie ik de naam nog steeds continu vergeet, was een van de vreselijkste bijeenkomsten die ik ooit heb meegemaakt.

Daarom wil ik er wat over kwijt tegen jullie, heel kort, puur voor de achtergrond.

De ellende begon in de auto. Ruby en ik zaten voorin, ze had er echt zin in, om de haverklap vroeg ze iets over het schema en de muziek, informeerde ze naar tradities en rituelen. Ik kon weinig zeggen, behalve dat ze niet te bloot gekleed moest gaan, daar was de entourage te conservatief voor, de situatie liet zich eenvoudig voorspellen. De vrouwen zouden haar afkeurend aankijken en stiekem benijden, de mannen moesten hard werken om hun bronstigheid te onderdrukken. In beide gevallen was het mijn probleem.

Mijn moeder had haar één keer ontmoet, in mijn huis. Ze gaf Ruby een knuffel en zei in het Turks dat ze me veel sterkte wenste, met de toevoeging dat ze meer moest eten, omdat ze er ongezond uitzag. Ik heb het niet vertaald. Vanaf dat moment zagen ze elkaar soms. Dat ging altijd prima. Veel stelde het contact niet voor.

We reden over een landweg, alle lichten stonden uit, er

hing mist over het asfalt en door die economische crisis in 2008 leek het op sommige momenten of de gemeente minder lantaarnpalen aanzette, hoewel dat verbeelding van me kan zijn. Wat ik probeer te zeggen is dat ik geen flikker zag, we vonden het best gevaarlijk op de route. Mijn moeder wiebelde op de achterbank en riep bij elk verkeerslicht of kruispunt dat we naar links moesten gaan.

'Ben je eerder op deze locatie geweest?' vroeg ik op een bepaald moment.

'Nee,' antwoordde ze. 'Het is wel lichter aan die kant, dus luister gewoon naar mij.'

'Je hebt niet eens een rijbewijs.' Ik keek haar in de binnenspiegel aan. 'En dan ga je mij uitleggen wat de beste manier is om te rijden, doe even normaal, mama.'

Ik pakte het navigatieapparaat van Mio dat ik van de mensen in Sneek had gekregen.

'Lieverd,' zei ik tegen Ruby. 'Wil jij nog een keer het adres invoeren?'

Ze moest op alle letters drukken, de stem deed een poging ons te helpen.

'Hebben ze ook van die sketches of liedjes door vrienden op de bruiloft?' vroeg ze.

'Nee, dat heb ik nooit gezien. Dat zou nergens op slaan.' Ik streelde subtiel haar hand, ze moest niet denken dat ik haar in de zeik nam, het was allemaal nieuw voor haar.

'Dat zie ik vaak op Nederlandse bruiloften,' legde ze uit. De balsem op haar lippen glom. 'Dan gaan familie en vrienden op het podium een soort cabaret uitvoeren, compleet met muziek en typetjes, soms persifleren ze de tortelduifjes, vaak is dat erg awkward.'

'Dat hoef je hier niet te verwachten,' zei ik. 'Ik moet wel

zeggen, het is lang geleden dat ik een Turkse bruiloft heb bijgewoond, misschien heeft de integratie stappen gemaakt.'

'Wat zegt dat meisje?' riep mijn moeder in het Turks vanaf de achterbank.

'Ze vraagt naar bruiloften, hoe het eraan toegaat en wat ze ervan moet verwachten.'

'Daar zijn klootzakken!' schreeuwde ze in onze richting. 'Allemaal domme en dikke mensen die de hele avond snoep en taart eten, helemaal niet leuk.'

'Jouw moeder kan wél beledigen in het Nederlands,' zei Ruby met een glimlach. 'En hebt u zin om alle mensen uit de buurt van vroeger weer te zien?' vroeg ze.

Mijn moeder reageerde niet. Ze had niet eens door dat het een vraag aan haar was.

Ik vertelde dit, geloof ik, een poos geleden aan jullie: er was iets in mij, heel hardnekkig, waardoor ik op elke mogelijke wijze weerstand voelde tegen dat huwelijk. Een paar uur eerder, toen Ruby en ik ons bij mij thuis klaarmaakten voor het feest, moest ik zelfs letterlijk overgeven bij de gedachte aan de hele exercitie en wat me die avond te wachten stond.

Ik heb me dan ook, tot mijn grote verdriet, niet kunnen zetten tot geacteerd enthousiasme. Op weinig momenten steunde ik Ata op weg naar die belangrijke dag, het zit niet in me om over dit soort zaken heen te stappen, daar baal ik nu wel van, mogen jullie weten. We hadden het ongeluk samen moeten beleven.

'Hier kun je het best links afslaan,' riep mijn moeder. Ik reed heel langzaam.

'Dat is een doodlopend pad, kijk maar naar het verkeersbord, hou nu op met je commentaar.'

'Je bent een slechte chauffeur,' bitste ze. 'God heeft me twee nietsnutten als kinderen gegeven.'

Ik had die woorden iets te vaak gehoord om er nog waarde aan te hechten. Een halfuur later parkeerden we op het terrein van de trouwzaal in Lettele, waar een paar mensen al rondliepen, vermoedelijk familie uit het buitenland die ik niet kende, daar had Ata er veel van.

Het ging natuurlijk niet over mij, en toch was ik doordrongen van het feit dat veel van de aanwezigen me eindeloos zouden bekijken. Ze wisten van de situatie van mijn broer, daar roddelde iedereen voortdurend over, je had altijd een topic aan ons in een café tijdens het kaarten. En ik arriveerde ook nog eens met een blond meisje. De meeste mannen trouwden binnen de eigen gemeenschap, hoe vooruitstrevend ze ook overkwamen. In het begin wilde ik er geen oordeel over vellen, totdat ik merkte dat het andersom wel gebeurde. In hun ogen stond een *mixed marriage* bijna gelijk aan landverraad, zeker als een meisje niet maagd was. Dit vrouwbeeld geldt overigens niet voor heel de groep, voordat jullie giftige ideeën gaan krijgen.

Ata vroeg of ik hem wilde bellen als we er waren. Hij zou naar buiten komen. Ik deed het.

'Daar zijn de eregasten,' zong hij in de deuropening. 'Welkom, lieve mensen.' Hij kuste en omhelsde mijn moeder, gaf Ruby kort en zakelijk een handje. Dat had met respect voor mij te maken, hij koesterde geen minachtig voor haar. Ata zat strak in het pak, in zijn hals zag ik drie rode plekjes van het scheren, hij rook naar citroen. De kringen onder zijn ogen contrasteerden met de rest van zijn gezicht, dat eigenaardig bleek was.

'Het blijft apart dat je plotseling gaat trouwen,' zei ik. 'Je bent een vreemde vogel.'

Ruby greep meteen in. 'Heel erg gefeliciteerd, Ata. Ik ben ontzettend benieuwd naar jullie bruiloft, want het is de eerste keer dat ik zoiets ga meemaken.'

'Wat leuk,' antwoordde hij. 'Ik heb de mooiste tafel voor jullie gereserveerd.'

'Dat meen je niet,' zei ik. 'Je maakt een grapje.'

'Helemaal vooraan,' riep hij. 'Dan kunnen jullie de hele tijd naar ons kijken.'

'Daar heb je dat spook ook,' zei mijn moeder. Ze wees naar een oudere vrouw. 'Verdomd, ik dacht dat ze dood was, maar ze staat nog aardig op haar poten, met haar dikke reet.'

Ata en ik werden er ongemakkelijk van, Ruby verstond het gelukkig niet.

'Ik hoor nu officieel bij jullie club.' Ata trok zijn telefoon tevoorschijn.

'Wat bedoel je precies?' vroeg ik. We keken met zijn drieën naar zijn scherm, terwijl mijn moeder de ene gast na de andere bezoeker negatief recenseerde.

'Arzu installeerde deze gsm-tracker op mijn telefoon, op die manier weten we altijd van elkaar waar we zijn, dat hebben alle mensen die samenwonen of in een relatie zitten.'

'Wij niet. Ik heb hier nog nooit van gehoord,' antwoordde ik. 'Kun je nagaan, ik werk in de wereld van de elektronica en het is voor mij onbekend. Dit vind ik best heftig.'

'Ik wist niet eens dat deze techniek bestond,' zei Ruby. 'Ik kan aan mijn vriendinnen vragen of zij dat programma gebruiken, het is ergens wel handig of zo. Je raakt de ander nooit kwijt.'

'Kijk,' zei Ata, hij wees naar het scherm. 'Ze is nu twintig meter hiervandaan.'

'Wacht eens even,' riep ik. Ik begreep ineens wat er gebeurde. 'Ze heeft heel slim die software op jouw telefoon gezet, zodat ze je altijd in de gaten kan houden, je hebt geen leven meer, vriend. Op elk moment van de dag weet ze waar je uithangt.'

'Hm, ik ga dit laten uitzoeken,' zei Ata. 'Ze is wel intelligent, dat moeten jullie toegeven.'

Bij binnenkomst werd er al gespeeld door de band, de kleuters renden wild achter elkaar aan en overal stonden kitscherige stoelen om ronde tafels, die waren volgepropt met verschillende mezze en typische hazelnoten uit de streek van zijn ouders. De glazen op de tafels, tussen flessen Coca-Cola en Fanta, vibreerden vanwege de harde muziek. Later op de avond, vertelde Ata, zou er een maaltijd komen, stukjes kipfilet met rijst en salade, of döner met rijst of salade. Op elke bruiloft ging het op dezelfde manier, al dik twee decennia lang. Er was op geen enkel niveau iets veranderd, en weten jullie dat ik door zuiver die conclusie al volledig in de put zat, hoe overdreven dat ook klinkt? Ik vermande me, ging naast Ruby zitten, met mijn gezicht naar een soort altaar, waar twee tronen stonden, vermoedelijk voor de bruid en de bruidegom.

Mijn moeder besloot precies tegenover ons plaats te nemen, met haar rug naar die plek, volgens mij omdat ze naar alle mensen wilde kijken. De andere vier stoelen bleven leeg. We moesten het op ons af laten komen. Ruby gaf me opgewonden een kus en ik fluisterde in haar oor dat de lui in deze omgeving dat raar zouden vinden, hoewel ik er zelf anders over dacht.

Om de paar minuten wandelden plukjes mensen naar binnen, meestal met hun complete familiestam, samengesteld uit verschillende vertegenwoordigers van elke generatie, van zuigelingen tot grootvaders die zich kapot hadden gewerkt in de fabrieken. Iedereen deed hartelijk. Ze staken handen uit of omhelsden elkaar. Tegen ons sprak niemand een woord, ze waren te beroerd om ons welkom te heten. Wat me nog het meest tegenstond, was dat ik herhaaldelijk de groet van de Grijze Wolven zag, een extreemrechtse stroming. Dat ritueel houdt in dat twee mannen met hun voorhoofden kort tegen elkaar stoten. Daarmee bekenden ze indirect dat ze een pesthekel aan mijn moeder en mij hadden.

Steeds meer tafels raakten vol. Ruby tikte me aan. Ze wees naar het podium. Daar zaten Ata en zijn bruid, allebei hoog op de troon. Ik heb nooit kunnen doorgronden wat dat precies betekende, ondanks herhaalde pogingen om het uit te vogelen bij hem, later in ons leven.

'Ata is aan het huilen,' zei Ruby. 'Hij veegt constant zijn ogen droog met een zakdoek.'

'Weet je het zeker?' Ik baalde dat ik mijn bril niet had meegenomen. Die gebruikte ik soms als ik vermoeid was.

'Ja, het ziet er akelig uit,' zei ze. We legden onder de tafel een hand op elkaars benen.

'Ik denk dat ik heel kort bij hem moet kijken, of zou dat raar zijn?'

'Nee, je bent zijn beste vriend, hij heeft jouw support en aandacht nodig.'

Ruby rook naar Magie Noire, dat me onderhand al kon opwinden zonder dat ze in de buurt was, de geur hoorde nu definitief bij haar. Ik talmde, mijn verlegenheid zat diep, de angst voor oordelen van anderen had postgevat in mijn jeugd, toen mijn vader zich elke dag als een imbeciel gedroeg en wij daarmee in de buurt of op school werden geconfronteerd.

Ik had de indruk, vanwege al die ervaringen, dat de aanwezigen op me neerkeken, een gedachte waarvan ik overtuigd ben dat-ie klopt, het was geen aanstellerij. Daarom wilde ik jullie iets over deze bruiloft vertellen, daar gebeurde veel voor mij, op hetzelfde moment.

Wat mij langzamerhand duidelijk werd, was dat de leden van die verschillende subculturen, allemaal op hun eigen manier, een antipathie tegen me in stand hielden, omdat ik me nergens aan conformeerde, iets wat zij als een afwijzing van hun levensopvatting zagen, want ik was wel vaak in de buurt, vroeger op school, bij ons in de wijk en soms tijdens dit soort activiteiten. Misschien wees ik die gasten af, onbedoeld. En als je dan weet dat ik in andere kringen ook niet per se heel eenvoudig meedraai, al zou ik soms anders willen, is het best hopeloos en eenzaam. Dat is het juiste woord. We hoeven het verder niet op te blazen.

Ik richtte me op, Ruby trok mijn stoel naar achteren en voor dat altaar met die tronen wenkte Ata me om naar boven te komen, via een houten trap die ik niet had gezien.

'Hoe gaat het?' vroeg ik aan hem. 'Er zijn meer dan duizend mensen in de zaal.'

'Ik heb de helft niet uitgenodigd. Schooiers,' zei hij. 'Ze vreten wel alles van de tafels.'

'Je ziet er niet blij uit.' Ik wees naar de zakdoek. 'Waarom ben je zo aan het huilen?'

De laatste keer dat ik hem in deze toestand had gezien was op de avond dat zijn vader stierf, overrompeld en overleden door een hartaanval, op veel te jonge leeftijd. Die wond is nooit hersteld, het voorval maakte van Ata een andere jongen, een stuk labieler en kwetsbaarder. Ik sluit niet uit dat hij zijn vader miste, die man moest op dit feest aanwezig zijn, het had totaal geen waarde zonder hem. Ik had het ineens door. Hij trouwde niet met dat meisje voor zichzelf, maar om een goede zoon voor een vader te zijn die fysiek niet meer bestond. Het was een vorm van liefde en loyaliteit die ik niet kende. Heel lang duurde ons onderonsje niet.

'Ik leg het je later wel uit,' zei ik tegen Ruby. 'Het is gecompliceerd.'

'Wel fijn dat je naar hem toe ging, ik weet zeker dat hij dat waardeerde.'

'Je bent echt lief,' zei ik. 'Ik verdien niet iemand die begripvol en ruimdenkend is.'

Ruby stond half op, haar glitterjurk zat perfect om haar geweldige lichaam. Ze observeerde de zaal. 'Weet jij waarom elke tafel momenteel grotendeels is bezet door gasten, behalve die van ons? Echt raar. Ze mogen best gezellig erbij komen zitten, dat vind ik niet erg. Alleen maar leuk om nieuwe mensen te ontmoeten. Er zijn een paar moderne meisjes die erg cool dansen.'

'Wij zijn anders,' legde ik uit. 'Het zou ongemakkelijk worden.'

Mijn moeder gaapte aan de andere kant van de tafel onbeleefd iedere passant opzichtig aan, echt iedereen moest het ontgelden, van de ober die ze 'een gierige nietsnut' noemde tot een gesluierde vrouw die de titel 'gebochelde ninja' kreeg. Gelukkig lieten ze allemaal vrij snel hun hielen zien, ze namen haar niet zo serieus. Op de grote vloer werkten inderdaad de eerste vrouwen en kinderen een paar danspasjes af. Van de mannen was geen spoor te bekennen.

'Wil je iets anders drinken dan Coca-Cola of Fanta?' vroeg ik aan Ruby.

'Ik zou wel chardonnay lusten. Het mag ook een rosé zijn.'

'Dat hebben ze niet.' Het kostte me moeite om mijn moedeloosheid te onderdrukken. 'De helft van de aanwezigen is op pelgrimstocht naar Saudi-Arabië gegaan, je hebt vast wel van

Mekka gehoord. Zij willen niet eens in een ruimte zijn waar alcohol wordt gedronken.'

'Heel ongezellig,' antwoordde ze. 'Wel goed dat de vrouwen toch lekker losgaan.'

'Er vindt over een uur een vreemd tafereel plaats.' Ik kwam dichter bij haar oor. 'Op Turkse bruiloften heb je een traditie. Alle mensen staan op een bepaald moment in een erg lange rij, op weg naar een man met een microfoon en een kist, die de taak heeft om bekend te maken welke familie hoeveel geld aan de bruid en de bruidegom heeft gedoneerd.'

'Ik snap het niet,' antwoordde ze. 'Gaat die man dat omroepen in de zaal?'

'Daar komt het wel op neer. Het gebeurt al decennia, ik weet niet beter.'

'Dat is heel bijzonder.' Ze lachte en haar jukbeenderen kregen die mooie ronde vormen.

'We rijden daarna meteen naar huis, ik trek dit feest niet meer, het wordt me te veel.'

'Natuurlijk, schat, we doen wat jullie willen, ik vind het toch saai zonder wijn.'

Dat die alcohol haar zo bezighield, creëerde bij mij een nieuwe uitdaging, vanuit de gedachte dat ik vond dat ze nooit iets tekort moest komen. De trouwzaal was nu door conservatieve mensen afgehuurd en dus volledig op hun wensen ingericht, maar later in de week danste en hoste ander volk in die ruimte, dus moesten de koelkasten wel vol staan met bier, wijn en sterkedrank. Dat wilde ik wel uitzoeken, in de horecaruimte achter in de zaal.

Ik kwam daar aanlopen en zag tot mijn verbazing allerlei mannen van middelbare leeftijd tegen de rand van de keuken leunen, op een steenworp afstand van het jonge personeel, dat glazen aan het spoelen was en borden uit vaatwasmachines trok en poleerde. Af en toe dook iemand half naar achteren, pontificaal voor mijn neus, waardoor ik meteen in het snotje kreeg wat die Turkse mannen uitspookten. Ze schonken stiekem sterkedrank in hun slokdarm, buiten het zicht van hun vrouw en de rest van de familie. Heel volwassen vond ik het niet.

'Heb je misschien wat rosé?' vroeg ik aan een pukkelhoofd.

'U mag een fles kopen voor twintig euro.'

Ik pakte het geld uit de envelop die in mijn kontzak zat, vroeg om twee plastic bekertjes en vulde ze tot driekwart. Toen ik hem vroeg of hij de fles in de keuken wilde bewaren, bleek dat geen probleem. Hij schreef mijn naam op een post-it en plakte het papier op het glas, zodat er geen verwarring kon ontstaan over de eigenaar. In het geniep runde die gozer daar een slijterij, over klandizie had hij niets te klagen. Er zullen zelden zulke bescheiden zatlappen in een kroeg hebben gezeten, ze wilden dronken en onzichtbaar zijn.

Het was een verschrikkelijke avond. Elke keer dat iemand een plekje zocht en langs onze tafel liep, voelde dat als een vernedering. Ik wilde dat het snel afgelopen zou zijn, want met Ata had ik verder geen contact, hij nam alleen, tussen het eindeloze huilen door, allerlei felicitaties in ontvangst, van gasten die ik vaker niet dan wel kende. Er werd een *halay* ingezet, oftewel een traditionele Turkse dans. Dat gebeurde met weinig souplesse en liefde, de tragiek keerde telkens terug. Het feest was kunstmatig, alles gebeurde op routine.

Toen de omroeper bekendmaakte dat de ceremonie van de donaties op het punt van beginnen stond, pakte ik liefdevol de zachte arm van Ruby en vroeg ik of ze met mij in de rij wilde gaan staan, want alleen durfde ik het niet, daar ben ik eerlijk over. We zigzagden ernaartoe, langs breakdancende kinderen en heupwiegende vrouwen, bereikten de sliert met ongeduldige gasten en ik was niet ontevreden over onze positie, een paar meter van het epicentrum.

'Er staat een vogelkooi naast de kist met geld,' zei Ruby. 'Ik heb zo veel verhalen voor mijn vriendinnen tijdens de volgende *girls night out*. Ze gaan er niets van geloven.'

'Ik moet zeggen, het is wel vreemd om kanaries mee te nemen naar je huwelijk.'

'O... Wat roept die man steeds?' vroeg ze. 'Ik versta hem niet. Het is onduidelijk.'

'Nee, daar ligt het niet aan, die gozer spreekt in het Turks. Hij maakt elke keer een nieuwe envelop open, noemt de naam van de familie en brult dan het exacte bedrag door de zaal.'

'Misschien heeft hij die vogeltjes van iemand gekregen,' zei ze.

De meeste mensen gaven twintig of vijftig euro, af en toe hoorde ik een gunstige uitzondering, meestal van geslaagde ondernemers, die daar, in die grote zaal met bekenden, van de mogelijkheid gebruikmaakten om te pronken met hun succesvolle bedrijven. Ze hadden schijt aan het trouwkoppel, want ik wist van Ata dat altijd dezelfde aandachtszieke figuren met geld smeten. Sommige bezoekers doneerden een gesloten envelop waar niets in zat. Dat ontdekte je pas later, tijdens het tellen van de buit. De armoede kwam met schaamte.

Een kwartier later waren wij bijna aan de beurt. De omroeper moest lachen om de kerel die bij hem stond, door de consternatie kon ik niet goed zien om wie het ging.

'We hebben een interessant cadeau van de heer Ali Taşdemir,' maakte de man met de microfoon bekend. 'Hij doneert twee gloednieuwe iPhones aan het bruidspaar. Een applaus.'

Er werd geklapt. Ik deed een stap naar voren, nieuwsgierig naar die gozer met die merkwaardige presentjes. Daar stond Barbarossa, heel tevreden, zoals altijd in een overhemd, boven een pantalon. Hij stak een duim op naar Ata, keerde daarna terug naar zijn plek.

Ik kreeg het warm. Het zou niet lang meer duren. Heel de zaal zat aandachtig mee te luisteren naar de getallen, alles kwam bij elkaar tijdens die traditie: de obsessie voor status, de hang naar materialisme en de ziekelijke bemoeizucht met andere personen.

'Hoe heet jij?' vroeg de omroeper, die helemaal onder het zweet zat.

'Je kunt zeggen dat dit een kleinigheidje is namens de beste vriend van Ata.' Ik greep de envelop uit mijn kontzak, overhandigde die aan hem en fluisterde dat er 2480 euro in zat.

'Wat een gek bedrag, ik rond het wel af naar boven.'

'Je doet maar, kerel. Het is jouw taak en verantwoordelijkheid.'

'Ik wil nu alle aandacht van de aanwezigen,' riep die man. 'We gaan iets bijzonders meemaken. De beste vriend van de bruidegom heeft zojuist eveneens een geschenk gegeven en in die envelop zit 2500 euro. Een warm en liefdevol applaus voor dit royale gebaar.'

Niemand klapte, alleen een paar kinderen, plus een kwijlende man in een rolstoel aan de zijkant van de kist. Ik liep met Ruby naar de tafel, vroeg mijn moeder om op te staan, en meteen veroverden anderen de plek. Eenmaal buiten, in de koude lucht, voelde ik me bevrijd van die gigantische treurigheid, die me acuut een depressie had bezorgd, ongelogen.

'Gaat het wel met je?' vroeg Ruby.

'Dank je, schat. Ik herpak me zo meteen wel in de auto.'

We reden een poos in stilte, door het donker, over die onoverzichtelijke wegen.

'Je bent een grote idioot.' Mijn moeder doorbrak de rust. 'Je gaat toch niet zó veel geld aan iemand geven, dat is niet normaal. Wat heb je ooit van hem gekregen? Ik kon daarmee ons huis laten schilderen, je vader heeft er geen zin meer in. Of we hadden die biljetten naar mijn zussen in Turkije kunnen sturen, ze vragen mij altijd om een extra zakcentje.'

Ik keek haar opnieuw in de binnenspiegel aan.

'Hij geeft mij al heel mijn leven vriendschap.'

'Waar slaat dat op?' vroeg ze.

'Weet je waarom niemand net naar ons toe kwam, tijdens die bruiloft? Je bent altijd negatief over anderen en daarom heb je geen echte vrienden. Voor mij is Ata belangrijker dan welk familielid dan ook, ze mogen in de stront zakken met hun problemen, bekijk het lekker.'

Een enkele keer, als het echt menens was, begreep mijn moeder wel dat ze beter haar mond kon houden, met haar stupide gedachten en kleinerende opmerkingen, dan had ze een grens overschreden. Het enige positieve aan die avond was dat ik haar weer eens zover had gekregen. Ze hield zich de rest van de reis koest, tot mijn grote opluchting.

Ik parkeerde mijn auto voor de deur, mijn moeder zwaaide ons gedag, Ruby gaf haar nog een knuffel. Ik zag tot mijn verbazing dat die jongen aan de overkant van mijn woning onverstoorbaar aan het gamen was. Wat je ook van hem vond, hij had wel een overzichtelijk leven. We beklommen de trappen, dumpten onze spullen op de bank en omhelsden elkaar.

'Jij vond het een vreselijke ervaring,' zei Ruby. 'Je straalde het uit.'

'Ik hoor niet tussen die mensen. Zij zitten ook niet echt op mij te wachten.'

'Het belangrijkste is dat je er voor Ata bent geweest,' zei ze. 'Hij gaat je dankbaar zijn, dat weet ik zeker. Je ziet duidelijk dat hij jouw aanwezigheid nodig heeft.'

We schoven wat spullen opzij en ploften neer op de bank. De verwarming stond hoog. Ik draaide het knopje iets lager, over een paar minuten zouden we toch gaan slapen.

'Hij is heel ongelukkig, lieverd,' zei ik. 'Ik zie het aan alles.'

'Misschien wordt het toch wat met dat meisje.'

'Echt niet. Hij trouwt alleen om zijn familie niet teleur te stellen. Dat moet je van me aannemen. Ik heb hem nooit iets aardigs over haar horen zeggen. Je zag toch hoe ze daar zaten.'

'Daar zat weinig liefde in,' zei Ruby. 'Misschien moet het nog groeien.'

'Wie weet. In mijn omgeving is iedereen vooral ongelukkig getrouwd.'

Ruby legde haar handen op mijn wangen, kuste me op mijn mond.

'Wij gaan het anders aanpakken,' riep ze. 'We zullen laten zien hoe het ook kan.'

Die nacht heb ik weinig geslapen. Ik dacht aan het verloop van het huwelijksfeest voor Ata en vroeg me af bij wie hij oprecht zijn klachten kon spuien, of hij überhaupt het gevoel had dat iemand hem begreep, want dat is het belangrijkste van allemaal, dat minimaal één persoon in zekere zin je een signaal geeft waardoor je het gevoel hebt dat je er niet alleen voor staat. Ik zou die persoon moeten zijn voor hem, het lukte me alleen niet.

Ruby lag op haar zij, met haar rug naar me toe. Ik streelde haar heel voorzichtig, ze moest niet wakker worden, er waren genoeg prikkels te verwerken. Ik vond het jammer dat ze nooit helemaal zou kunnen ontcijferen hoe verknipt die familierelaties in mijn leven waren. En tegelijkertijd was ik daar juist blij om; ze moest niet geconfronteerd worden met dat nihilisme en die ondraaglijke liefdeloosheid. We konden samen iets mooiers opbouwen.

De enige ambitie die ik op dat moment nog nastreefde, was Ruby een gelukzalige en zorgeloze toekomst bezorgen. Daar ben ik niet in geslaagd, zoals jullie weten, daarom kent dit verhaal meer slachtoffers, maar ik ben me bewust van jullie harteloze visie op de zaken.

Ik kuste haar. Gelukkig was de avond voorbij. Heel langzaam, af en toe gestoord door een milde paniekaanval over de gevolgen van mijn daden, verdwenen de gedachten en sukkelde ik in slaap, voor een paar uur.

Het huwelijk van Ata en dat meisje hield inderdaad geen stand. Ze hebben ruzie met elkaar, daarom wil ik er verder niets over zeggen, er moet van alles worden opgelost. Het komt erop neer dat hij niet van haar hield, ze was ziekelijk jaloers, emotioneel onvoorspelbaar. Het huwelijk begon en eindigde met tranen. Een beetje als het leven zelf.

XVI

De wagens die we bij de garage ophaalden, werden moderner en dus indrukwekkender, naarmate ik langer als vertegenwoordiger werkte. Het zat in de kleine foefjes, we maakten per ongeluk, dankzij onze banen, de technologische opmars in die sector van dichtbij mee.

Dat merkte ik overal. Boven de snelweg, op een viaduct, stonden vaak jongetjes met een fotocamera klaar om een plaatje te schieten van een passerende auto die ze de moeite waard vonden. Soms zag je hun enthousiasme als ze er eentje hadden gevangen, dan deelden ze een high five aan elkaar uit. Misschien ervaren jullie dit wel eens als rechercheurs?

Het gaf me wel een goed gevoel, daar ga ik niet over huichelen. Vroeger was ík een van die jongetjes. Wij hadden alleen geen fotocamera. Dit verhaal heeft ook een andere kant, want het kwam vaker voor dat ze teleurgesteld over je dak heen loerden, hunkerend naar een uniekere en spannendere auto, omdat ze mijn bolide als nietszeggend beoordeelden, ze bezorgden oplettende chauffeurs een minderwaardigheidscomplex. Ergens moest ik erom lachen. Ik hield me godverdomme bezig met de grillen van die mannetjes met onvolgroeide hersenen.

Tijdens een merchandiseronde, op weg van het centrum van Enschede naar dat van Zutphen, zag ik plotseling het blauwe bord van afslag 23, een signaal om toch weer naar huis te gaan, want ik zat er niet lekker in, zoals we dat hier geregeld zeggen, ik werd geteisterd door vermoeidheid, somberte en stevige trek. Soms at ik amper een maaltijd per dag.

Twee jaar geleden, daar gaat dit over, was ik ietwat minder manisch, een stuk bedachtzamer, alles hield me in dezelfde mate bezig, maar ik had geluk dat ik beter kon praten en veel had gelezen en gekeken. Wie een paar goede referentiekaders heeft, kan de woede eenvoudig kanaliseren, het enige waarvoor ik moest waken was dat ik mijn verwondering over alles niet verloor, dan zou ik een apathische lul worden. Ik heb best over mezelf nagedacht, anders dan jullie vooraf hadden vermoed. Humor en nieuwsgierigheid hielden me op de been.

Om die reden reed ik naar de woonwagen van Kareltje, wiens tweede kind Samuel ik al een poos niet had gezien. Alleen een maand na de geboorte, toen ik daar met Ruby was. Ik zal jullie niet vermoeien met al die verhalen.

Het vaderschap en de diensten in die instelling zorgden ervoor dat Kareltje en ik elkaar minder zagen. Op onze telefoons was er bijna dagelijks contact.

Ik parkeerde op het terrein, rook verbrande benzine, in de verte hoorde ik een nummer van Jannes. Hij zong een tikkeltje verdrietig: 'Adio, amore, adio, jij moet niet huilen. Want eens zal de zon ook voor ons voor altijd gaan schijnen.' Ik klopte op de deur.

'Wat een leuke verrassing,' zei Valerie. 'Die wous heeft niets gezegd.'

'Sorry,' antwoordde ik. 'Het was een spontaan idee, ik kan later terugkomen.'

'Ben je besodemieterd,' zei ze. 'Trek je schoenen uit. Ik schud hem wakker.'

In de wagen stonden kinderspullen en verhuisdozen opgestapeld tussen het grote meubilair, dat overspannen was met plastic zeilen, volgens mij om ze te beschermen tegen kinderkots en omgegooide glazen. Een paar lampen hingen niet meer aan het plafond, ze lagen op de grote ronde eettafel of op het hoogpolige witte tapijt. Valerie liep weer ferm de woonkamer binnen, machtig als een tijgerin die over haar gezin waakt, ze had alles onder controle.

'Ruby gaat bijna afstuderen, las ik op Facebook. Je zult wel trots zijn.'

'Dat ben ik zeker. Ze wil advocaat worden.'

'Mooi,' zei Valerie. 'Dat scheelt ons weer kosten als die halve tamme in de kroeg gaat vechten en daarna juridische bijstand nodig heeft van iemand.'

'Dat doet hij niet meer, toch?' vroeg ik.

'Het was de afgelopen maand drie keer raak. Ik weet niet wat hem bezielt.'

Ik moet jullie eerlijk zeggen, dat bracht me in grote verwarring, zonder overdrijving. Die turbulente nachten in het horecaleven, iets waarvan ik dacht dat we die achter ons hadden gelaten, stonden voor mij in de eerste plaats symbool voor onze vriendschap. Hij had ze klaarblijkelijk weer opgepakt, met andere gasten, zonder me erover in te lichten. Hij kon me op zijn minst uitnodigen. Ik tapte water uit de kraan en bleef tegen het aanrecht geleund om me heen kijken.

Kareltje kwam in zijn boxershort en met ontbloot bovenlijf naar de woonkamer.

'Ik had weer een klotenachtdienst, daarom lag ik te maffen.'

'Je hebt altijd het talent gehad om lang te slapen,' zei ik.

'Jammer dat ik elke keer toch weer wakker word. Het zou een hoop ellende schelen.'

'Doe normaal,' riep Valerie. 'De kinderen mogen zulke dingen niet horen.'

'Ach, hou op,' antwoordde Kareltje. 'Ze ontdekken vanzelf hoe verrot alles is.'

'Zijn jullie aan het verbouwen?' vroeg ik. 'Het is hier best rommelig.'

'Nee, man.' Kareltje gaapte. 'We gaan verhuizen, naar een gewoon huis.'

'Deze omgeving is niet goed voor de kinderen,' legde Valerie uit. 'Ze gaan het gedrag van die kutkinderen op het kamp kopiëren.' Ze pakte een blikje cola light uit de koelkast.

'Je moet ergens toch iets doorbreken,' zei Kareltje. 'Dat hoef ik jou allemaal niet uit te leggen, jij weet dat veel beter. Gefeliciteerd met Ruby. We zagen het op Facebook.'

'Ik ben niet veranderd, hoor,' zei ik. 'De mensen in mijn omgeving doen alleen anders.'

'Gek, kijk eens naar buiten, in wat voor auto je tegenwoordig rijdt.' Kareltje trok een deel van het gordijn opzij. 'Pas maar op dat ze niet je velgen jatten, die ratten van de buren.'

'Waar zijn de kinderen, kan ik ze even zien?' vroeg ik.

'Ze komen zo meteen terug, mijn moeder is met ze aan het fietsen,' zei Valerie.

'Het is ongelooflijk hoe snel alles gaat.' Ik bestudeerde een foto van hun gezin aan de wand.

'Wat gaan jullie doen?' vroeg Valerie. 'Ik neem aan dat samenwonen dichterbij komt.'

'Dat weet ik niet,' zei ik. 'In dat milieu hebben ze nooit haast. Ze willen eerst werken en zo.'

Kareltje kleedde zich aan, stopte een filter in het koffieapparaat, gooide poeder in een bak en keek me met voorovergehangend hoofd aan. Ik zag een gebroken man, hij acteerde niets. De kinderen werden gebracht, we wandelden met zijn vieren naar een speeltuin in de buurt, op aansporing van Valerie, die naar eigen zeggen de hele teringbende nog moest inpakken, een paar dagen voor de verhuizers zouden komen met hun vrachtwagen. David en Samuel schoten als beesten in de speeltuigen, niet bepaald gehinderd door angst of een overbezorgde vader die ze wilde beschermen tegen valpartijen of andere vormen van ongeluk.

'Wat deed je in de stad dan?' vroeg ik. 'Ik hoorde dat je was opgepakt.'

'Tja. Ik moet af en toe ontladen, anders word ik gek.' We gingen op een bankje zitten.

'Dat snap ik wel, als je twee kinderen hebt, het lijkt me intens.'

Er kwamen meer koters naar de speeltuin, vol levensenergie en onschuld. Ze bestormden met hetzelfde enthousiasme de toestellen, er werd meteen onderling contact gelegd. Dat vond ik wel mooi aan die leeftijd. Ze kwamen er wel uit met elkaar. Als ze de ander een beetje begrepen, speelden ze zonder diepere gedachten met elkaar, tot het vanzelf afliep.

'Wat ga jij doen, blijf je voorlopig als vertegenwoordiger bij die gasten werken?'

'Dat weet ik niet,' antwoordde ik. 'Er is nog iets op mijn pad gekomen. Ik kan alleen slecht beoordelen of ik jou ermee moet belasten, jij hebt een gezin en zo.'

'Als ik ermee in de problemen kan komen, wil ik het niet horen. Je kent mij. Ik doe overal aan mee. Dat is mijn zwakke punt.' Kareltje wreef over zijn stoppelkin.

'Ruby weet er ook niet van,' zei ik. 'Dat maakt het fukkin' ingewikkeld.'

Er was tumult bij de wipwap. David kreeg ruzie met een andere knul.

'Papa,' schreeuwde hij onze richting uit. 'Die pedofiel probeert voor te kruipen.'

'Wees een man,' riep Kareltje. 'Stomp hem op zijn bek of laat hem voorgaan. Maar ik wil geen gezeik. Je bent geen wijf, of wel, achterlijke idioot?'

Eén ding werd me duidelijk: de pedagogische revolutie uit het westen moest deze omgeving nog bereiken. Tegelijkertijd wist ik dat hij, als het erop aankwam, altijd zou inbinden en zijn kinderen niet zou aanmoedigen om stammenoorlogen uit te vechten, zoals wij vroeger elke week in de clinch lagen met andere wijken, waar jongens woonden met nét wat andere ouders, die meer geld hadden dan wij. Alles was tegenwoordig saai geworden. Iedereen deed eraan mee. Ik kon alleen observeren, snappen jullie wat ik bedoel? Ik keek naar de verandering.

'Dit werk en dit gezin slopen me,' zei Kareltje. 'Ik ben er niet geschikt voor.'

'Dat kun je best tegen Valerie zeggen, ze is de beroerdste niet.'

'Ze weet het al. Ze merkt het.' Kareltje leunde achterover. 'Daarom ontziet ze me soms.'

'Je hebt een goede vrouw, eerlijk waar. Ik zou haar koesteren als ik jou was.'

Het duurde misschien een halfuur, daarna brachten we die stuiterballen terug naar huis, en omdat Kareltje moest werken, wilde hij weer naar bed. We beloofden snel iets met elkaar te doen, het liefst in het centrum van onze eigen stad, want ik had geen zin om dronken achter het stuur te kruipen. Die dagen waren voorbij. Ik kreeg de indruk dat hij hoopte dat het leven slapend aan hem voorbij zou trekken. Het was en bleef zijn ontsnapping.

Er moest iets zijn om mijn tijd mee door te komen. Weten jullie wat het was? De uren die ik aan het vertegenwoordigerswerk spendeerde, stelden alles bij elkaar opgeteld niet zoveel voor. In de meeste gevallen reserveerden ze vijf werkdagen voor een nieuwe campagne, die begroting stond mijlenver van de realiteit. Door mijn netwerk en mijn handigheid, opgebouwd in dik vijf jaar tijd, vanaf het eerste moment waarover ik jullie vertelde, redde ik het op mijn sloffen binnen een etmaal. Om aan mijn kilometers te komen, reisde ik af en toe naar Utrecht, waar Ruby de finish van haar studie in zicht kreeg. We spraken vaak over onze toekomst. Ze vond het fijn dat ik meedacht, iemand buiten haar bubbel, want in haar vriendengroep was degene die van de clan afweek meteen een zonderling, die vanzelf wegvloeide.

Ik reed van het woonwagenkamp onopvallend naar de binnenstad. De kofferbak lag vol met spullen. Hein werd roekelozer, dat had ik in de smiezen. Hij trok het magazijn helemaal leeg, tot mijn grote ergernis, die ik van tijd tot tijd met hem deelde – het leek me onmogelijk dat zijn chef die apparaten niet zou missen. Er kon altijd wat verdwijnen, door een verkeerde levering, of een winkeldiefstal, daar hoefden we niet over te discussiëren, maar hij zorgde op deze manier voor tekorten van een paar ton. De exacte cijfers hebben jullie in het dossier.

Ik parkeerde in de Smedenstraat voor de metalen deur, drukte op de knop van de alarmlichten, stapte nonchalant uit en opende alvast met mijn sleutel de achterklep van de auto, die vanzelf omhoogkwam, een van die mogelijkheden van fonkelnieuwe wagens. Het gaf wel status of zo, man.

'Sodeju,' riep een vrouwenstem. 'Dat zijn flinke boodschappen geweest.'

Het duurde even voor ik haar herkende. Het meisje met het rode haar van Dirk van den Broek bestudeerde de laptops, de iPods, de fototoestellen, de geluidssystemen en andere apparaten. Er hing een gloed over haar heen, ze had plotseling een rondere buik, haar polsen waren opgezwollen en voor het eerst zag ik tatoeages op haar armen.

'Ze zijn niet van mij,' antwoordde ik. 'Ik werk als vertegenwoordiger.'

'Dan snap ik het. Volgens mij heb je een superinteressante baan. Mag ik een keer mee?'

'Ik moest goed kijken,' antwoordde ik. 'Je bent achter de kassa heel anders.'

'Dat moet van de baas. We mogen niet met de klanten praten, dat zorgt voor rijen.'

'Zeg, dit is een beetje tricky,' zei ik. 'Dus ik weet niet of ik het moet vragen.'

'Sufferd. Ik ben inderdaad zwanger. Vandaag precies twintig weken.'

'Wow, gefeliciteerd,' zei ik. 'Ik wist niet dat je een vriend had.'

'Een kerel, hou op, ik moet er niet aan denken.' Ze kwam dichter bij me staan. 'Ik heb eerlijk gezegd geen idee wie de vader is, ik ga het ook niet uitzoeken. Het zijn altijd losers.'

'Je maakt een grapje, toch?' vroeg ik. Inmiddels kneep ik hem. We trokken aandacht.

'Ik ben bloedserieus,' antwoordde ze. 'Mag ik nu een keer mee, of hoe zit dat?'

Het was op meerdere vlakken een lastige ervaring, ongelogen. Ik wist niet zo goed wat ik met haar aan moest. In het begin, toen ik haar net leerde kennen, was ze een stil en verlegen meisje, op de been gehouden door dromen, daar was niets meer van over. Ik vond haar ook brutaal geworden. Een mens kon in een paar jaar enorm transformeren.

'Werk je nog wel bij Dirk van den Broek?' vroeg ik. 'Ik ben een tijd niet geweest.'

'Vijf dagen in de week,' zei ze. 'Ze hebben me een contract aangeboden.'

'Ik dacht dat je die baan als tijdelijk zag.'

Ze lachte en ik zag haar tanden, die niet meer wit waren, zoals bij onze eerste ontmoeting.

'Jaaa, je hebt gelijk, slimmerik.' Ze kwam oprecht blij over. 'Jij onthoudt echt alles. Ik heb zwangerschapsverlof, vakantiegeld en een dertiende maand, wat wil een mens nog meer?'

Ik poeierde haar af. Ik jokte dat ze binnenkort op een voorstel kon rekenen, bij haar aan de kassa in de winkel, als ik mijn kloteboodschappen betaalde. Wat dachten die mensen?

Ik bracht zoveel ik kon dragen naar mijn studiootje en legde alles op de vloer voor de keuken. Ik moest drie of vier keer lopen. Na afloop trilden mijn armen van de inspanning, precies wat krachtpatsers in een gym ervaren als ze weer eens eindeloos hebben liggen bankdrukken, gegijzeld door hun eigen lichaam en ambitie, want als je ermee kapt, zakt de boel in en ben je gewoon een dikzak. Dat was verrot aan het leven. Alles had onderhoud nodig.

Nadat ik mijn auto had geparkeerd en in het huis was teruggekeerd, besefte ik pas hoe erg deze hossel uit de hand begon te lopen, bij het aanzicht van de berg.

Ik kon die shit niet maken. Mijn moeder en Ruby kwamen van tijd tot tijd in het huis. Ik had geen verklaring voor de kleine elektronicazaak die ik in mijn woonkamer had opgetuigd, ze zouden het meteen begrijpen, vooral Ruby. Dat was, in haar geval, een groot probleem vanwege het diploma dat ze bijna binnen zou hengelen. Als uitlekte wat ik uitspookte, had ze geen toekomst meer. Dan maakte ik haar leven kapot. Ze zou besmet raken. Misschien was ze dat al, door haar relatie met mij, in de ogen van bepaalde vriendinnen die zich conservatief noemden. Daar had ze maling aan. Deze nieuwe kwestie viel niet te negeren. Er moest iets gebeuren. Ik was de enige die het kon oplossen.

Vanwege dat vooruitzicht, bevangen door de angst, de reacties van mijn eigen kleine omgeving en eventuele represailles die Ruby zouden treffen, heb ik de dozen met de spullen naar de berging gebracht, op de begane grond, onder de woningen. Het verhuurbedrijf noemt die hokken ook wel de kelderruimte, bijvoorbeeld als het een grote schoonmaak aankondigt.

Daar staan, voor zover ik kan inschatten, weinig spullen van waarde. Het zijn veredelde rommelhokken geworden, volgestouwd met afgedankte banken en defecte wasmachines.

De buren die nog wel studeren zie ik er bijna nooit. Zij parkeren hun fietsen en scooters overal in de Smedenstraat, tegen de huizen, ondanks allerlei dreigementen van de gemeente, die regelmatig waarschuwt dat er een grote ophaalactie in de binnenstad zal plaatsvinden.

Ik vind het een intrigerende ruimte, onder het complex, iedere bewoner heeft een eigen unit, dat woord zag ik eveneens de afgelopen jaren in de officiële post voorbijkomen. Mijn fascinatie voor dat inpandige schuurtje gaat best ver, mogen jullie weten, ik heb zelfs jarenlang overwogen er een matras in te gooien, zodat ik er een nacht kon slapen. Het was immers van mij. En dat gaf toch een goed gevoel, zoveel had ik niet, als je het bij elkaar optelde.

Op die plek kwam dat spul in het begin terecht. Dat leek me het veiligste voor iedereen. Er was wel een minpuntje: ik kon er niet meer slapen. Zo groot is het nu ook weer niet.

XVII

In die periode, pak 'm beet krap een jaar geleden, ben ik me iets anders gaan kleden, aangestoken door de omgeving van Ruby, die zelf op dat gebied niets van me verlangde.

Het was alleen zo, moeten jullie weten, dat het verdomd moeilijk werd om te volharden in mijn eigen ideeën over mode, die ergens in mijn puberteit onbewust zijn ontstaan, terwijl ik voelde dat ik haar daarmee in een lastige situatie bracht, vooral in gezelschap.

In haar kringen vonden ze het serieus ordinair als je met een logo op je trui of shirt rondliep. Het was platvloers en volks, denk ik. Ik moest schakelen wat dat betreft, want bij ons wilde iedereen Armani of Versace kopen, het liefst hingen de namen van die merken over je hele outfit, zodat je de blits kon maken bij bepaalde meisjes die van status hielden.

Ik ontdekte dat je in verschillende sociale lagen op een andere manier met kleding kon opvallen. Het is me nooit gelukt om mee te groeien, als ik het zo moet noemen, iets hield me tegen, een stille vorm van protest, aangetekend door mezelf. Daarom ging ik er een beetje tussenin zitten, je zag me langzamerhand helemaal over het hoofd, dat was de veiligste keuze, flets en kleurloos. Ik zal een voorbeeld geven van wat ik bedoel.

Op het Utrecht University College, waar zij nog even studeerde, op basis van een breed aanbod, zaten allerlei jongens en meisjes uit de gekste landen – Japan, Australië, Bulgarije, Zwitserland, Noorwegen, het rijtje was eindeloos. Ze maakten later een definitieve studiekeuze, dan raakten ze elkaar min of meer kwijt, hoewel ze amechtige pogingen deden om dat proces te verijdelen, bijvoorbeeld door allerlei feestavonden te organiseren.

'Waarom ga je niet mee naar de reünie?' vroeg Ruby tijdens een bezoek aan de bioscoop. 'Onze studievereniging bestaat tien jaar.'

In het donker zag ik hoe haar grote, waterige ogen me aankeken, ze rook fris en ademde zacht.

'Ik weet het niet,' fluisterde ik terug. 'Ik ken niet alle etiquette en zo.'

Ze sloeg een been over dat van mij, ik was haar film geworden. Mijn zwarte overhemd verkreukelde helemaal. Ik droeg een spijkerbroek die ontzettend lubberde.

'Die gasten kunnen niet aan jou tippen,' antwoordde ze. 'Ik heb ze iets te vaak zien kotsen op feesten en zo. We waren heel hecht op de campus, dan verdwijnt alle magie.'

Een vrouw, direct achter onze loveseats, hing plotseling demonstratief over onze rugsteun, boos kijkend en met een wijsvinger voor haar afgrijselijk verbitterde bek.

'Dan moeten we een pak kopen,' fluisterde ik. 'Dat heb ik nog steeds niet.'

'Nee, dat hoef je niet te doen, hoor,' zei Ruby. Ze dacht even na. Ik zag dat er een conflict in haar hoofd ontstond. 'Je valt misschien inderdaad wel op, als je iets anders dan die mannen draagt, dus ik snap wat je bedoelt, geloof ik. Zij hebben *basically* altijd hetzelfde aan.'

Ruby kroop steeds dichter tegen mijn lijf. Ergens vond ik het wel jammer dat ze op die plek over dat verzoek begon, want we zaten in de zaal van *Fast Five*. Allebei hadden we in onze puberteit naar de complete reeks gekeken en ik wilde ongelogen weten of ik het sentiment wist op te roepen uit die tijd, toen het leven een stuk minder ingewikkeld was, ondanks mijn chronisch dronken vader die op elk moment rare zaken kon gaan blèren, zoals het terugkerende dreigement dat hij de organen van mijn broer en mij aan criminele Roemenen zou verkopen, zodat hij tóch nog iets aan ons had, die boerenpummel.

'Jij vindt die reünie belangrijk, ik zet me eroverheen, het is een kleine moeite.'

'Weet je het zeker?' vroeg ze. 'Ik wil niet dat je daar ongelukkig wordt.'

'Er is drank, neem ik aan. Ik verdoof het ongemak wel.'

Ruby zat vertrouwd op mijn schoot, kuste me in mijn hals, ze had haar blijdschap en ontlading niet onder controle. Ik heb helaas niets van de film kunnen zien. Dat vond ik jammer. Want op de radio, tijdens een verplaatsing van de ene naar de andere winkel, luisterde ik naar de bespreking van een of andere bijgoochem die er een vergezochte analyse op losliet en allerlei cinematografische tendensen meende te observeren. Het leek me tamelijk vergezocht. Die gast lulde maar wat. Je moest er niet altijd wat achter zoeken.

Een dag later reed ik naar Piet Zoomers in Wilp, kennen jullie dat? Daar staat een grote modewinkel, bedoeld voor de rijkere inwoners van Deventer en omstreken, die geen trek hebben om helemaal naar het westen te scheuren voor goede kleding. De jongens van het kamp kwamen er wel eens als ze een goede oogst hadden. Voor de rest was het niet echt voor ons soort mensen, hoewel we hun assortiment dus best konden waarderen. Wij hadden Barbarossa en meer van dat soort types. Ik wilde alleen niet het risico lopen dat iemand op die reünie me zou ontmaskeren, dat zo'n gozertje opeens opstond en met alles wat hij had brulde dat mijn pak van Hugo Boss van de zwarte markt kwam. Ik zou het zelf nog wel aankunnen, dan sloeg ik hem gewoon op zijn verwende tyfusmuil, maar ik wilde het Ruby niet aandoen, ze moest op alle fronten trots op me zijn.

Ik zette één stap in de winkel en het zweet brak me al uit. Bij de kassa stonden een stuk of vier mooie vrouwen, allemaal slank en keurig opgemaakt, hun haar samengebald in een knot, en ze droegen gouden kettingen en opvallende oorbellen. Ze overlegden opgewonden met elkaar. Het kan zijn dat ze me daardoor vergaten te groeten. Ik sluit niet uit dat ze me beoordeelden als iemand van de post die pakketjes kwam ophalen en daarom wel wegwijs zou zijn. Dat overkwam me regelmatig als vertegenwoordiger. Als ik me voorstelde als iemand van Philips, tijdens mijn eigen rondes, zag ik vaak verwondering op de gezichten van de medewerkers die me niet eerder hadden ontmoet. Soms werden ze om die reden uitgelachen door hun collega's.

Iets verderop, aan de voet van de brede houten trap, stond een jongen jeans op te vouwen.

'Kerel, mag ik jou wat vragen?'

'Natuurlijk, meneer,' antwoordde hij. 'Wat kan ik voor u doen?'

'Ik heb een pak nodig, voor een bijzondere avond.'

Hij wierp een broek uit zijn handen, gebaarde dat ik hem moest volgen en samen beklommen we de trappen naar de derde etage, waar ik werd afgezet bij een boom van een vent, die me eerst tevergeefs koffie aanbood en vervolgens aan mijn kraag begon te trekken. Een paar minuten later, zonder iets van me te willen weten, had hij al een rapportje klaar.

'Die gespierde voetbalbenen gaan het lastig maken voor de pantalon.' Hij legde een hand op zijn kin. 'Italiaans lijkt me niet de beste optie, die neigen veel naar slim fit.'

'Wat bedoelt u daarmee?' vroeg ik.

'Dat zijn dunne mannetjes, hier bij hun taille.' Die gast trok aan mijn pens, het voelde raar aan, de aanraking van een vreemde. 'Ja, kijk, daar gaan we jou geen plezier mee doen.'

'Wat raadt u dan aan?' vroeg ik. Hij mocht niet weten dat ik een onbenul was op dit vlak.

'Loop maar mee, ik kom er wel uit.'

De verkoper voerde een act op. Hij wandelde langs allerlei kasten en schappen, treuzelde af en toe om na te denken, en ik bleef hem braaf volgen, als een achterlijk en afhankelijk hondje, dat anders zou verdwalen. Om me heen, op verschillende plekken op de verdieping, stonden koppels met een verkoopmedewerker. Sommige mannen kwamen net uit een paskamer tevoorschijn en meteen doken hun vrouwen erop af, genadeloos in hun recensies en voorkeuren, waardoor ik me ging afvragen of er nog wel iets eigens aan die gozers was.

'Wat is je boordmaat?' vroeg hij plotseling.

Ik liet een stilte vallen, wensend dat de betekenis van het woord bij me zou opkomen, opgedoken uit een verborgen kamer. Helaas. 'Ik weet niet wat dat betekent.'

'Dat maakt niet uit,' riep hij. 'We gaan alles even opnieuw opmeten.'

Weten jullie wat het was? Die pakkenverkoper vond ik geen vervelende vent, op zijn eigen manier probeerde hij me te helpen. Het ging alleen gepaard met een superioriteitsgevoel, waarmee ik bedoel dat hij goed begreep dat mijn lot in zijn handen lag, daarom kreeg hij van die kapsones, in zijn doen en laten. Hij sprak tegen me als een kleuterklasleraar. Hij creëerde gezag voor zichzelf, aangekleed met een milde vorm van dominantie. Hij was de alwetende naar wie ik moest luisteren. Dat stond me tegen, man. En ik weet wat jullie nu denken: Eus heeft een autoriteitsprobleem. Dat klopt niet: ik heb moeite met mensen die zich beter voelen.

Hij trok het meetlint langs mijn lichaam, van boven tot beneden. Hij knielde af en toe om er beter bij te kunnen, dat vond ik wel tof weer of zo, het deerde hem niet dat ik een buitenlandse jongen uit de arbeidersbuurt was. Dit soort kleine dingetjes is belangrijk. Hij gaf me, naast dat andere gevoel, de indruk dat hij zijn best wilde doen. Dat die inspanningen voortkwamen uit een hang naar omzet interesseerde me niet. Het ging overal om de pingping.

'Heb je een indicatie van wat je ongeveer wilt uitgeven?' vroeg hij. Het viel me op dat zijn ogen continu waren gericht op andere zaken, in het bijzonder het assortiment op de etage.

'Dat vind ik moeilijk om te zeggen, ik ben niet vaak in jullie winkel.'

'We doen een korte rondleiding.' Vóór dat laatste woord klonk, stoof hij al weg.

De verdieping was groot, ik denk tweehonderd vierkante meter, propvol met kleding.

'Dit is ons huismerk. We hebben netjes getailleerde pakken en smokings.'

'Waar worden ze gemaakt?' vroeg ik.

'Het verschilt per stof en fitting, in principe overal en nergens, de marges wegen we mee.'

Ik hoorde een naaimachine op een minimale afstand, waar ik plotseling nog een verdieping ontdekte, keurig verstopt achter gordijntjes, veel donkerder dan de andere afdelingen. Er zat een vrouw met zwart haar iets te repareren, ze staarde me kort achterdochtig aan en zette haar werkzaamheden voort. Ze was de enige vrouw met mijn achtergrond in de zaak. Het was een bekend patroon als ik op nieuwe plekken kwam tussen mensen uit een ander milieu: de enige aanwezigen die op mij leken, behoorden tot het personeel, meestal in de laagste rang.

'Deze lijn vind ik prachtig.' Die mafketel begon te ruiken aan de stof. 'Ik denk dat hij jou zomaar goed zou kunnen passen, als we hier en daar wat naden weghalen.'

Er stond een grijs echtpaar naast ons. De man keek onzeker in de spiegel. Hij paste een pak, te jong en te hip voor zijn ouwelijke lijf, dat niet meer recht stond. Het ongeluk knalde uit zijn ogen, hij wilde het zo snel mogelijk weer uittrekken.

'Je moet ook minder eten,' riep zijn vrouw. 'Die buik van jou, walgelijk.'

'Hou even op,' zei hij op zachte toon.

'Verschrikkelijk,' ging ze verder. 'Je nek is een homp vlees geworden.'

'Bekijk het maar,' riep hij. 'Als het zo moet.' Hij verdween in het pashok.

Wij struinden de rest van het aanbod af, in hetzelfde moordende tempo. De problemen van die oude mensen, de grote liefdeloosheid in hun contact, brachten me ietwat van de wijs, omdat ze bewezen dat je niet beschaafder werd van welvaart of mooie kleding. Het ongeluk van anderen beurde me op, hoe ziekelijk het ook klinkt. Als kind had ik de neiging om andere gezinnen te idealiseren, zeker uit onbekende wijken, tot ik ze later in de praktijk tegenkwam en meemaakte, dan donderden die gefabriceerde koninkrijkjes vanzelf in elkaar.

'Ik geef je dit setje,' zei die man. 'Trek het aan, we weten daarna veel meer.'

'Het kan nooit kwaad om iets te proberen.' Ik vond het een belachelijk antwoord.

In het hokje, waar ik me amper kon bewegen, zag ik de vetrollen op mijn buik, en ik meen het als ik jullie zeg dat ik van mezelf walgde. Ik moest beter voor mezelf gaan zorgen. Ik zal geen eindeloze beschrijving van die sessie geven, daar is het inmiddels te laat voor, maar waar het op neerkwam, was dat niets me paste: de broek zat te strak, de jas slobberde bij mijn armen en het overhemd kon elk moment uit elkaar scheuren, op meerdere plekken.

'Je hebt een interessant lichaam,' concludeerde de verkoper. 'Even kijken, hoor.'

'Is er wel een merk dat een beetje bij me past?' vroeg ik.

'Dat wel,' zei hij, 'we gaan dan wel richting de pakken van duizend euro.'

'Helemaal geen probleem, meneer,' loog ik. 'Als ik maar goed voor de dag kom.'

'Waar ga je naartoe?' vroeg hij.

'Een reünie van de universiteit.' Ik liet in het midden wat ik er te zoeken had, zodat onze gezagsverhouding weer enigszins in balans raakte, want met een opleiding van dat kaliber overtrof ik hem als winkelmedewerker, natuurlijk. Na een paar uur kwamen we eruit. Ik kon twee dagen later het pak ophalen, na wat correcties. Dat heb ik gedaan.

Ik wil over dit moment vertellen in de hoop dat jullie iets meer van mijn persoonlijkheid begrijpen, dat vind ik belangrijk. De reünie was op een vrijdagavond. Ik wandelde overdag naar

Dirk van den Broek, sloeg flink wat blikken bier in en hoopte onderweg naar de kassa dat ik het meisje met het rode haar zou tegenkomen. Er zaten andere jongeren af te rekenen.

Onderweg naar huis, op het hoekje van de Broederenstraat richting de Smedenstraat, herinnerde ik me het mannetje aan de overkant, dat elke avond stoïcijns in zijn woonkamer niets van het leven probeerde te maken, iemand die je real life kon zien aftakelen. Ik wandelde naar zijn huis, ging op mijn tenen voor zijn raam staan en ik zweer jullie dat-ie achterovergeleund op zijn vieze bank zat te gamen, op de tafel stond een asbak met meerdere jointjes.

In mijn studiootje lag wat elektronica die Hein in de periode daarvoor had meegegeven, soms reisde ik er drie keer per week naartoe, daar ga ik niet over liegen. Ik heb dat hele verhaal beloofd. Door de routine en het gemak ging ik er niet meer zo rusteloos mee om. Als het me te gortig werd in de huiskamer, of als er bezoek zou komen, bracht ik alles naar de berging beneden, waar ik de spulletjes begon op te stapelen, het plafond was gelukkig hoog.

Ik trok een blik bier open, ter voorbereiding op de avond, want op een nuchtere maag zou ik me heel onwennig voelen, dat wist ik zeker. Het pak van Piet Zoomers hing aan de deurklink tussen de woonkamer en de gang. Vanaf mijn kleine bank, in de hoek gekropen, staarde ik van tijd tot tijd naar het textiel, telkens met enorme weerzin, er moest nog veel bier door mijn aderen stromen, wilde ik het aantrekken. Ik ontving een bericht van Ruby.

'Ik heb iedereen verteld dat je komt,' schreef ze. 'De meiden vinden het echt leuk.'

'Eerst even wat werk afmaken, dan kom ik. I love you,' antwoordde ik.

Ik stond vermoeid op, schoof wat grote dozen aan de kant, van Sony, Bose en Nintendo, en maakte een foto van het pak, best wel ingezoomd, zodat ze wist dat ik het allemaal heel serieus nam, die reünie met haar vriendinnen en hun partners.

Ik checkte steeds de klok tussen de twee ramen die op de straat uitkeken. De tijd ging te snel voorbij. Er was nog geen roes, de katalysator die mijn angsten en onzekerheden moest doen verdampen. In plaats daarvan voelde ik steeds meer paniek. Ik hoorde niet bij die mensen. Er was geen reden om aan te nemen dat het een succesvolle avond zou worden. In elk gesprek moest ik liegen over wie ik was, wat ik deed en hoe mijn toekomstplannen eruitzagen.

Twee uur later zat er drie liter bier in mijn lichaam. Ik pakte de kleding van de deurklink en legde alle stukken apart van elkaar op de bank. Mijn handen trilden van de angst. Ik trok de broek aan en dat ging eerlijk gezegd nog wel. Het overhemd was een ander verhaal, dat viel te strak om mijn schouders en buik, waardoor ik dacht dat ik het in een paar dagen voor elkaar had gekregen om aanzienlijk aan te komen. Ik durfde niet op de weegschaal te staan.

In de badkamerspiegel zag ik mijn vermoeide ogen, de pokdalige huid rond mijn neus en de baard die ik niet had kunnen laten trimmen bij de barbier, omdat ik het altijd verschrikkelijk vond om een uur op zijn stoel te zitten, terwijl andere aanwezigen leuke gesprekken met elkaar voerden, waaraan ik op geen enkele manier kon deelnemen. Ik stond erbuiten, door mijn eigen schuld, puur omdat het niet in me zat om onbevangen over niets te praten.

Het was een rare avond. Er gebeurde iets, een kracht nam bezit van me, ik werd tegengehouden door het vooruitzicht dat ik uren met die lui moest doorbrengen, in de wetenschap dat zij een geschiedenis met elkaar deelden en ik alleen schaapachtig kon luisteren.

Het bier had plots een andere uitwerking. Ik werd er juist flink door. De drank gaf me het vertrouwen dat ik er beter aan deed om er niet heen te gaan, want dan zou ik mijn ziel te grabbel gooien, er zou niets van me overblijven. Het was sneu voor Ruby, dat ben ik met jullie eens. Maar ik kon het gewoon niet opbrengen, man. Ze begreep het later wel.

Ik hing de kleding netjes terug bij elkaar en nam weer plaats op de bank. Er was ccn documentaire over de Tweede Wereldoorlog op National Geographic. Het ging over propaganda door de moffen. Waar ik me over verbaasde, was dat al die nazi's verdomd keurig in de pas liepen, letterlijk en figuurlijk. Ik kon me er niets bij voorstellen.

XVIII

Ata belde me een paar maanden geleden op, heel vroeg in de ochtend.

Dat had niet altijd wat te betekenen, voor de duidelijkheid, want vaak wilde hij alleen even bijpraten, nadat hij urenlang een houten volière in elkaar had getimmerd of zo. Elke verandering in die grote tuin was zijn eigen prestatie. Hij zocht contact, dacht ik, omdat hij zijn enthousiasme wilde delen, misschien hoopte hij alleen op erkenning, helemaal zeker was ik er niet van. Hij noemde mijn naam aan de telefoon en vroeg of ik langs kon komen.

We kenden elkaar lang genoeg, ik begreep direct dat hij muizenissen in zijn hoofd had, door de vertraging in zijn stem, het volume, veel lager dan normaal. Daarom wandelde ik, in een trainingspak, van mijn eigen huis naar die hoekwoning in Tuindorp.

Er moest een reden zijn dat we allebei ochtendmensen waren, ik heb die verdomme nooit kunnen achterhalen, in mijn gedachten erover kwam ik niet verder dan onze overbelaste hoofden, die vaak vol zaten met angsten en ambities en herinneringen aan de turbulente tijden van vroeger.

In veel kantoorpanden stonden de lichten nog uit. De dag

moest nog opstarten. Door de koude lucht traanden mijn ogen. In het treinstation, waar ik doorheen wilde steken, krioelde het van de forensen en de studenten, die soms pijlsnel doorliepen, of juist stonden te wachten op hun gezelschap, zodat ze samen naar hun bestemming konden reizen.

Wat jullie je misschien moeilijk kunnen voorstellen, is dat ik me volkomen opgesloten voelde in die atmosfeer, als een vis in het vanggaren van een zeeman. Ik versnelde mijn pas en probeerde zo snel mogelijk buiten te komen, slingerend langs de andere mensen.

In Tuindorp was niets veranderd. De natuur om de tennisclub lag er verzorgd bij. De poorten van de speeltuin zaten op slot, er hingen twee kettingen om het metaal. Ik wandelde naar de deur van de tuin, hoorde dat hij iets verschoof, riep dat ik was gearriveerd.

'Goedemorgen, meneer de zakenman,' zei Ata. 'Ik ben dankbaar dat u nog een gaatje voor mij had.'

'Hou op. Jij bent voortdurend op pad met die gekke vrienden van je.'

'Ze mogen allemaal doodvallen. Dat zijn schooiers. Jij bent de enige met wie ik omga.'

'Wat is hier aan de hand?' Ik zag dat hij de schuur uitruimde. Er stonden een bezem en een hogedrukspuit tegen de muur, de twee favoriete objecten in zijn leven.

'Het huis gaat weg,' antwoordde hij. 'Ik heb mijn huurcontract opgezegd.'

Dat zag ik niet aankomen. Hij had een paleis van die woning gemaakt door de jaren heen.

'Waarom dan?' vroeg ik. 'Heb je iets beters kunnen ritselen?'

Het is niet leuk om over mijn eigen vriend te zeggen, daar

ben ik me terdege van bewust, maar die jongen kwam elke maand een paar kilootjes aan. Hij paste niet meer in zijn shirts, opgeblazen door het stresseten vanaf het moment dat zijn huwelijk explodeerde. Wat me dwarszat waren zijn ogen, die permanent rood en opgezwollen leken, hij kreeg ze niet meer gezond. Hij moest wel hele avonden huilen, alleen op zijn bank, in die woonkamer.

'Ik ga voorgoed naar Turkije,' zei hij. 'Ik begin daar een zaak.'

'Dat slaat nergens op. Je kunt niet zomaar alles en iedereen achterlaten.'

'Mijn moeder en zusjes mogen komen wanneer ze willen,' legde hij uit. 'Ik heb gespaard, en de overheid moedigt ondernemers aan om iets op te starten, ze geven zelfs een startkapitaal.'

'Dat heb je hier ook.'

'Weet je, we kunnen nog zo ons best doen,' vertelde Ata, 'dit blijft het land van anderen.'

Ik ergerde me mateloos aan jongeren met mijn achtergrond die als het even tegenzat standaard plotseling de geboortegrond van onze grootouders begonnen te verheerlijken, in de veronderstelling dat ze daar wél zouden bloeien en groeien, ze deden alsof ze hier werden tegengewerkt. Dat klopte wel, op veel fronten, daar wist ik zelf alles van, het loste alleen niets op om te vertrekken uit teleurstelling, of te concluderen dat je dan botweg je pogingen moest staken om aan anderen te laten zien dat je er wel degelijk bij hoort. Het was te makkelijk. Niet origineel. En ook zwak.

'Ik blijf hier dus alleen achter,' zei ik.

'Je bent welkom met Ruby wanneer je wilt. Ik laat een huis bouwen in het dorp van mijn ouders, een villa met etages. Ik geef jullie een kamer met uitzicht op de kippen en de geiten.'

'Dat klinkt heel verleidelijk, we zullen erover nadenken.'

'Weet je wat jouw probleem is?' zei Ata. 'Je neemt het leven nooit serieus. Elke keer maak je ergens een grapje van, dan hoef je er verder niet bij stil te staan, ik heb het wel door.' Die mislukte analyse vond ik erger dan zijn vertrek naar Turkije.

Hij moest naar het winkelcentrum van Keizerslanden, aan het einde van de Putmanstraat, voor een paar spullen die hij wilde meesturen met een vrachtwagen die zijn inboedel zou verhuizen. Hij vroeg of ik tijd had om mee te gaan. Opeens was alles anders, man. Ik zat in een gekke situatie: de jongen met wie ik heel mijn leven had opgetrokken kondigde aan dat hij zou verdwijnen. Van de ene op de andere dag zaten we in het afscheid. Hij pakte zijn zonnebril, we begonnen te lopen. In sommige huizen draaiden ze al luide muziek.

We slenterden door de straat. Er stonden overal bankjes, kinderfietsen en speelgoed. De stoep was vol gekalkt met veelkleurig krijt. In een kinderhandschrift las ik: JACKY IS EEN HOERENZOON. Het was goed om te zien dat ons vocabulaire door de jeugd in ere werd gehouden, het hoorde toch bij onze identiteit. Heel eventjes, een paar seconden, mijmerde ik over het idee om hem in te lichten over mijn praktijken met Hein, al was het maar om de stilte en de zwaarte op dat moment te doorbreken. Ik besloot het niet te doen. Hij zou vermoedelijk duizend ideeën hebben om dat spul te verpatsen, daar wilde ik niet aan meewerken, het moest iets van mezelf blijven. Daarom adviseer ik jullie om je de moeite te besparen tijdens verder onderzoek: Ata heeft niets te maken met mijn bevlieging in Hengelo.

'Ik heb een verrassing voor je,' zei hij plotseling. 'We moeten hier aanbellen.'

'Daar ben ik dol op. Als het iets doms is, loop ik weer naar huis, dat je het weet.'

Een jonge vrouw deed open, net als wij ergens in de twintig, ze had rood haar.

Ze stak alleen naar mij een hand uit. 'Ik ben Babette, waar heb ik deze prachtige bezoekers aan te danken?'

'Mijn vriend wil iets weten,' zei Ata, 'hij zoekt al jaren het antwoord. Jij kunt hem helpen.'

'Dat klinkt mysterieus.' Ze leunde tegen de muur en begon ons te monsteren.

Ze was een leuke meid. Een mooi, doorvoed lichaam. Lange wimpers. Vrolijke uitstraling.

'Dit is je kans. Je kunt het nu vragen. Bedank me later maar.'

'Doe even normaal, idioot. Dit is onbeschoft.' Ik keek haar aan. 'Sorry voor de overlast.'

'Ik kan het wel voor je doen,' zei Ata, 'als je niet durft.'

'Luister, ik ben wel wat gewend van die vriend van jou,' zei Babette. 'Trek je niets aan van zijn geouwehoer. Of is er serieus iets wat je van me wilt weten?'

'Hij probeert al een tijd te ontdekken of gingers overal rood haar hebben, op alle plekken van hun lichaam, zeg maar, als je begrijpt wat ik bedoel. Misschien kun jij hem eindelijk verlossen van deze zoektocht. Dan kan ik met een gerust hart naar Turkije.'

'Stelletje mafkezen,' zei ze. Ze moest oprecht lachen en kwam van de muur. 'Een mooie jongen als jij had dat toch allang zelf in de praktijk kunnen ontdekken?'

'Nogmaals mijn excuses voor dit alles. Hij is een beetje hyper of zo.'

'Wat praat je netjes,' zei Babette. 'Dat is aantrekkelijk. Het past helemaal niet bij je. Hoe dan ook, ik zal een einde maken aan je speurtocht. Je mag helaas nergens naar kijken, maar ik verzeker je dat ik in andere zones van mijn lijf niet blond of zwart ben, dat zou wat zijn.'

'Dankjewel,' zei ik. 'Dit was een van de ergste dingen uit mijn leven.'

'Dan heb je het nog rustig gehad,' zei ze. 'Doei, lieve mannen.' De deur ging dicht.

'Waar ken je haar van?' vroeg ik.

'Ze is mijn buurmeisje,' zei Ata. 'Elke avond werkt ze bij de dierenambulance. Soms geeft ze me tips over mijn vogels en de andere dieren. Als ze niet met zo veel jongens was geweest, had ik wel met haar willen trouwen. Echt jammer, ik vind haar heel lief.'

'Jij gaat nooit veranderen.' Dat zei ik niet eens tegen hem, het was meer een conclusie.

We arriveerden bij de dierenzaak, in het hart van het winkelcentrum. Een zware vrachtwagen pompte rioolwater uit een ander pand, pal naast onze bestemming. Er was een lekkage. We kregen te horen dat we over een halfuur moesten terugkomen, dan zou alles weer opengaan, de bezoekers mochten niet in de weg lopen. Ata's onderhandelingen mislukten, hij had geen uitzonderingspositie, hoe klein en overzichtelijk zijn wens ook was.

'We kunnen een stukje door de wijk zwerven,' zei hij. 'Dat is goed voor de benen.'

'Ik vind het best.' We draaiden om.

'Alles blijft hetzelfde als ik in Turkije ben. We gaan elkaar vaak zien.'

'Dat soort dingen zeggen mensen altijd tegen elkaar. En dan verwatert en verdwijnt het contact vanzelf.'

In die oude wijk, niet bepaald de plek waar de parels van onze samenleving woonden, verlangde ik terug naar een periode in mijn leven die getekend werd door een laag tempo, dagelijkse avonturen en allerlei ontmoetingen met paradijsvogels. Ineens besefte ik dat ik door mijn huidige situatie deze straatjes amper meer zag, ik woonde in de binnenstad en werkte in allerlei andere steden. Begrijpen jullie wat ik bedoel? Je raakt los van waar je oorspronkelijk vandaan komt en wie je daar bent geworden.

Ata trok vluchtig zijn zonnebril van zijn hoofd en veegde zijn ogen droog. Ergens in die straten zagen we Willem van de voetbalvereniging, hij sauste een grote picknicktafel.

'Ik verhuis naar Turkije,' riep Ata. 'Je bent binnenkort van me af.'

'Dat meen je niet.' Willem kwam overeind. Er groeide haar uit zijn neus. 'Kun je die andere zakkenwassers ook meenemen? Dan krijg je een krat bier van me.'

Ze moesten lachen. Hij zette een kwast in een leeg jampotje.

'Wil je nog die loungeset in mijn tuin overnemen?' vroeg Ata.

'Ik kom vanavond even kijken, is dat goed, mien jong? Ik bel wel eerst.'

'Natuurlijk. Je moet je dochter meenemen, dan hoef ik niet steeds naar jouw kop te kijken.'

Willem kon het allemaal wel waarderen. Hij krabde aan een wondje op zijn neus.

'Jij zegt dat wel,' antwoordde die kerel, 'maar dat meiske wordt serieus lastiggevallen door allerlei batsen die ze in de kroeg heeft ontmoet.' Een 'bats' is straattaal voor Turk.

'Moet ik met die jongens praten?' vroeg Ata. 'Dat doe ik graag voor je.'

'Nee, ik heb een wapen gekocht, dat was ik sowieso al van plan.' Hij vertelde het trots. 'Er gaat binnenkort een burgeroorlog uitbreken, let maar op, en dan moeten we niet op die skefbekken van de regering rekenen, die flikkers weten niet wat er écht speelt.'

'Wie gaan tegen elkaar vechten dan?' vroeg Ata.

'De moslims, jullie soort, willen ons land inpikken, kijk maar naar het nieuws.'

'Je bent bloedserieus, hè?' zei ik.

Hij staarde me laatdunkend aan, heel anders dan hij Ata had verwelkomd. Voor zover ik wist had ik hem niets misdaan. We hadden elkaar al een poos niet gezien, volgens mij voor het laatst bij de voetbal, toen er een feestavond was omdat de club negentig jaar bestond. Er werd altijd wel een reden gezocht om compleet dronken te worden, standaard met een vechtpartij als afsluitende activiteit, die tegen middernacht een eind aan het carnaval maakte.

'Kiek, die gek prááṫ zelfs anders, ik hoorde het al in de kantine,' zei Willem.

'Waar heb je het over?' vroeg ik. 'Ik spreek beter Nederlands dan jij.'

'Dat bedoel ik. Je bent als een smerige kakker gaan praten,' legde hij uit. 'Dat zeiden de jongens ook. Wat is de volgende stap? Dat je blonde verf in je haar gaat smeren, om erbij te horen? Je moet trots zijn op wie je bent, het heeft geen zin om te slijmen bij die rijkelui.'

'Je praat poep, vriend.'

Ata vermaakte zich wel met het gesprek, hij wist hoe het werkelijk zat. Dat ik onbewust, door de jaren heen, een beetje anders was gaan praten, hoorde onvermijdelijk bij mijn relatie met Ruby en de talloze ontmoetingen in de winkels. Ik deed het niet bewust. Als je niet meer zo vaak in die andere sociale laag verschijnt, waar ik oorspronkelijk ben opgegroeid, ontstaat er vanzelf vervreemding, helaas niet op alle punten, zoals jullie inmiddels weten.

We gingen terug naar de dierenwinkel. De vrachtwagen was weg, een medewerker van de zaak bezemde de grond schoon. Links en rechts werden er reclameborden naar buiten geschoven, met teksten erop, de aanbiedingen van de dag. Een visboer installeerde zijn wagen op het parkeerterrein, de medewerkers schreeuwden naar elkaar, pakten grote blauwe kratten uit. Elke handeling verrichtten ze met haast, het was hun natuurlijke staat van zijn.

Die Willem had me, in alle eerlijkheid, goed te pakken, in die zin dat zijn diagnose wel klopte, maar ik had er niet zelf voor gekozen. Die zaken overkwamen je nu eenmaal. Ik wilde ook wel thuis met een vuurwapen op een burgeroorlog gaan wachten, het leek me alleen totaal onzinnig, daar werden we niet voor op de wereld gezet. Ze deden alsof het een criminele daad was om je te blijven ontwikkelen, die houding was de ultieme manier om elkaar klein te houden. Wat leverde het op? Ik dacht aan mijn ouders en wist dat het antwoord op die vraag 'niets' moest zijn. Toch wrong het wel, dus.

De winkel rook naar voer en ontlasting. Ata kwam er vaak, hij had geen hulp nodig.

'Een paar dieren neem ik mee,' vertelde hij. 'Een professioneel bedrijf regelt het transport. Dat is best duur, toch ga ik het doen. Ik kan vogeltjes verkopen. Dan haal ik mijn geld eruit.'

'Vind je het niet erg dat je Nederland verlaat?' vroeg ik.

Hij pakte zijn zonnebril van zijn gezicht en vouwde hem op. 'Wat wil je?'

'Weinig. Ik ben alleen verbaasd, eerst trouw je uit het niets, nu ga je naar het buitenland.'

‘Ik kom wel terug als Ruby en jij een baby krijgen. Dan geef ik jullie een kip cadeau.’

Terwijl hij een groen winkelmandje met benodigdheden vulde, pielde ik wat op mijn mobiel. Op dat moment kwam een bericht binnen van Roxanne, die me weer hoopte in te kunnen zetten als teamleider van een project, en na de training moest ik op kantoor blijven, want de manager had gezegd dat ze wilde praten, het ging om ‘onwijs leuk nieuws’. Dat betekende vast en zeker een promotie. De simpelheid van die mensen begon vervelend te worden.

In dc tuin ging ik op de bank liggen. Ata vulde twee glazen met whisky en ijsblokjes, nam plaats in een grote zetel en legde de zonnebril op de leuning. Hij staarde me aan zonder wat te zeggen, daarom hoorde ik één vogel specifiek heel hard tjirpen.

‘Wat is er met hem aan de hand?’ vroeg ik. ‘Dat klinkt niet best.’

‘Dat is die vogel uit Breda, hij is emotioneel,’ legde Ata uit. ‘Daar hou ik van. Ik zou willen dat iedereen in de wereld zijn gevoelens toonde.’

‘Je bedoelt dat beestje in die doos, van toen we bij mijn broer op bezoek waren.’

‘Precies. Waar hangt die kneus eigenlijk uit? Dat heb ik nooit begrepen,’ zei hij.

‘Ik heb geen idee, we praten niet meer met elkaar.’

De vogel raasde alsof hij constant onder stroom stond.

‘Hij heeft die ene ziekte, weet je wel, als je iets overkomt, en dat je daarna jarenlang last houdt van allerlei kwaaltjes en vermoeidheid en paniek en weet ik veel wat.’

‘Je bedoelt een posttraumatische stressstoornis,’ zei ik.

‘Jij had ook dokter kunnen worden,’ smaalde Ata.

Hij stond op, met het glas en de zonnebril in zijn handen, zette een paar stappen naar de kooi en ging voor het gaas staan. Hij begon zangerig te fluiten, een paar keer achter elkaar.

'Alles komt goed, baby,' fluisterde hij. 'In Turkije laten ze ons tenminste met rust.'

Ik dronk een stuk of vier glazen leeg, we haalden wat herinneringen aan vroeger op. In het leven van Ata was het verleden altijd waardevoller dan de toekomst, niet in de laatste plaats omdat hij permanent een bijzondere draai aan de realiteit gaf, stelselmatig in zijn eigen voordeel, de pijnlijke elementen verdampten wonderbaarlijk genoeg. Het is een talent, denk ik, tenzij je vanbinnen volledig wordt opgevreten door wat je niet in het openbaar durft te zeggen.

Als deze bak met tegenspoed achter de rug is, reis ik een paar weken of maanden naar Turkije, om een poos met Ata door te brengen, in zijn riante huis op die berg. Ik wil bijkomen van alles wat ik heb geflikt. Het doet natuurlijk pijn hoe het allemaal met Ruby is gelopen, daar moet ik nog mee leren omgaan, zoals er een heleboel kwesties zijn die overpeinzing verdienen.

XIX

Ik zal vertellen hoe het werkelijk zat.

De helft van wat we daar wegpakten reed ik op een later moment, als het ons uitkwam, terug naar Hengelo. Dat was de concrete afspraak. Een eerlijke verdeling van de opbrengst. Hein woonde in een verpauperde wijk, op de derde verdieping, samen met zijn vrouw en een kind van haar uit een eerder huwelijk. Dat heeft hij me verteld.

Een week geleden moest ik opnieuw wat dozen bij hem afleveren. Ik hield er niet van als zijn spul te lang bij mij bleef liggen, in de kofferbak, of in de berging. Op de A1 was het rustig. Ik vertrok ruim na de spits, zodat er onderweg geen oponthoud zou zijn.

Het ging altijd op dezelfde manier. Heel bijzonder was het niet. We voerden onze handel niet uit als doorgewinterde criminelen, dat was onmogelijk met een idioot als handlanger.

Ik beken dus schuld, voor de goede orde. Het is jullie gelukt om het eruit te krijgen.

Het onderliggende motief mag de officier van justitie destilleren, die kan dat heel goed, maar als je het mij vraagt, was het een wisselwerking die per ongeluk ontstond.

Wat er op dat specifieke moment was meegenomen uit het

grote magazijn van de winkel vind ik voor dit verhaal minder belangrijk. Ik praat later wel over de details, want alles wat ik in zijn verklaring las rammelt en is bedacht om mij te beschadigen. Ik heb geen andere mensen nodig om mezelf het leven moeilijk te maken, die jongen moet een man zijn.

We waren al twee jaar op deze manier bezig, van week tot week planden we iets met elkaar, toch verdween de spanning geen enkel moment. Tijdens elke rit wist ik dat er een kans bestond dat jullie me zouden inrekenen, een gevoel dat me totaal ontregelde.

Om een voorbeeld te geven: voor mij was de binnenspiegel van de auto belangrijker dan de voorruit, ik zat ziekelijk te kijken of ik werd achtervolgd door iemand van het korps. Dan fantaseerde ik over oogcontact met een agent die op de andere baan van de snelweg reed en me sommeerde om bij een tankstation te stoppen, zodat hij me kon controleren.

Bij de afslag naar Hengelo voelde ik me slecht. Ik dacht aan Ruby. Ze kende na al die jaren dit deel van mijn leven niet en dat maakte me een onbetrouwbare geliefde. Ik kon er alleen niet mee stoppen. Het avontuur was verslavend, elke keer wilde ik meer.

We zouden het kunnen vergelijken met heroïnejunks, die telkens weer een shot nemen, hoewel ze ergens, diep vanbinnen, weten dat die troep slecht en destructief is.

Ik tufte door de wijk, heel langzaam, de vervallen uitstraling had iets nostalgisch. Er zaten een paar ondernemers, zoals een buurtsuper, een kapper en een bakker, hun panden zagen er ouderwets uit. Ik denk dat ze na de jaren negentig niet meer verbouwd of gemoderniseerd waren. Ik had in die wijk altijd het gevoel dat ik een andere tijd in reed. Er stond ook een fietsenrek met het oude logo van Pepsi. Op een dag zou ik dat jatten.

Ik parkeerde mijn auto in eerste instantie slordig langs de stoep, op ongeveer honderd meter van zijn huis, want ik wilde voor de ontmoeting scannen wat er zoal gebeurde.

In het midden van zijn straat lag een verwaarloosde binnentuin op een slecht onderhouden plein, waar af en toe iemand een hond uitliet. Als ik iets over de karakters van deze mensen moest vertellen, op basis van hun uiterlijk en energie, dan is het wel dat ze het niet erg zouden vinden om opgehaald te worden voor een definitief verblijf op het kerkhof. Het interesseerde ze niet wat er gebeurde of wie er langsliep. Ze woonden in hun eigen hoofd.

Ik stapte uit en staarde een beetje om me heen. Wat me plotseling dwarszat was dat ik, opgezweept door mijn eigen hyperconcentratie, in de veronderstelling leefde met iets heel groots bezig te zijn, maar dat het die bewoners allemaal geen kut interesseerde. Daar heb ik vaker last van. In mijn wereld is altijd alles intenser dan de werkelijkheid. Dat is misschien wel mijn grootste teleurstelling in andere mensen: dat ze zo makkelijk over zaken heen kunnen stappen.

Een paar minuten later startte ik de auto en zocht ik een betere plek om het voertuig zo onopvallend mogelijk te stallen, in de buurt van zijn kansloze woning.

Mijn wagen viel op in die wijk, omdat hij minimaal vijftigduizend euro duurder was dan wat er gemiddeld stond. Dat zorgde desondanks voor weinig reuring in de buurt.

Ik texte Hein, zoals altijd, om mijn aankomst te melden. Een paar minuten later slofte hij naar buiten, in een verwassen joggingpak dat minimaal drie maten te groot was.

Dat straatje van hem was doods. Het had de vorm van een blok, om die grote binnentuin dus, omsingeld door kleine appartementencomplexen, zonder uitzondering met een balkonnetje.

'Yo, het ging lekker,' zei hij. 'En binnenkort krijgen we nieuw spul in de winkel.' Hij liep op slippers met die bekende strepen van Adidas. In zijn witte sokken zaten gaten.

'Ze hebben nog steeds niet door dat er van alles verdwijnt?' vroeg ik.

'Bij de laatste telling was er wel een enorm tekort ten opzichte van vorig jaar.' Hij stak een peuk op en blies de rook er aan de zijkant van zijn mond uit.

'Dat meen je niet,' zei ik. 'We kunnen dan beter even kappen.'

'Nee, man. Het interesseert ze niet. Ze compenseren het op andere manieren. Je kunt me vertrouwen. Ik heb alles in de gaten. Er gaat niets langs me heen.'

Die gozer ratelde de zinnetjes aan elkaar. Het stoorde me dat ik tegenwoordig met dat soort types omging. Hij zag er in het echt, zonder personeelskleding, een stuk verschrikkelijker uit, als een uitgemergelde junk die zijn lichaam verkocht voor een beetje crack. Die luchtfietser wilde me doen geloven dat hij een maffiabaas was. Hij verzon alles ter plekke. Daarom moeten jullie echt niet zwaar tillen aan wat hij jullie heeft verteld. Ik kom er zo meteen op terug.

'Weet jouw vrouw hiervan?' vroeg ik. 'Ik neem aan dat ze het *too much* vindt.'

Hij lachte op een akelige manier, het was heel irritant, ik wilde zijn neus krom slaan, hoewel hij daar vermoedelijk knapper van zou worden.

'Ik zeg gewoon tegen haar dat ik prijzen win door verkooptargets te halen. En dat we zo nu en dan met korting iets mogen kopen.' Hij keek me trots aan. 'Je hoort haar niet klagen, ze heeft een nieuwe iPad en tegenwoordig hangt er ook een televisie in de slaapkamer.'

Ik liep naar de achterklep, trok de elektronica eruit, zette alles op de stoep.

'Eerlijk, dat vind ik heel dom,' zei ik. 'Je moet dat spul niet zelf gebruiken. Als de politie een keer langskomt, hebben ze je meteen te pakken. Het lijkt me sowieso goed om ermee te stoppen. Mijn voorgevoel zegt dat dit slecht afloopt. En nu ik over die telling hoor, heb ik voorlopig geen zin meer.' Ik liep terug naar het portier aan de bestuurderskant.

'Geen probleem, kerel,' antwoordde hij. 'We doen dit samen. Als jij denkt dat we in de shit gaan raken, pauzeren we een korte periode, tot je weer vertrouwen hebt.'

'Dat is er dus voorlopig niet,' legde ik uit. 'Die gasten gaan ons binnenkort pakken, tenzij we ons nu koest houden, dat begrijp je wel, toch?'

Hein liet zijn peuk op de grond vallen, trapte hem uit met de hak van zijn slipper.

'Ik kan ook mijn neef vragen of hij de dozen komt ophalen,' antwoordde hij. 'Die heeft me vaker geholpen. Ik doe dit al vijf jaar. Je bent een van mijn hulpjes.'

'Dat maakt indruk, zeg.' Ik had de klink van het portier al vast. We keken elkaar aan. Ik dacht altijd dat je beter werd van geld, fysiek en mentaal. Dat gold niet voor deze nitwit. Voor iemand die zoveel verdiende, zag hij er verdomd ongelukkig uit.

'Wat jij wilt.' Hij moest hoesten. 'Je weet niet wat je mist. Maar ik accepteer het.'

'Mooi. Dan hebben we dat geregeld. Je moet me niet meer bellen.' Ik ging in de auto zitten en drukte het raam omlaag. 'We blijven in de winkel professioneel met elkaar omgaan.'

'Geen zorgen, het komt allemaal goed,' zei Hein. 'Later.'

Ik bleef zitten, zodat ik naar hem kon kijken. Hij tilde de dozen op en zijn broek zakte voortdurend, waardoor hij telkens moest stoppen, om de paar meter.

Daar ging hij, de held van onze tijd.

Ik verliet voorzichtig de wijk. Inmiddels kon ik, door de routine, zonder navigatieapparaat naar de A1 rijden, en op een bepaalde manier gaf dat een goed gevoel, het was toch een competentie. Het werd donker buiten. In het westen regende het misschien al.

In de auto, ergens bij Rijssen, concludeerde ik dat het leven anders was gelopen dan ik zeven jaar geleden had gepland, toen die andere agenten me terug naar het huis van mijn ouders hadden gebracht, min of meer met de mededeling dat ik voor mijn allerlaatste kans moest gaan.

Ik heb het echt geprobeerd, dat weten jullie ook, dankzij geduld en uithoudingsvermogen, maar soms word je in het bezit genomen door pech en omstandigheden die te groot zijn om te bestrijden, vanwege de ongekende gelaagdheid ervan, in alle vormen komt hij terug.

Wat ik me nog goed van die dag herinner, is dat ik met allerlei hersenkronkels tóch iets moois van alles probeerde te maken, ik verkocht het debacle als een prestatie aan mezelf.

Ik bedacht, om een voorbeeld te noemen, hoe stupide ook, dat ik met mijn ondernemersgeest het werk als vertegenwoordiger een stuk rendabeler had gemaakt, simpelweg door simultaan, buiten het zicht van anderen, een handeltje met die exceptionele kneus op te zetten.

Er was nog iets. Ik kreeg iedere reis naar Ruby vergoed van het bedrijf in Sneek, dat alle bonnetjes ontving en dat tegenwoordig, door onze vertrouwensrelatie, niet meer controleerde of ze klopten. Dat is tamelijk inventief, nietwaar? Dat moeten jullie toegeven.

Dit is overigens opnieuw typisch een voorbeeld van iets wat je beter niet met anderen kunt delen, omdat ze met hun morele oordelen en hun gebrek aan humor alles kapotmaken.

Op de terugweg naar Deventer voelde onze hossel als een afgesloten hoofdstuk. Dat bracht geen euforie met zich mee, het tegenovergestelde was eerder waar, ik wist niet wat ik hierna moest doen. En dan was er verdomme ook nog de angst voor de politie. Die leek wel gegroeid. Ik sluit niet uit, hoe gek dit wellicht overkomt, dat ik in de loop der jaren, door mijn eigen schuld, plus de ongewenste ervaringen met treiterende agenten, een beetje getraumatiseerd ben geraakt door contacten met de autoriteiten. Daar zei ik eerder al wat over. Ik heb in mijn leven constant, zelfs als ik niets op mijn kerfstok had, angst gevoeld als ik jullie mensen in uniform zag.

Ik weet wat jullie denken: ik had dan beter deze narigheid niet kunnen uithalen, en daar is geen speld tussen te krijgen, het maakt deze doldrieste actie volkomen onbegrijpelijk.

Dit willen jullie misschien niet horen, maar ik kan er ook wel een beetje om lachen.

Als iemand me nu zou vragen tegen wie of wat ik strijd, moet ik het antwoord schuldig blijven. Ik weet alleen dat ik boos ben op iets of iemand. En ik kan daar honderd theorieën op loslaten, het ergste is dat ze allemaal in ieder geval deels kloppen. Dat maakt het onmogelijk, vrees ik, om echt grip op mijn karakter te krijgen. Ik was vanaf dat eerste moment waarop die agenten me thuisbrachten obsessief bezig om mezelf te vinden en tijdens die speurtocht raakte ik de weg kwijt. Dat is de enige waarheid.

XX

Vanmorgen lag ik met Ruby te slapen.

We hadden een leuk weekend in de stad. De kleine slaapkamer rook naar alcohol. Dat was het eerste wat me opviel toen ik stemmen beneden op straat hoorde, het leek verdomme wel of jullie een symposium op mijn stoep hadden belegd, inclusief sprekers en panelleden, volgens mij was er weinig angst dat ik via een sluiproute het dak op zou vluchten.

Ik stond heel voorzichtig op, het bed mocht niet kraken. Eerst vulde ik een glas met water, daarna ging ik bij het raam staan, onwetend van wat er precies gebeurde. Ik zag vaag jullie wagens, vier of vijf stuks, bestudeerde de afgetrainde agenten en haalde opgelucht adem.

Het was zo groots, dat kon onmogelijk over mij gaan.

Wat me meteen tegenstond was het aantal buren dat op de vroege ochtend, sommigen in badjas, nieuwsgierig een kring had gevormd om de show die op stapel stond. Die steuntrekkers voeren de hele dag geen flikker uit, tot ze getuigen kunnen zijn van andermans ellende, dan struikelen ze bijna over hun eigen poten om het beste plekje te bemachtigen.

Er werd tegelijkertijd op de bel gedrukt en op de deur geklopt. Een man riep continu mijn naam verkeerd, hij vroeg of ik thuis was. Een andere gozer dreigde de cilinder van het slot open te breken. Ik kan niet zeggen dat ik in paniek raakte, ze moesten vooral doen wat ze niet laten konden. Dat klinkt dan wel weer psychopathisch, hè?

Het is moeilijk uit te leggen. Ik denk, als jullie me ernaar zouden vragen, dat ik ergens in mijn tienertijd zo weinig van het leven ben gaan verwachten, dat een arrestatie van jullie team en later de straf van de rechter kattendrek zijn vergeleken met het vonnis dat al bij mijn geboorte over me was geveld.

Ik bedoel, het moet niet heel dramatisch klinken, laat staan dat ik iets als smoes probeer in te zetten, maar op dat ogenblik hielden die gedachten me wel bezig. Door een vreemdeling van het fenomeen geluk te zijn, voelde ik me oncomfortabel als het zich per ongeluk, als een verdwaalde reiziger, in mijn leven manifesteerde. Ik neigde dan meteen naar mijn primaire reacties: achterdocht, sabotage en fatalisme. Het is best erg als je erover nadenkt, we zijn in onze buurt allemaal op onze eigen manier misvormd, toch heeft dat een bepaalde schoonheid die voor jullie ongrijpbaar is.

Met gevoelens van schaamte, die ik wel had, trok ik de deur open. Ik fluisterde tegen de agenten dat mijn vriendin lag te slapen en dat ik me alleen even in de badkamer moest aankleden, ze mochten gerust kijken hoe ik dat deed. Ik waardeerde het dat ze vriendelijk bleven. Ze hadden godzijdank geen handboeien. Een van die kerels vroeg nog of ik wist waarover ze met me wilden praten, het kon me aan mijn reet roesten. Als ik Ruby maar niet onder ogen hoefde te komen, ze moesten me gewoon meenemen, het liefst zo snel mogelijk, ik had geen idee hoe ik me eruit kon lullen, mocht ze wakker worden. Gelukkig sliep ze altijd zeer diep.

Die lui voor de deur hoopten op sensatie, ik sluit niet uit

dat ze me wilden zien huilen. Dat konden ze mooi op hun buik schrijven. Ik hield mijn hoofd recht en fabriceerde een glimlach, terwijl ik ze onderkoeld aankeek. De jongen van de overkant was voor het eerst in zijn leven in actie gekomen, hij staarde me bemoedigend aan met een controller in zijn hand.

Ronnie stond er ook. Dat was dus die luidruchtige man die tegen de politieauto stond te pissen terwijl hij voortdurend riep dat de overheid uit misdadigers bestond en dat jullie mislukte soldaten waren. Ik blijf een zwak voor die kerel houden.

Dat ik achter in de politiewagen mijn telefoon heb gebruikt ga ik niet ontkennen. Jullie kunnen het toestel uitlezen. Ik weet hoe het werkt. Ik schreef alleen aan Ruby dat ze zich geen zorgen moest maken, er was vermoedelijk een misverstand, jullie zouden op zoek zijn naar mijn broer of zo en kwamen om die reden bij mij langs, in de hoop dat ik iets meer over zijn verblijfplaats kon vertellen. Ik geef toe: heel sterk is het niet.

In die auto, op weg naar het politiebureau in Borne, verloor ik een zwaarte die ik de afgelopen zeven jaar met me had meegedragen. De arrestatie had me niet alleen in de problemen gebracht, maar ook gestript van alle verwachtingen en verantwoordelijkheden. Ik had mezelf weer terug, de versie met wie niemand rekening hield. Het was belachelijk om te denken dat ik een factor van betekenis kon zijn in het nieuwe leven dat ik had ontdekt.

Een paar jaar terug heb ik een verhaal gelezen over een figuur uit de Griekse mythologie. Die man heet Sisyphos, als ik me niet vergis. Die vent had het allemaal prima voor elkaar. Het steeg hem alleen een beetje naar zijn hoofd, het geld en de relaties. Hij ging de beroemde goden uitdagen en zocht steeds verder hun grenzen op. Dat heeft hem zijn kop gekost. Ze gaven hem een aparte straf, man. Hij moest de rest van zijn leven een gigantisch rotsblok een steile berg op duwen tot het aan de bovenkant weer naar beneden rolde, vlak voor hij de top bereikte. En dan moest hij opnieuw beginnen. Ik dacht in de auto aan dat verhaal.

Ik werd hier dus vanmorgen vroeg in de cel gezet. Van wat ik heb begrepen, legden jullie vorige week al contact met iedereen. Knap werk, dat ze het geheim wisten te houden. Dus als ik straks op vrije poten ben, kan ik nergens meer terecht. Dat vind ik een klotestreek. Ik ben niet veroordeeld door een rechter, waarom bellen jullie dan met mijn werkgever in Sneek? Die mensen zullen me nooit meer serieus nemen. Roxanne wil denk ik niet meer met me praten. Mijn hemel, ik zie het al voor me hoe ze een soort crisisoverleg met de andere merchandisers heeft georganiseerd. Misschien gaat ze die kneuzen de optie aanbieden om te praten met iemand van slachtofferhulp, en dan zullen die opportunisten ook nog op het voorstel ingaan, alleen om haar te paaien, zodat ze in de toekomst meer werk krijgen.

Dat Hein zegt dat ik hem heb gechanteerd is ziekelijke onzin. Jullie mogen alle gesprekken tussen ons in mijn telefoon teruglezen. Het was zijn initiatief. Dat ik alles samen met mijn Turkse ooms in Beverwijk zou verkopen heeft hij uit zijn duim gezogen. Dat is de grootste grap van allemaal: mijn deel van het spul staat onaangeraakt in de berging. Ik heb er niets mee gedaan. De agenten kunnen alles terugbrengen naar de winkel. Ik wil niet te veel woorden vuilmaken aan die jongen. Hij is al veroordeeld, je zou maar dat karakter hebben.

Weten jullie wat me momenteel het meest van alles dwarszit? De verklaring van Roos die helemaal aan het begin van onze ontmoeting werd voorgelezen.

Volgens haar viel ik niet in negatieve zin op door mijn gedrag. Ze noemde me een goede werknemer, iemand die altijd zijn afspraken nakwam. Het enige wat haar stoorde was dat ik ooit, heel lang geleden, een paraplu van haar had gestolen. Maar dat is niet waar. Ik ben dat kloteding nooit vergeten. Ik wilde hem altijd terugbrengen, elke keer als ik hem tegenkwam, of het nu bij Ata thuis was, of als Ruby hem ergens vasthield. Ik wist wat me te doen stond.

Het is er alleen niet van gekomen, man. Dat niemand begrijpt hoe die paraplu me jarenlang bezighield vind ik nog wel het ergst van alles, ongelogen.

Ik zou kunnen zeggen dat ik het talent heb om ellendige mensen aan te trekken, maar misschien ben ik zelf wel het probleem, en kan iedereen maar beter uit mijn buurt blijven, want er is geen kruid gewassen tegen deze razernij. Dat is wat jullie moeten weten, voor de rest zeg ik niets meer.